中國語言文字研究輯刊

六　編

許 錟 輝 主編

第4冊

春秋金文字形全表及構形研究

（第二冊）

楊 秀 恩 著

花木蘭文化出版社

國家圖書館出版品預行編目資料

春秋金文字形全表及構形研究（第二冊）／楊秀恩 著 — 初版 — 新北市：花木蘭文化出版社，2014〔民 103〕

目 2+264 面；21×29.7 公分

（中國語言文字研究輯刊 六編；第 4 冊）

ISBN：978-986-322-659-8（精裝）

1. 金文 2. 春秋時代

802.08　　103001862

ISBN-978-986-322-659-8

中國語言文字研究輯刊

六 編　第四冊　ISBN：978-986-322-659-8

春秋金文字形全表及構形研究（第二冊）

作　　者　楊秀恩

主　　編　許錟輝

總 編 輯　杜潔祥

副總編輯　楊嘉樂

編　　輯　許郁翎

出　　版　花木蘭文化出版社

社　　長　高小娟

聯絡地址　235 新北市中和區中安街七二號十三樓

電話：02-2923-1455／傳眞：02-2923-1452

網　　址　http://www.huamulan.tw 信箱 hml 810518@gmail.com

印　　刷　普羅文化出版廣告事業

初　　版　2014 年 3 月

定　　價　六編 16 冊（精裝）新台幣 36,000 元

春秋金文字形全表及構形研究（第二冊）

楊秀恩　著

目次

第一冊

一

【春秋早期】
- 秦公簋（集成 4315）（秦）
- 秦公簋（集成 4315）（秦）
- 戎生鐘甲（新收 1613）（晉）
- 鑄叔皮父簋（集成 4127）（鑄）

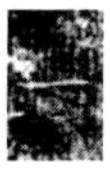

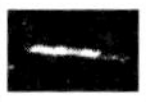

【春秋晚期】
- 石鼓（獵碣・霝雨）（通鑑 19820）（秦）
- 石鼓（獵碣・馬薦）（通鑑 19823）（秦）
- 洹子孟姜壺（集成 9730）（齊）
- 洹子孟姜壺（集成 9730）（齊）
- 十一年柏令戈（新收 1182）

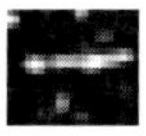

【春秋時期】
- 申公彭宇簠（集成 4610）（楚）

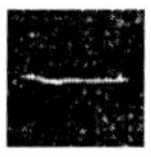

弌

【春秋晚期】
- 庚壺（集成 9733）（齊）

《說文》：「弌，古文一。」

元

【春秋早期】
- 秦子戈（集成 11352）（秦）
- 秦子戈（集成 11353）（秦）
- 秦子戈（新收 1350）（秦）
- 秦政伯喪戈（通鑑 17117）（秦）
- 秦子矛（集成 11547）（秦）
- 曾伯霥簠蓋（集成 4632）（曾）
- 曾伯霥簠（集成 4631）（曾）
- 天尹鐘（集成 5）
- 天尹鐘（集成 6）
- 元戈（集成 10809）（虢）
- 元用戈（集成 10891）
- 元用戈（集成 11013）
- 㠱戈（集成 11066）
- 虢太子元徒戈（集成 11116）（虢）
- 虢太子元徒戈（集成 11117）（虢）
- 宮氏白子元戈（集成 11118）（虢）
- 宮氏白子元戈（集成 11119）（虢）
- 黃君孟戈（集成 11199）（黃）
- □□伯戈（集成 11201）
- 邛季之孫戈（集成 11252）（江）
- 悆公戈（集成 11280）
- 梁伯戈（集成 11346）
- 楚屈叔沱戈（集成 11393）（楚）

鬻仲之子伯剌戈（集成 11400）	元矛（集成 11412）	【春秋中期】	子犯鐘乙 D（新收 1023）（晉）
欒書缶蓋（集成 10008）（晉）	欒書缶器（集成 10008）（晉）	魯大左司徒元鼎（集成 2592）（魯）	魯大司徒厚氏元簠器（集成 4690）（魯）
魯大司徒厚氏元簠（集成 4689）（魯）	魯大司徒厚氏元簠蓋（集成 4690）（魯）	魯大司徒厚氏元簠蓋（集成 4691）（魯）	魯大司徒厚氏元簠器（集成 4691）（魯）
魯大司徒元盂（集成 10316）（魯）	鄝伯受簠蓋（集成 4599）（鄝）	鄝伯受簠器（集成 4599）（鄝）	楚屈叔佗戈（集成 11198）（楚）
鄴子訧臣戈（集成 11253）	章子鄭戈（集成 11295）	周王孫季紖戈（集成 11309）（周）	周王孫季紖戈（集成 11309）（周）
【春秋晚期】	王孫誥鐘一（新收 418）（楚）	王孫誥鐘三（新收 420）（楚）	王孫誥鐘四（新收 421）（楚）
王孫誥鐘五（新收 422）（楚）	王孫誥鐘九（新收 426）（楚）	王孫誥鐘十（新收 427）（楚）	王孫誥鐘十二（新收 429）（楚）
王孫誥鐘十三（新收 430）（楚）	王孫誥鐘十五（新收 434）（楚）	王孫誥鐘十七（新收 435）（楚）	王孫誥鐘二十（新收 433）（楚）
王孫遺者鐘（集成 261）（楚）	邗王是埜戈（集成 11263）（吳）	工盧矛（新收 1263）（吳）	攻敔王夫差劍（集成 11636）（吳）
攻敔王夫差劍（集成 11637）（吳）	攻敔王夫差劍（集成 11638）（吳）	攻敔王夫差劍（集成 11639）（吳）	攻敔王夫差劍（新收 1868）（吳）
攻敔王夫差劍（新收 1116）（吳）	攻敔王夫差劍（新收 317）（吳）	曹鯀尋員劍（新收 1241）（吳）	攻敔王夫差劍（通鑑 18021）（吳）
越邾盟辭鎛乙（集成 156）（越）	沇兒鎛（集成 203）（徐）	沇兒鎛（集成 203）（徐）	足利次留元子鐘（通鑑 15361）（徐）

天

蔡侯[illegible]歌鐘甲（集成210）（蔡）

蔡侯[illegible]歌鐘丙（集成217）（蔡）

蔡侯[illegible]歌鐘丁（集成218）（蔡）

蔡侯[illegible]歌鐘辛（集成216）（蔡）

鼄公華鐘（集成245）（邾）

少虡劍（集成11696）（晉）

少虡劍（集成17697）（晉）

晉公盆（集成10342）（晉）

徐王子旃鐘（集成182）（徐）

徐王子旃鐘（集成182）（徐）

余贎逐兒鐘丙（集成185）（徐）

徐王之子叚戈（集成11282）（徐）

元用戈（新收318）

工盧大矢鈹（新收1625）（吳）

攻盧王叡戗此郤劍（新收1188）（吳）

姑發者反之子通劍（新收1111）（吳）

攻敔王者彶叡虘劍（通鑑18065）

攻敔王虘戗此郤劍（通鑑18066）

鵙公圃劍（集成11651）（應）

攻敔王劍（集成11665）

工吳王叡䣄工吳劍（通鑑18067）

徐王元子柒爐（集成10390）（徐）

次尸祭缶（新收1249）（徐）

【春秋時期】

大孟姜匜（集成10274）

陳伯元匜（集成10267）（陳）

【春秋早期】

秦公簋蓋（集成4315）（秦）

秦公簋蓋（集成4315）（秦）

秦公簋器（集成4315）（秦）

秦公鐘甲（集成262）（秦）

秦公鐘甲（集成262）（秦）

秦公鐘丙（集成264）（秦）

秦公鐘丙（集成264）（秦）

秦公鎛甲（集成267）（秦）

秦公鎛甲（集成267）（秦）

秦公鎛乙（集成268）（秦）

秦公鎛乙（集成268）（秦）

秦公鎛丙（集成269）（秦）

秦公鎛丙（集成269）（秦）

戎生鐘乙（新收1614）（晉）

曾伯霥簠（集成4631）（曾）

曾伯霥簠蓋（集成4632）（曾）

天尹鐘（集成6）

天尹鐘（集成5）

【春秋晚期】

𪒠鎛甲（新收489）（楚）	𪒠鎛乙（新收490）（楚）	𪒠鎛丙（新收491）（楚）	𪒠鎛戊（新收493）（楚）
𪒠鎛庚（新收495）（楚）	倗戟（新收469）（楚）	蔡侯申盤（集成10171）（蔡）	吳王光鐘殘片之二十二（集成224.2）（吳）
吳王光鐘殘片之二十三（集成224.24）（吳）	蔡侯申歌鐘甲（集成210）（蔡）	蔡侯申歌鐘乙（集成211）（蔡）	蔡侯申歌鐘丙（集成217）（蔡）
蔡侯申歌鐘丁（集成218）（蔡）	蔡侯申鎛丁（集成222）（蔡）	蔡侯申尊（集成6010）（蔡）	秦景公石磬（通鑑19779）（秦）
秦景公石磬（通鑑19781）（秦）	石鼓（獵碣・而師）（通鑑19822）（秦）	石鼓（獵碣・馬薦）（通鑑19823）（秦）	石鼓（獵碣・吾水）（通鑑19824）（秦）
洹子孟姜壺（集成9730）（齊）	洹子孟姜壺（集成9729）（齊）	洹子孟姜壺（集成9729）（齊）	洹子孟姜壺（集成9730）（齊）
洹子孟姜壺（集成9729）（齊）	洹子孟姜壺（集成9730）（齊）	洹子孟姜壺（集成9729）（齊）	宋公䜌簠（集成4589）（宋）
宋公䜌簠（集成4590）（宋）	徐王義楚觶（集成6513）（徐）	敬事天王鐘甲（集成73）（楚）	敬事天王鐘戊（集成77）（楚）
敬事天王鐘己（集成78）（楚）	敬事天王鐘辛（集成80）（楚）	𪒠鐘戊（新收485）（楚）	

不

參見不字

參見事字

二

【春秋早期】	秦公鐘甲（集成26）（秦）	秦公鐘丙（集成264）（秦）	秦公鎛甲（集成267）（秦）

上

秦公鎛乙（集成268）（秦）

秦公鎛丙（集成269）（秦）

鄭大內史叔上匜（集成10281）（鄭）

上曾太子般殷鼎（集成2750）（曾）

上鄀公敄人簋蓋（集成4183）（鄀）

取膚上子商匜（集成10253）（魯）

【春秋中期】

上鄀府簠蓋（集成4613）（鄀）

上鄀府簠器（集成4613）（鄀）

上鄀公簠蓋（新收401）（楚）

【春秋晚期】

秦景公石磬（通鑑19797）（秦）

洹子孟姜壺（集成9730）（齊）

洹子孟姜壺（集成9729）（齊）

【春秋時期】

取膚上子商盤（集成10126）（魯）

【春秋晚期】

蔡侯𧹞盤（集成10171）（蔡）

《說文》：「𠄞，篆文丄。」

帝

【春秋早期】

秦公簋蓋（集成4315）（秦）

旁

【春秋早期】

秦政伯喪戈（通鑑17117）（秦）

梁伯戈（集成11346）

【春秋中期】

者瀘鐘六（集成198）（吳）

二 丅

【春秋早期】

曾子𣄰鼎（集成2757）（曾）

【春秋中期】

者減鐘（集成198）（吳）

【春秋晚期】

聽盂（新收1072）

下

【春秋晚期】

𪓐鎛甲（新收489）（楚）

𪓐鎛乙（新收490）（楚）

𪓐鎛丙（新收491）（楚）

𪓐鎛戊（新收493）（楚）

𪓐鎛庚（新收495）（楚）

蔡侯𧹞盤（集成10171）（蔡）

哀成叔鼎（集成2782）（鄭）

祜

⿰古示　⿱宀⿰古示　⿱宀⿰示古

鄭莊公之孫盧鼎（新收1237）（鄭）

鄭莊公之孫盧鼎（通鑑2326）

黝鐘癸（新收498）（楚）

黝鐘戊（新收485）（楚）

【春秋早期】

黃子壺（集成9663）（黃）

黃子壺（集成9664）（黃）

曾孟嬴削簠（新收1199）（曾）

曾亘嫚鼎（新收1201）（曾）

曾亘嫚鼎（新收1202）（曾）

伯其父慶簠（集成4581）

【春秋中期】

曾子屖簠器（集成4528）（曾）

【春秋早期】

黃子盤（集成10122）（黃）

黃子鐳（集成9966）（黃）

黃子匜（集成10254）（黃）

曾子伯誩鼎（集成2450）（曾）

【春秋中期】

曾子屖簠蓋（集成4528）（曾）

伯彊簠（集成4526）（春秋時期）

禮

礼

【春秋早期】

黃君孟鼎（集成2497）（黃）

黃君孟鼎（新收90）（黃）

黃君孟豆（集成4686）（黃）

【春秋早期】

黃子鼎（集成2566）（黃）

黃子鬲（集成687）（黃）

黃子豆（集成4687）（黃）

黃君孟壺（集成9636）（黃）

黃子盉（集成9445）（黃）

【春秋晚期】

聖靡公㛤鼓座（集成429）

《說文》：「礼，古文禮。」

福

【春秋早期】

秦公鐘甲（集成262）（秦）

秦公鐘乙（集成263）（秦）

秦公鐘丁（集成265）（秦）

秦公鎛乙（集成268）（秦）

秦公鎛丙（集成269）（秦）

秦公鎛丙（集成269）（秦）

秦公鎛乙（集成268）（秦）

秦公鐘戊（集成266）（秦）
秦公鎛甲（集成267）（秦）
秦公鎛甲（集成267）（秦）
宗婦鄁嬰鼎（集成2686）（鄁）

宗婦鄁嬰壺器（集成9699）（鄁）
宗婦鄁嬰壺器（集成9698）（鄁）
宗婦鄁嬰簋（集成4086）（鄁）
宗婦鄁嬰簋（通鑑4576）（鄁）

宗婦鄁嬰鼎（集成2687）（鄁）
曾亘嫚鼎（新收1201）（曾）
曾亘嫚鼎（新收1202）（曾）
宗婦鄁嬰簋蓋（集成4076）（鄁）

宗婦鄁嬰簋蓋（集成4078）（鄁）
宗婦鄁嬰簋器（集成4078）（鄁）
宗婦鄁嬰簋蓋（集成4079）（鄁）
宗婦鄁嬰簋（集成4080）（鄁）

宗婦鄁嬰簋（集成4081）（鄁）
宗婦鄁嬰簋（集成4084）（鄁）
宗婦鄁嬰簋蓋（集成4084）（鄁）
宗婦鄁嬰簋蓋（集成4085）（鄁）

曾伯陭壺蓋（集成9712）（曾）
曾伯陭壺器（集成9712）（曾）
魯伯悆盨蓋（集成4458）（魯）
魯伯悆盨器（集成4458）（魯）

曾伯霥簠蓋（集成4632）（曾）
曾伯霥簠（集成4631）（曾）
曾孟嬴剈簠（新收1199）（曾）
侯母壺（集成9657）（魯）

戎生鐘丙（新收1615）（晉）
虢季鐘乙（新收2）

【春秋中期】

曾子屖簠器（集成4528）（曾）

國差𦉜（集成10361）（齊）

【春秋晚期】

王子午鼎（集成2811）（楚）
王子午鼎（新收444）（楚）

王孫誥鐘十二（新收429）（楚）
王孫誥鐘十三（新收430）（楚）
王孫誥鐘十六（新收436）（楚）
王孫誥鐘二十一（新收439）（楚）

王子午鼎（新收445）（楚）
王子午鼎（新收449）（楚）
王子午鼎（新收446）（楚）
王孫誥鐘一（新收418）（楚）

王孫誥鐘二（新收419）（楚）
王孫誥鐘三（新收420）（楚）
王孫誥鐘四（新收421）（楚）
王孫誥鐘五（新收422）（楚）

⿰畐示

王孫誥鐘七（新收424）（楚）

王孫誥鐘八（新收425）（楚）

王孫誥鐘十（新收427）（楚）

王孫誥鐘十一（新收428）（楚）

王孫誥鐘二十五（新收441）（楚）

杕氏壺（集成9715）（燕）

⿱宀福

【春秋早期】

宗婦鄁嫛鼎（集成2683）（鄁）

宗婦鄁嫛鼎（集成2684）（鄁）

曾子伯誩鼎（集成2450）（曾）

侯母壺（集成9657）（魯）

【春秋中期】

曾子屖簠蓋（集成4528）（曾）

曾子屖簠蓋（集成4529）（曾）

【春秋時期】

伯彊簠（集成4526）

帇

【春秋早期】

鼄大宰⿰衤黃子敦鐘（集成86）（邾）

【春秋晚期】

蔡侯龖尊（集成6010）（蔡）

蔡侯龖盤（集成10171）（蔡）

【春秋晚期】

蔡侯龖盤（集成10171）（蔡）

蔡侯龖鎛丙（集成221）（蔡）

蔡侯龖鎛丁（集成222）（蔡）

蔡侯龖歌鐘甲（集成210）（蔡）

蔡侯龖歌鐘乙（集成211）（蔡）

蔡侯龖歌鐘丙（集成217）（蔡）

石鼓（獵碣・作原）（通鑑19821）（秦）

【春秋晚期】

秦景公石磬（通鑑19792）（秦）

秦景公石磬（通鑑19796）（秦）

⿰礻齊

【春秋晚期】

蔡侯龖尊（集成6010）（蔡）

蔡侯龖盤（集成10171）（蔡）

禋

【春秋晚期】

蔡侯龖盤（集成10171）（蔡）

蔡侯龖尊（集成6010）（蔡）

鄭太子之孫與兵壺蓋（新收1980）

祭

【春秋晚期】

鼄公華鐘（集成245）（邾）

【春秋中期】

欒書缶（集成10008）（晉）

徐王義楚觶（集成6513）（徐）

義楚鍴（集成6462）（徐）

【春秋晚期】

鄬侯少子簋（集成4152）（莒）

祀

【春秋早期】

秦公簋器（集成4315）（秦）

秦公鐘甲（集成262）（秦）

秦公鐘丁（集成265）（秦）

秦公鎛甲（集成267）（秦）

秦公鎛乙（集成268）（秦）

秦公鎛丙（集成269）（秦）

邿伯祀鼎（集成2602）（邿）

【春秋晚期】

王子午鼎（集成2811）（楚）

王子午鼎（新收445）（楚）

王子午鼎（新收446）（楚）

王子午鼎（新收444）（楚）

王子午鼎（新收447）（楚）

王孫誥鐘一（新收418）（楚）

王孫誥鐘二（新收419）（楚）

王孫誥鐘三（新收420）（楚）

王孫誥鐘四（新收421）（楚）

王孫誥鐘五（新收422）（楚）

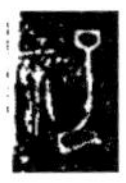

王孫誥鐘六（新收423）（楚）

王孫誥鐘八（新收425）（楚）

王孫誥鐘十（新收427）（楚）

王孫誥鐘十一（新收428）（楚）

王孫誥鐘十二（新收429）（楚）

王孫誥鐘十三（新收430）（楚）

王孫誥鐘十六（新收436）（楚）

王孫誥鐘十八（新收432）（楚）

王孫誥鐘二十一（新收439）（楚）

王孫誥鐘二十五（新收441）（楚）

鼄公華鐘（集成245）（邾）

鼄公華鐘（集成245）（邾）

邾公釛鐘（集成102）（邾）

沇兒鎛（集成203）（徐）

徐王子旃鐘（集成182）（徐）

哀成叔鼎（集成2782）（鄭）

拍敦（集成4644）

祖

且　𥙐　県　眎

拍敦（集成4644）

宋君夫人鼎（通鑑2343）

司馬楙鎛乙（通鑑15767）

【春秋中期】

𪒠鎛（集成271）（齊）

【春秋晚期】

遷邟鐘三（新收1253）（舒）

遷邟鐘六（新收56）（舒）

遷邟鎛甲（通鑑15792）（舒）

遷邟鎛丁（通鑑15795）（舒）

【春秋中期】

欒書缶器（集成10008）（晉）

【春秋晚期】

郳公孫班鎛（集成140）（郳）

【春秋晚期】

司馬楙鎛丁（通鑑15769）

【春秋早期】

秦公簋器（集成4315）（秦）

秦公簋蓋（集成4315）（秦）

秦公鐘甲（集成262）（秦）

秦公鐘丙（集成264）（秦）

秦公鎛甲（集成267）（秦）

秦公鎛乙（集成268）（秦）

秦公鎛丙（集成269）（秦）

戎生鐘甲（新收1613）（晉）

戎生鐘己（新收1618）（晉）

曾伯霥簠（集成4631）（曾）

曾者子𩰫鼎（集成2563）（曾）

郜公平侯鼎（集成2771）（郜）

郜公平侯鼎（集成2772）（郜）

郜公敄人鐘（集成59）（郜）

上郜公敄人簋蓋（集成4183）（郜）

鄧公孫無嬰鼎（新收1231）（鄧）

【春秋中期】

者瀘鐘一（集成193）（吳）

者瀘鐘三（集成195）（吳）

者瀘鐘四（集成196）（吳）

曾仲鄬君腱鎭墓獸方座（新收521）（楚）

【春秋晚期】

秦景公石磬（通鑑19798）（秦）

祁 祝 祠

旝 旂 旻

郘黛鐘二（集成 226）（晉）
郘黛鐘五（集成 229）（晉）
郘黛鐘七（集成 231）（晉）
郘黛鐘八（集成 232）（晉）

郘黛鐘九（集成 233）（晉）
郘黛鐘十一（集成 235）（晉） 
鼄公華鐘（集成 245）（邾） 
王孫遺者鐘（集成 261）（楚）

王子午鼎（集成 2811）（楚） 
王子午鼎（新收 447）（楚） 
王子午鼎（新收 444）（楚） 
王子午鼎（新收 446）（楚）

王子午鼎（新收 445）（楚） 
王子午鼎（新收 449）（楚） 
余購逐兒鐘乙（集成 184）（徐） 
余購逐兒鐘甲（集成 183）（徐）

晉公盆（集成 10342）（晉）
齊鞷氏鐘（集成 142）（齊） 
蓬邟鎛丙（通鑑 15794）（舒）
鼄叔之伯鐘（集成 87）（春秋時期）（邾） 

【春秋早期】
鄀公諴簠（集成 4600）

【春秋晚期】
趙孟庎壺（集成 9678）（晉）  
趙孟庎壺（集成 9679）（晉）

【春秋晚期】
石鼓（獵碣・吳人）（通鑑 19825）（秦） 

【春秋晚期】
越邾盟辭鎛乙（集成 156）（越） 

【春秋晚期】
王子午鼎（集成 2811）（楚） 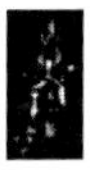 
王子午鼎（新收 447）（楚） 
王子午鼎（新收 446）（楚）

王子午鼎（新收 449）（楚）

【春秋晚期】
王子午鼎（新收 444）（楚）

禦 袚 祏 宗 [礻先] 崈 [埶示] 祏 袚 禦 三 王

【春秋晚期】
越邾盟辭鎛甲（集成 155）

【春秋晚期】
醓袚想簠蓋（新收 534）（楚）
醓袚想簠器（新收 534）（楚）

【春秋晚期】
蔡侯龖尊（集成 6010）（蔡）

【春秋早期】
[埶示]司寇獸鼎（集成 2474）
[埶示]姬鬲（新收 1070）

【春秋晚期】
鄭太子之孫與兵壺蓋（新收 1980）

【春秋晚期】
司馬楙鎛乙（通鑑 15767）

【春秋晚期】
[扌留]篙鐘（集成 38）（楚）

【春秋晚期】
競之定豆甲（通鑑 6146）
競之定豆乙（通鑑 6147）
競之定鬲甲（通鑑 2997）

【春秋早期】
秦子鎛（通鑑 15770）（秦）
晉公戈（新收 1866）（晉）
降公蘇戈（集成 11209）（春秋晚期）

【春秋早期】
秦公鎛丙（集成 269）（秦）
戎生鐘丙（新收 1615）（晉）
宗婦鄁嫛簋（集成 4086）（鄁）

宗婦鄁嫛鼎（集成 2684）（鄁）
宗婦鄁嫛鼎（集成 2683）（鄁）
宗婦鄁嫛鼎（集成 2685）（鄁）
宗婦鄁嫛鼎（集成 2687）（鄁）

宗婦鄁嫛簋蓋（集成 4076）（鄁）
宗婦鄁嫛簋（集成 4077）（鄁）
宗婦鄁嫛簋蓋（集成 4078）（鄁）
宗婦鄁嫛簋器（集成 4078）（鄁）

宗婦鄁嫛簋蓋（集成4079）（鄁）
宗婦鄁嫛簋（集成4080）（鄁）
宗婦鄁嫛簋蓋（集成4081）（鄁）
宗婦鄁嫛簋器（集成4084）（鄁）

宗婦鄁嫛簋（集成4082）（鄁）
宗婦鄁嫛簋蓋（集成4084）（鄁）
宗婦鄁嫛簋蓋（集成4085）（鄁）
宗婦鄁嫛壺器（集成9699）（鄁）

宗婦鄁嫛簋（通鑑4576）（鄁）
徐王擬鼎（集成2675）（徐）
王孫壽甗（集成946）
鄁公湯鼎（集成2714）（鄁）

王鬲（集成611）
楚嬴盤（集成10148）
楚嬴匜（集成10273）（楚）
楚屈叔沱戈（集成11393）（楚）

陳侯盤（集成10157）（陳）
陳侯簠蓋（集成4604）（陳）
陳侯簠器（集成4604）（陳）
陳侯簠器（集成4603）（陳）

陳侯簠蓋（集成4603）（陳）
曾伯霥簠蓋（集成4632）（曾）
曾伯霥簠（集成4631）（曾）
曾伯從寵鼎（集成2550）（曾）

秦公鐘甲（集成262）（秦）
秦公鐘丙（集成264）（秦）
秦公鎛甲（集成267）（秦）
秦公鎛乙（集成268）（秦）

楚大師登鐘甲（通鑑15505）（楚）
楚大師登鐘甲（通鑑15505）（楚）
楚大師登鐘乙（通鑑15506）（楚）
楚大師登鐘乙（通鑑15506）（楚）

楚大師登鐘丙（通鑑15507）（楚）
楚大師登鐘丁（通鑑15508）（楚）
楚大師登鐘己（通鑑15510）（楚）
楚大師登鐘辛（通鑑15512）（楚）

楚大師登鐘辛（通鑑15512）（楚）
楚屈叔沱戈（集成11393）（楚）
黃太子伯克盤（集成10162）（黃）
吳王御士尹氏叔緐簠（集成4527）（吳）

曩甫人匜（集成10261）（紀）
鬻仲之子伯剌戈（集成11400）
武墜之王戈（新收1893）

【春秋中期】

子犯鐘甲D（新收1011）（晉）
子犯鐘甲D（新收1011）（晉）
子犯鐘乙A（新收1020）（晉）
子犯鐘乙B（新收1021）（晉）

子犯鐘乙D（新收1023）（晉）

子犯鐘乙D（新收1023）（晉）

子犯鐘乙D（新收1023）（晉）

𦅫鎛（集成271）（齊）

者𣶃鐘一（集成193）（吳）

者𣶃鐘二（集成194）（吳）

者𣶃鐘三（集成195）（吳）

者𣶃鐘四（集成196）（吳）

者𣶃鐘五（集成197）（吳）

者𣶃鐘七（集成199）（吳）

者𣶃鐘九（集成201）（吳）

者𣶃鐘十（集成202）（吳）

庚兒鼎（集成2715）（徐）

庚兒鼎（集成2716）（徐）

叔師父壺（集成9706）

童麗君柏鐘（通鑑15186）

王子嬰次爐（集成10386）（楚）

周王孫季怡戈（集成11309）（周）

宜桐盂（集成10320）（徐）

【春秋中後期】

東姬匜（新收398）（楚）

【春秋晚期】

王子午鼎（集成2811）（楚）

王子午鼎（新收447）（楚）

王子午鼎（新收446）（楚）

王子午鼎（新收446）（楚）

王子午鼎（新收445）（楚）

王子午鼎（新收449）（楚）

王孫誥鐘一（新收418）（楚）

王孫誥鐘一（新收418）（楚）

王孫誥鐘二（新收419）（楚）

王孫誥鐘三（新收420）（楚）

王孫誥鐘三（新收420）（楚）

王孫誥鐘四（集成421）（楚）

王孫誥鐘四（新收421）（楚）

王孫誥鐘四（新收421）（楚）

王孫誥鐘五（新收422）（楚）

王孫誥鐘五（新收422）（楚）

王孫誥鐘五（新收422）（楚）

王孫誥鐘六（新收423）（楚）

王孫誥鐘六（新收423）（楚）

王孫誥鐘七（新收424）（楚）

王孫誥鐘七（新收424）（楚）

王孫誥鐘九（新收426）（楚）

王孫誥鐘九（新收426）（楚）

王孫誥鐘九（新收426）（楚）

王孫誥鐘十（新收427）（楚）

王孫誥鐘十（新收427）（楚）

王孫誥鐘十（新收427）（楚）	王孫誥鐘十三（新收430）（楚）	王孫誥鐘十五（新收434）（楚）	王孫誥鐘二十（新收433）（楚）	王孫誥鐘二十五（新收441）（楚）	黝鎛乙（新收490）（楚）	黝鐘丁（新收483）（楚）	蔡侯𤔲歌鐘甲（集成210）（蔡）	吳王光鑑乙（集成10299）（吳）	鼄公牼鐘甲（集成149）（邾）	攻敔王夫差劍（集成11639）（吳）	曹鮢尋員劍（新收1241）（吳）
王孫誥鐘十二（新收429）（楚）	王孫誥鐘十三（新收430）（楚）	王孫誥鐘十七（新收435）（楚）	王孫誥鐘二十（新收433）（楚）	王孫遺者鐘（集成261）（楚）	黝鎛庚（新收495）（楚）	黝鐘戊（新收485）（楚）	蔡侯𤔲尊（集成6010）（蔡）	吳王光鑑甲（集成10298）（吳）	鼄公牼鐘乙（集成150）（邾）	攻敔王光劍（集成11654）（吳）	攻敔王夫差劍（新收1523）（吳）
王孫誥鐘十二（新收429）（楚）	王孫誥鐘十四（新收431）（楚）	王孫誥鐘十七（新收435）（楚）	王孫誥鐘二十二（新收438）（楚）	黝鎛甲（新收489）（楚）	黝鎛乙（新收490）（楚）	倗戟（新收469）（楚）	蔡侯盤（新收471）（蔡）	鼄公牼鐘丙（集成151）（邾）	攻敔王夫差劍（集成11637）（吳）	攻敔王夫差劍（新收317）（吳）	攻敔王夫差劍（新收1734）（吳）
王孫誥鐘十二（新收429）（楚）	王孫誥鐘十五（新收434）（楚）	王孫誥鐘十九（新收437）（楚）	王孫誥鐘二十三（新收443）（楚）	黝鎛甲（新收489）（楚）	黝鎛丙（新收491）（楚）	龔王之卯戈（通鑑17216）（楚）	蔡侯匜（新收472）（蔡）	鼄公華鐘（集成245）（邾）	攻敔王夫差劍（集成11638）（吳）	攻敔王夫差劍（通鑑18021）（吳）	攻敔王夫差劍（通鑑18071）（吳）

 邗王是埜戈（集成11263）（吳）	 攻敔王夫差劍（集成11636）（吳）	 郘黛鐘二（集成226）（晉）	 郘黛鐘四（集成228）（晉）
 郘黛鐘六（集成230）（晉）	 郘黛鐘七（集成231）（晉）	 郘黛鐘九（集成233）（晉）	 郳公孫班鎛（集成140）（郳）
 競之定鬲丙（通鑑2999）	 競之定鬲甲（通鑑2997）	 競之定簋甲（通鑑5226）	 競之定豆甲（通鑑6146）
 競之定豆乙（通鑑6147）	 競平王之定鐘（集成37）（楚）	 競平王之定鐘（集成37）（楚）	 申文王之孫州桒簠（通鑑5960）
 楚王酓審盞（新收1809）（楚）	 襄王孫盞（新收1771）	 王子申盞（集成4643）（楚）	 王子啓疆尊（通鑑11733）
 楚王酓恷盤（通鑑14510）	 楚王酓恷匜（通鑑14986）	王子申匜（新收1675）（楚）	 徐王子旃鐘（集成182）（徐）
 徐王屰又觶（集成6506）（徐）	 徐王義楚觶（集成6513）（徐）	 徐王義楚盤（集成10099）（徐）	 徐王元子柴爐（集成10390）（徐）
 卲王之諻鼎（集成2288）（楚）	 卲王之諻簋（集成3634）	 卲王之諻簋（集成3635）	 叔姜簠蓋（新收1212）（楚）
 吳王孫無土鼎蓋（集成2359）（吳）	吳王孫無土鼎器（集成2359）（吳）	 王孫𩱙簠器（集成4501）	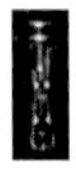 王子臣俎（通鑑6320）
 許公買簠器（集成4617）（許）	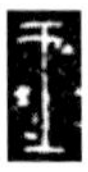 許公買簠蓋（通鑑5950）	許公買簠器（通鑑5950）	 夫欧申鼎（新收1250）（舒）
王子吳鼎（集成2717）（楚）	王子嬰次鐘（集成52）（楚）	楚王領鐘（集成53）（楚）	楚王領鐘（集成53）（楚）
羅兒匜（新收1266）	者尚余卑盤（集成10165）	夆叔匜（集成10282）（滕）	石鼓（獵碣·而師）（通鑑19822）（秦）

遷邟鐘三（新收1253）（舒）	遷邟鐘三（新收1253）（舒）	遷邟鐘六（新收56）（舒）	遷邟鐘六（新收56）（舒）
遷邟鎛甲（通鑑15792）（舒）	遷邟鎛甲（通鑑15792）（舒）	遷邟鎛丙（通鑑15794）（舒）	遷邟鎛丙（通鑑15794）（舒）
遷邟鎛丁（通鑑15795）（舒）	遷邟鎛丁（通鑑15795）（舒）	敬事天王鐘甲（集成73）（楚）	敬事天王鐘乙（集成74）（楚）
敬事天王鐘丙（集成75）（楚）	敬事天王鐘丁（集成76）（楚）	敬事天王鐘戊（集成77）（楚）	敬事天王鐘己（集成78）（楚）
敬事天王鐘己（集成78）（楚）	敬事天王鐘辛（集成80）（楚）	敬事天王鐘辛（集成80）（楚）	臧孫鐘甲（集成93）（吳）
臧孫鐘丙（集成95）（吳）	臧孫鐘丁（集成96）（吳）	臧孫鐘戊（集成97）（吳）	臧孫鐘己（集成98）（吳）
臧孫鐘壬（集成101）（吳）	齊太宰歸父盤（集成10151）（齊）	庚壺（集成9733）（齊）	沇兒鎛（集成203）（徐）
趙孟疥壺（集成9678）（晉）	趙孟疥壺（集成9678）（晉）	趙孟疥壺（集成9679）（晉）	趙孟疥壺（集成9679）（晉）
晉公盆（集成10342）（晉）	晉公盆（集成10342）（晉）	晉公盆（集成10342）（晉）	吳王夫差鑑（新收1477）（吳）
工盧王之孫鎣（新收1283）（吳）	吳王夫差盉（新收1475）（吳）	吳王夫差鑑（集成10294）（吳）	吳王夫差鑑（集成10295）（吳）
越王之子勾踐劍（集成11594）（越）	越王之子勾踐劍（集成11595）（越）	攻吾王光劍（新收1478）（吳）	徐王義楚劍（通鑑17981）
越王劍（通鑑18052）	越王不光劍（通鑑18055）	攻敔王光戈（集成11151）（吳）	王子孜戈（集成11207）（吳）

王

吳王夫差鑑（集成10296）（吳）
攻敔王夫差戈（集成11288）（吳）
攻敔王光劍（集成11666）（吳）
攻盧王叡戗此郐劍（新收1188）（吳）

工盧王姑發胥反之弟劍（新收988）（吳）
吳王夫差矛（集成11534）（吳）
吳王光劍（通鑑18070）
王子□戈（通鑑17318）

姑發者反之子通劍（新收1111）（吳）
攻敔王者彶叡虘劍（通鑑18065）
攻敔王虘牧此郐劍（通鑑18066）
工吳王叡訽工吳劍（通鑑18067）

郙王䕻劍（集成11611）
索魚王戈（新收1300）
蔡太史卮（集成10356）（蔡）
王子反戈（集成11122）

徐王之子䍜戈（集成11282）（徐）
大王光逗戈（集成11255）（吳）
大王光逗戈（集成11257）（吳）
越王矛（集成11451）（越）

越王矛（集成11451）（越）
楚王孫漁矛（通鑑17689）
越王之子勾踐劍（集成11595）（越）
越王之子勾踐劍（集成11594）（越）

王子玫戈（集成11208）（吳）
司馬楙鎛乙（通鑑15767）

【春秋晚或戰國早期】

越王勾踐劍（集成11621）

越王鈹（集成11571）
越王鈹（集成11571）

【春秋時期】

鼄叔之伯鐘（集成87）（邾）

中子化盤（集成10137）（楚）
公父宅匜（集成10278）
越王戈（新收1774）

【春秋晚期】

姑馮昏同之子句鑃（集成424）（越）

皇

【春秋早期】

秦公簋蓋（集成4315）（秦）
秦公簋器（集成4315）（秦）
魯仲齊鼎（集成2639）（魯）

皇與匜（通鑑14976）

【春秋中期】

䮊鎛（集成271）（齊）
䮊鎛（集成271）（齊）

皇

欒書缶器（集成10008）（晉）
者𣳚鐘一（集成193）（吳）
者𣳚鐘二（集成194）（吳）
者𣳚鐘三（集成195）（吳）
者𣳚鐘三（集成195）（吳）
者𣳚鐘四（集成196）（吳）
者𣳚鐘四（集成196）（吳）

【春秋晚期】

鼄公華鐘（集成245）（邾）
鼄公華鐘（集成245）（邾）
王孫遺者鐘（集成261）（楚）
秦景公石磬（通鑑19798）（秦）
沇兒鎛（集成203）（徐）
沇兒鎛（集成203）（徐）
徐王子旃鐘（集成182）（徐）
𨜒侯少子簋（集成4152）（莒）
鄭太子之孫與兵壺蓋（新收1980）
鄭太子之孫與兵壺蓋（新收1980）

【春秋時期】

齊侯盤（集成10123）（齊）

【春秋早期】

秦公鐘甲（集成262）（秦）
秦公鐘乙（集成263）（秦）
秦公鐘丙（集成264）（秦）
秦公鐘戊（集成266）（秦）
秦公鎛甲（集成267）（秦）
秦公鎛甲（集成267）（秦）
秦公鎛乙（集成268）（秦）
秦公鎛乙（集成268）（秦）
秦公鎛丙（集成269）（秦）
秦公鎛丙（集成269）（秦）
戎生鐘甲（新收1613）（晉）
戎生鐘乙（新收1614）（晉）
戎生鐘戊（新收1617）（晉）
戎生鐘己（新收1618）（晉）
魯司徒仲齊盨甲蓋（集成4440）（魯）
魯司徒仲齊匜（集成10275）（魯）
魯司徒仲齊盨甲器（集成4440）（魯）
魯司徒仲齊盨乙蓋（集成4441）（魯）
魯司徒仲齊盨乙器（集成4441）（魯）
魯伯悆盨蓋（集成4458）（魯）
魯伯悆盨器（集成4458）（魯）
魯伯悆盨蓋（集成4458）（魯）
魯伯悆盨器（集成4458）（魯）
曾伯霥簠蓋（集成4632）（曾）
曾伯霥簠（集成4631）（曾）
虢季鐘乙（新收2）
虢季鐘丙（新收3）

王

皇

鄀公平侯鼎（集成2771）（鄀）
鄀公平侯鼎（集成2772）（鄀） 
鄀公平侯鼎（集成2771）（鄀） 
鄀公平侯鼎（集成2772）（鄀） 

上鄀公敄人簋蓋（集成4183）（鄀）
上鄀公敄人簋蓋（集成4183）（鄀） 
鄀公敄人鐘（集成59）（鄀） 
鄀公敄人鐘（集成59）（鄀） 

鄀公諴簠（集成4600）
鄀公諴簠（集成4600） 
鑄叔皮父簋（集成4127）（鑄） 
鄧公孫無嬰鼎（新收1231）（鄧） 

【春秋晚期】

王子午鼎（新收449）（楚）
王子午鼎（新收446）（楚） 
王子午鼎（集成2811）（楚） 
王子午鼎（新收444）（楚） 
晉公盆（集成10342）（晉） 
晉公盆（集成10342）（晉） 
吳王光鐘殘片之三十四（集成224.7-224.40）（吳） 
齊鞄氏鐘（集成142）（齊） 
徐王義楚觶（集成6513）（徐） 

【春秋時期】

齊皇壺（集成9659）（齊）
伯彊簠（集成4526） 

【春秋晚期】

郘黛鐘一（集成225）（晉）
郘黛鐘二（集成226）（晉） 
郘黛鐘四（集成228）（晉） 
郘黛鐘六（集成230）（晉） 
郘黛鐘七（集成231）（晉） 
郘黛鐘八（集成232）（晉） 
郘黛鐘十一（集成235）（晉） 
郘黛鐘十三（集成237）（晉） 
洹子孟姜壺（集成9730）（齊） 
洹子孟姜壺（集成9729）（齊） 
洹子孟姜壺（集成9729）（齊） 
洹子孟姜壺（集成9730）（齊） 

【春秋晚期】

洹子孟姜壺（集成9730）（齊）

璧

【春秋晚期】

洹子孟姜壺（集成 9730）（齊）

洹子孟姜壺（集成 9729）（齊）

洹子孟姜壺（集成 9729）（齊）

洹子孟姜壺（集成 9730）（齊）

洹子孟姜壺（集成 9730）（齊）

璜

【春秋晚期】

楚屈子赤目簠蓋（集成 4612）（楚）

楚屈子赤目簠器（新收 1230）（楚）

璋

【春秋晚期】

子璋鐘甲（集成 113）（許）

子璋鐘乙（集成 114）（許）

子璋鐘丙（集成 115）（許）

子璋鐘丁（集成 116）（許）

子璋鐘己（集成 118）（許）

瑒

【春秋晚期】

攻敔王光戈（集成 11151）（吳）

王子孜戈（集成 11207）（吳）

玄膚之用戈（通鑑 16870）

靈 [illegible]

【春秋晚期】

庚壺（集成 9733）（齊）

[illegible]

【春秋晚期】

叔尸鐘五（集成 276）（齊）

班

【春秋晚期】

郳公孫班鎛（集成 140）（郳）

气

【春秋晚期】

洹子孟姜壺（集成 9729）（齊）

洹子孟姜壺（集成 9730）（齊）

士

【春秋早期】

秦公鐘甲（集成 262）（秦）

秦公鐘丁（集成 265）（秦）

秦公鎛甲（集成 267）（秦）

秦公鎛乙（集成 268）（秦）

秦公鎛丙（集成 269）（秦）

秦公簋器（集成 4315）（秦）

鄭伯氏士叔皇父鼎（集成 2667）（鄭）

中

吳王御士尹氏叔緐簠（集成4527）（吳）
魯士浮父簠蓋（集成4517）（魯）
魯士浮父簠器（集成4517）（魯）
魯士浮父簠（集成4518）（魯）
魯士浮父簠（集成4519）（魯）
魯士浮父簠（集成4520）（魯）

【春秋晚期】

鼄公牼鐘甲（集成149）（邾）
鼄公牼鐘乙（集成150）（邾）
鼄公牼鐘丙（集成151）（邾）
鼄公牼鐘丁（集成152）（邾）
鼄公華鐘（集成245）（邾）
王孫誥鐘一（新收418）（楚）
王孫誥鐘四（新收421）（楚）
王孫誥鐘五（新收422）（楚）
王孫誥鐘七（新收424）（楚）
王孫誥鐘十二（新收429）（楚）
王孫誥鐘十四（新收431）（楚）
王孫誥鐘十九（新收437）（楚）
王孫誥鐘二十二（新收438）（楚）
王孫誥鐘二十六（新收442）（楚）
沇兒鎛（集成203）（徐）
徐王子旃鐘（集成182）（徐）
魯士商戱匜（集成10187）
子璋鐘甲（集成113）（許）
子璋鐘丙（集成115）（許）
子璋鐘丙（集成115）（許）
子璋鐘戊（集成117）（許）
晉公盆（集成10342）

【春秋前期】

郐諸尹征城（集成425）

【春秋早期】

魯司徒仲齊盨甲蓋（集成4440）（魯）
魯司徒仲齊盨甲器（集成4440）（魯）
魯司徒仲齊盨乙蓋（集成4441）（魯）
魯司徒仲齊盨乙器（集成4441）（魯）
魯伯厚父盤（集成10086）（魯）
魯司徒仲齊盤（集成10116）（魯）
魯司徒仲齊匜（集成10275）（魯）
魯大司徒子仲白匜（集成10277）（魯）
魯伯厚父盤（通鑑14505）
魯伯大父簋（集成3989）（魯）
叔家父簠（集成4615）
陳侯簠蓋（集成4603）（陳）
陳侯簠器（集成4603）（陳）
陳侯簠蓋（集成4604）（陳）
陳侯簠器（集成4604）（陳）

陳侯盤（集成 10157）（陳）
原氏仲簠（新收 397）（陳）
原氏仲簠（新收 397）（陳）
原氏仲簠（新收 396）（陳）

原氏仲簠（新收 396）（陳）
原氏仲簠（新收 395）（陳）
原氏仲簠（新收 395）（陳）
原氏仲簠（新收 395）（陳）

曾侯仲子遊父鼎（集成 2423）（曾）
曾侯仲子遊父鼎（集成 2424）（曾）
芮子仲殿鼎（集成 2517）
曾仲子敔鼎（集成 2564）（曾）

曾子仲謱鼎（集成 2620）（曾）
魯仲齊鼎（集成 2639）（魯）
曾子仲宣鼎（集成 2737）（曾）
曾子仲謱甗（集成 943）（曾）

曾仲斿父鋪（集成 4673）（曾）
曾仲斿父鋪（集成 4674）（曾）
曾仲斿父方壺蓋（集成 9628）（曾）
曾仲斿父方壺器（集成 9628）（曾）

曾仲斿父方壺器（集成 9629）（曾）
曾仲之孫戈（集成 11254）（曾）
仲姜壺（通鑑 12333）
仲姜鼎（通鑑 2361）

仲姜甗（通鑑 3339）
仲姜簋（通鑑 4056）
袒仲無龍鬲（集成 713）
芮子仲殿鼎（通鑑 2363）

國子碩父鬲（新收 48）
國子碩父鬲（新收 49）
魯仲齊甗（集成 939）（魯）
蘇公匜（新收 1465）

袒仲匜（通鑑 14973）
鄩仲盤（集成 10135）（尋）
鄩仲盤（集成 10135）（尋）
尋仲匜（集成 10266）（尋）

尋仲匜（集成 10266）（尋）
袒仲無龍匜（集成 10249）
袒仲無龍鬲（集成 714）
大師盤（新收 1464）

封仲盤（集成 10056）
封仲甗（集成 933）
黃太子伯克盤（集成 10162）（黃）
眚仲之孫簋（集成 4120）

囂仲之子伯剌戈（集成 11400）
鄧子仲無𦤎戈（新收 1234）
姅仲簠（集成 4534）
薛子仲安簠器（集成 4546）（薛）

走馬薛仲赤簠（集成4556）（薛）	郜公簠蓋（集成4569）（郜）	江小仲母生鼎（集成2391）（江）	【春秋中期】
𩱼鎛（集成271）（齊）	𩱼鎛（集成271）（齊）	𩱼鎛（集成271）（齊）	陳公子仲慶簠（集成4597）（陳）
陳大喪史仲高鐘（集成350）（陳）	陳大喪史仲高鐘（集成353）	陳大喪史仲高鐘（集成355）	曾仲鄬君腱鎮墓獸方座（新收521）（楚）
仲改衛簠（新收400）	仲改衛簠（新收399）	【春秋晚期】	𪒠子鼎（通鑑2382）（齊）
𪒠子鼎（通鑑2382）（齊）	黃仲酉壺（通鑑12328）（曾）	曾仲姬壺（通鑑12329）（曾）	黃仲酉匜（通鑑14987）（曾）
蔡侯盤（新收471）（蔡）	齊侯盂（集成10318）（齊）	唐子仲瀕兒瓶（新收1211）（唐）	唐子仲瀕兒盤（新收1210）（唐）
唐子仲瀕兒匜（新收1209）（唐）	鄬侯少子簋（集成4152）（莒）	國子中官鼎蓋（集成1935）	國子中官鼎（通鑑2336）
臧孫鐘甲（集成93）（吳）	臧孫鐘丙（集成95）（吳）	臧孫鐘戊（集成97）（吳）	臧孫鐘己（集成98）（吳）
臧孫鐘庚（集成99）（吳）	臧孫鐘辛（集成100）（吳）	臧孫鐘壬（集成101）（吳）	簷叔之仲子平鐘甲（集成172）（莒）
簷叔之仲子平鐘乙（集成173）（莒）	簷叔之仲子平鐘丙（集成174）（莒）	簷叔之仲子平鐘丁（集成175）（莒）	簷叔之仲子平鐘戊（集成176）（莒）
簷叔之仲子平鐘己（集成177）（莒）	簷叔之仲子平鐘庚（集成178）（莒）	簷叔之仲子平鐘辛（集成179）（莒）	簷叔之仲子平鐘壬（集成180）（莒）
遷邟鐘三（新收1253）（舒）	遷邟鐘六（新收56）（舒）	遷邟鎛丙（通鑑15794）（舒）	遷邟鎛丁（通鑑15795）（舒）

中

復公仲簋蓋（集成4128）

復公仲壺（集成9681）

楚屈子赤目簠蓋（集成4612）（楚）

楚屈子赤目簠器（新收1230）（楚）

黃仲酉簠（通鑑5958）

仲姬𠫑敦蓋（新收502）（曾）

仲姬𠫑敦器（新收502）（曾）

歸父敦（集成4640）（齊）

【春秋晚或戰國早期】

中央勇矛（集成11566）

【春秋時期】

中都戈（集成10906）

番仲𢍰匜（集成10258）（番）

般仲柔盤（集成10143）

仲義君鼎（集成2279）

衵仲無龍匕（集成970）

彭子仲盆蓋（集成10340）

【春秋早期】

秦子戈（集成11352）（秦）

【春秋中期】

陳大喪史仲高鐘（集成350）（陳）

【春秋晚期】

蔡侯𪒠歌鐘丙（集成217）（蔡）

蔡侯𪒠歌鐘乙（集成211）（蔡）

蔡侯𪒠鎛丙（集成221）（蔡）

王孫誥鐘一（新收418）（楚）

王孫誥鐘二（新收419）（楚）

王孫誥鐘三（新收420）（楚）

王孫誥鐘四（新收421）（楚）

王孫誥鐘五（新收422）（楚）

王孫誥鐘六（新收423）（楚）

王孫誥鐘七（新收424）（楚）

王孫誥鐘八（新收425）（楚）

王孫誥鐘十（新收427）（楚）

王孫誥鐘十一（新收428）（楚）

王孫誥鐘十二（新收429）（楚）

王孫誥鐘十三（新收430）（楚）

王孫誥鐘十五（新收434）（楚）

王孫誥鐘十七（新收435）（楚）

王孫誥鐘二十（新收433）（楚）

王孫誥鐘二十三（新收443）（楚）

王孫遺者鐘（集成261）（楚）

沇兒鎛（集成203）（徐）

徐王子旃鐘（集成182）（徐）

石鼓（獵碣·吳人）（通鑑19825）（秦）

屮

【春秋時期】

- 中子化盤（集成10137）（楚）

《說文》：「[illegible]，籀文中。」

【春秋早期】

- 秦公鐘乙（集成263）（秦）
- 秦公鐘戊（集成266）（秦）
- 秦公鎛甲（集成267）（秦）
- 秦公鎛乙（集成268）（秦）
- 秦公鎛丙（集成269）（秦）

【春秋晚期】

- 秦景公石磬（通鑑19799）（秦）
- 郿夫人嫿鼎（通鑑2386）

每

【春秋早期】

- 杞子每刃鼎（集成2428）（杞）
- 杞伯每刃鼎盖（集成2494）（杞）
- 杞伯每刃鼎器（集成2494）（杞）
- 杞伯每刃鼎（集成2495）（杞）
- 杞伯每刃鼎（集成2642）（杞）
- 杞伯每刃簋（集成3901）（杞）
- 杞伯每刃簋（集成3899.1）（杞）
- 杞伯每刃簋蓋（集成3898）（杞）
- 杞伯每刃簋器（集成3898）（杞）
- 杞伯每刃簋（集成3897）（杞）
- 杞伯每刃簋蓋（集成3900）（杞）
- 杞伯每刃簋蓋（集成3899.2）（杞）
- 杞伯每刃簋蓋（集成3902）（杞）
- 杞伯每刃簋器（集成3902）（杞）
- 杞伯每刃盆（集成10334）（杞）
- 杞伯每刃壺（集成9687）（杞）
- 杞伯每刃匜（集成10255）（杞）

莊 [illegible]

【春秋中期】

- 趞亥鼎（集成2588）（宋）

蘇

【春秋晚期】

- 寬兒鼎（集成2722）（蘇）
- 寬兒缶甲（通鑑14091）

薛

胖

蕚

蒷

挷

蔡 希

【春秋早期】

薛戈（集成10817）

【春秋早期】

薛子仲安簠蓋（集成4546）（薛）

薛子仲安簠器（集成4546）（薛）

薛子仲安簠（集成4547）（薛）

薛子仲安簠（集成4548）（薛）

走馬薛仲赤簠（集成4556）（薛）

薛侯壺（新收1131）（薛）

【春秋時期】

薛侯匜（集成10263）（薛）

【春秋晚期】

鄝子蒷臺鼎蓋（集成2498）

【春秋早期】

樊君夔盆蓋（集成10329）（樊）

樊君夔盆器（集成10329）（樊）

【春秋中期】

子犯鐘甲B（新收1009）（晉）

子犯鐘甲C（新收1010）（晉）

子犯鐘乙A（新收1020）（晉）

子犯鐘乙B（新收1021）（晉）

子犯鐘乙C（新收1022）（晉）

【春秋晚期】

吳王光鐘殘片之十一（集成224.3）（吳）

吳王光鐘殘片之十二（集成224.13-36）（吳）

【春秋早期】

蔡侯鼎（通鑑2372）

蔡大善夫趣簠蓋（新收1236）（蔡）

蔡大善夫趣簠器（新收1236）（蔡）

蔡公子壺（集成9701）

【春秋晚期】

蔡侯䜌尊缶（集成9994）（蔡）

蔡侯䜌缶（集成10004）（蔡）

蔡侯盤（新收471）（蔡）

蔡侯匜（新收472）（蔡）

蔡侯䜌行戈（集成11140）（蔡）

蔡太史卮（集成10356）（蔡）

蔡加子戈（集成11149）（蔡）	蔡侯龖用戈（集成11142）（蔡）	蔡公子果戈（集成11146）（蔡）	蔡公子果戈（集成11147）（蔡）
蔡公子加戈（集成11148）（蔡）	蔡公子頒戈（通鑑16877）	蔡公子加戈（通鑑17220）（蔡）	蔡侯申戈（通鑑17296）（蔡）
蔡侯龖方缶蓋（集成9993）（蔡）	蔡侯龖方缶器（集成9993）（蔡）	蔡侯龖盤（集成10072）（蔡）	蔡侯龖匜（集成10189）（蔡）
蔡侯龖歌鐘甲（集成210）（蔡）	蔡侯龖歌鐘乙（集成211）（蔡）	蔡侯龖行鐘丙（集成214）（蔡）	蔡侯龖鎛丁（集成222）（蔡）
蔡大司馬燮盤（通鑑14498）	蔡叔季之孫君匜（集成10284）（蔡）	蔡侯龖鼎（集成2215）（蔡）	蔡侯龖鼎（集成2216）（蔡）
蔡侯龖鼎蓋（集成2217）（蔡）	蔡侯龖殘鼎（集成2219）（蔡）	蔡侯龖殘鼎（集成2225）（蔡）	蔡侯龖殘鼎（集成2226）（蔡）
蔡大師腆鼎（集成2738）（蔡）	蔡侯龖簋蓋（集成3592）（蔡）	蔡侯龖簋器（集成3595）（蔡）	蔡侯龖簋蓋（集成3597）（蔡）
蔡侯龖簋器（集成3597）（蔡）	蔡侯龖簋（集成3599）（蔡）	蔡侯龖簠蓋（集成4490）（蔡）	蔡侯龖簠器（集成4490）（蔡）
蔡侯龖簠（集成4491）（蔡）	蔡侯龖簠蓋（集成4492）（蔡）	蔡侯龖簠器（集成4492）（蔡）	蔡侯龖簠蓋（集成4493）（蔡）
蔡侯龖簠器（集成4493）（蔡）	蔡公子義工簠（集成4500）（蔡）	蔡侯簠甲蓋（新收1896）（蔡）	蔡侯簠甲器（新收1896）（蔡）
蔡侯簠乙（新收1897）（蔡）	蔡侯龖簠（通鑑5967）（蔡）	蔡侯龖簠（通鑑5968）（蔡）	蔡侯朱缶（集成9991）（蔡）
蔡公子從（通鑑16878）	蔡侯□叔劍（集成11601）	【春秋後期】	蔡子佗匜（集成10196）（蔡）

苦

【春秋早期】

上曾太子般殷鼎（集成 2750）（曾）

【春秋中期】

者減鐘一（集成 193）（吳）

者減鐘三（集成 195）（吳）

者減鐘四（集成 196）（吳）

【春秋晚期】

鄬鎛甲（新收 489）（楚）

鄬鎛乙（新收 490）（楚）

鄬鎛丙（新收 491）（楚）

鄬鎛丁（新收 492）（楚）

鄬鎛己（新收 494）（楚）

鄬鎛辛（新收 496）（楚）

簷太史申鼎（集成 2732）（莒）

復公仲簋蓋（集成 4128）

鄬鐘己（新收 484）（楚）

鄬鐘甲（新收 482）（楚）

鄬鐘丙（新收 486）（楚）

蕢 臾

【春秋中期】

以鄧匜（新收 405）（楚）

《說文》：「臾，古文蕢。」

茹 妄

【春秋晚期】

是鄱戈（集成 10899）

𣂔 䖂

【春秋晚期】

洹子孟姜壺（集成 9729）（齊）

洹子孟姜壺（集成 9730）（齊）

析

【春秋晚期】

王孫誥鐘一（新收 418）（楚）

王孫誥鐘二（新收 419）（楚）

王孫誥鐘三（新收 420）（楚）

王孫誥鐘四（新收 421）（楚）

王孫誥鐘五（新收 422）（楚）

王孫誥鐘六（新收 423）（楚）

王孫誥鐘七（新收 424）（楚）

王孫誥鐘八（新收 425）（楚）

王孫誥鐘十（新收 427）（楚）

王孫誥鐘十一（新收 428）（楚）

王孫誥鐘十二（新收 429）（楚）

王孫誥鐘十三（新收430）（楚）

王孫誥鐘十五（新收434）（楚）

王孫誥鐘二十一（新收439）（楚）

王孫誥鐘二十四（新收440）（楚）

【春秋晚期】

宋公差戈（集成11281）（宋）

【春秋晚期】

蔡侯⿱⿲糸申糸夊尊（集成6010）

蔡侯⿱⿲糸申糸夊盤（集成10171）（蔡）

葬

【春秋晚期】

石鼓（獵碣・作原）（通鑑19821）（秦）

【春秋晚期】

吳王光鐘殘片十二（集成224.13-36）

鄭太子之孫與兵壺蓋（新收1980）

⿱艹吉

【春秋晚期】

吳王光鐘（集成223）（吳）

吳王光鐘殘片之二十二（集成224.2）（吳）

菁

【春秋中期】

欒書缶蓋（集成10008）（晉）

欒書缶器（集成10008）（晉）

茂

【春秋中期】

季子康鎛甲（通鑑15785）

季子康鎛丙（通鑑15787）

季子康鎛丁（通鑑15788）

蔓

【春秋早期】

鄭叔⿰萑戈父鬲（集成579）（鄭）

鄭井叔⿰萑戈父鬲（集成580）（鄭）

⿱艹僅

【春秋晚期】

鄀王⿱艹僅劍（集成11611）

【春秋晚期】

工𪑺太子姑發𦚟反劍（集成11718）（吳）

晉公盆（集成10342）（晉）

晉公盆（集成10342）（晉）

苜

【春秋早期】

昔父匜（集成10236）（郲）

茾 葬 薵

【春秋晚期】

石鼓（獵碣・霝雨）（通鑑 19820）（秦）

【春秋晚期】

石鼓（獵碣・馬薦）（通鑑 19823）（秦）

【春秋晚期】

石鼓（獵碣・馬薦）（通鑑 19823）（秦）

小

【春秋早期】

秦公鐘甲（集成 262）（秦）

秦公鐘丙（集成 264）（秦）

秦公鎛甲（集成 267）（秦）

秦公鎛乙（集成 268）（秦）

秦公鎛丙（集成 269）（秦）

江小仲母生鼎（集成 2391）（江）

己侯壺（集成 9632）（紀）

尹小叔鼎（集成 2214）（虢）

魯内小臣床生鼎（集成 2354）

【春秋晚期】

晉公盆（集成 10342）（晉）

晉公盆（集成 10342）（晉）

復公仲簋蓋（集成 4128）

越邾盟辭鎛甲（集成 155）

越邾盟辭鎛乙（集成 156）（越）

【春秋時期】

陳姬小公子盨蓋（集成 4379）（陳）

陳姬小公子盨器（集成 4379）（陳）

蘇貉豆（集成 4659）

少

【春秋中期】

魯少司寇封孫宅盤（集成 10154）（魯）

【春秋晚期】

蔡侯䌛歌鐘甲（集成 210）（蔡）

蔡侯䌛歌鐘乙（集成 211）（蔡）

蔡侯䌛歌鐘丙（集成 217）（蔡）

蔡侯䌛歌鐘丁（集成 218）（蔡）

蔡侯䌛鎛丙（集成 221）（蔡）

蔡侯䌛鎛丁（集成 222）（蔡）

少虡劍（集成 11696）（晉）

少虡劍（集成 17697）（晉）

黃仲酉壺（通鑑 12328）（曾）

黃仲酉匜（通鑑 14987）（曾）

𪓐鎛甲（新收 489）（楚）

𪓐鎛乙（新收 490）（楚）

𪓐鎛丙（新收 491）（楚）

𪓐鎛己（新收 494）（楚）

𪓐鎛辛（新收 496）（楚）

𪓐鐘丙（新收 486）（楚）

𪓐鐘甲（新收 482）（楚）

𪓐鐘己（新收 484）（楚）

黃仲酉簠（通鑑 5958）

黃仲酉鼎（通鑑 2338）

徐王元子柒爐（集成 10390）（徐）

哀成叔鼎（集成 2782）（鄭）
鄬侯少子簋（集成 4152）（莒）
【春秋時期】
豫少鉤庫戈（集成 11068）

【春秋早期】
伯氏始氏鼎（集成 2643）
戴叔朕鼎（集成 2692）（戴）
鄁公湯鼎（集成 2714）（鄁）

鄀公平侯鼎（集成 2771）（鄀）
鄀公平侯鼎（集成 2772）（鄀）
【春秋晚期】
郘黛鐘二（集成 226）（晉）

郘黛鐘四（集成 228）（晉）
郘黛鐘六（集成 230）（晉）
郘黛鐘七（集成 231）（晉）
郘黛鐘九（集成 233）（晉）

洹子孟姜壺（集成 9729）（齊）
洹子孟姜壺（集成 9730）（齊）
齊太宰歸父盤（集成 10151）（齊）
寬兒缶甲（通鑑 14091）

寬兒鼎（集成 2722）（蘇）
鄬侯少子簋（集成 4152）（莒）
叔牀父簠蓋（集成 4544）
亳庭戈（集成 11085）

【春秋時期】
彭子仲盆蓋（集成 10340）
十八年鄉左庫戈（集成 11264）（晉）

【春秋晚期】
鼄公牼鐘甲（集成 149）（邾）
鼄公牼鐘乙（集成 150）（邾）
鼄公牼鐘丁（集成 152）（邾）

【春秋晚期】
陳尔徒戈（新收 1499）（齊）

【春秋早期】
曾侯仲子遊父鼎（集成 2423）（曾）
曾侯仲子遊父鼎（集成 2424）（曾）
曾子伯誩鼎（集成 2450）（曾）

曾伯從寵鼎（集成 2550）（曾）
曾者子䍙鼎（集成 2563）（曾）
曾仲子敔鼎（集成 2564）（曾）
曾子仲諆鼎（集成 2620）（曾）

曾子仲宣鼎（集成 2737）（曾）
上曾太子般殷鼎（集成 2750）（曾）
曾子𣄰鼎（集成 2757）（曾）
曾亘嫚鼎（新收 1201）（曾）

曾亘嫚鼎（新收1202）（曾）
曾大師賓樂與鼎（通鑑2279）
曾子單鬲（集成625）（曾）
曾侯簠（集成4598）

曾伯黍簠蓋（集成4632）（曾）
曾伯黍簠（集成4631）（曾）
曾伯黍簠蓋（集成4632）（曾）
曾伯黍簠（集成4631）（曾）

曾孟嬴剈簠（新收1199）（曾）
曾仲斿父鋪（集成4673）（曾）
曾仲斿父鋪（集成4674）（曾）
曾太保慶盆（通鑑6256）

曾太保𪫑叔亟盆（集成10336）（曾）
曾仲斿父方壺蓋（集成9628）（曾）
曾仲斿父方壺蓋（集成9629）（曾）
曾伯陭壺蓋（集成9712）（曾）

曾伯陭壺器（集成9712）（曾）
曾伯文鐳（集成9961）（曾）
曾子伯窞盤（集成10156）（曾）
曾侯子鐘甲（通鑑15142）

曾侯子鐘乙（通鑑15143）
曾侯子鐘丙（通鑑15144）
曾侯子鐘丁（通鑑15145）
曾侯子鐘戊（通鑑15146）

曾侯子鐘己（通鑑15147）
曾侯子鐘庚（通鑑15148）
曾侯子鐘辛（通鑑15149）
曾侯子鎛甲（通鑑15762）

曾侯子鎛乙（通鑑15763）
曾侯子鎛丙（通鑑15764）
曾侯子鎛丁（通鑑15765）（秦）
曾侯瑪伯戈（集成11121）（曾）

曾仲之孫戈（集成11254）（曾）
曾伯陭鉞（新收1203）（曾）

【春秋中期】

曾子⿸尸泉簠蓋（集成4528）

曾大工尹季䢼戈（集成11365）（曾）
曾仲鄬君𦛗鎮墓獸方座（新收521）（楚）

【春秋晚期】

吳王光鐘殘片之二十六（集成224.18）（吳）

黃仲酉壺（通鑑12328）（曾）
曾仲姬壺（通鑑12329）（曾）
黃仲酉匜（通鑑14987）（曾）
余贎逐兒鐘丙（集成185）（徐）

曾大師奠鼎（新收501）（曾）
曾孫定鼎蓋（新收1213）（曾）
曾孫定鼎器（新收1213）（曾）
曾侯郕鼎（通鑑2337）

尚　家　公

㕣

黃仲酉鼎（通鑑2338）
曾子遡簠（集成4488）（曾）
曾子遡簠（集成4489）（曾）
曾子原彝簠（集成4573）（曾）

曾孫史夷簠（集成4591）
曾簠（集成4614）
曾都尹定簠（新收1214）（曾）
曾侯郕簠（通鑑5949）

曾𡡉嬉朱姬簠蓋（新收530）（楚）
曾𡡉嬉朱姬簠器（新收530）（楚）
黃仲酉簠（通鑑5958）
曾姬盤（通鑑14515）

【春秋時期】
曾孟嬶諫盆蓋（集成10332）（曾）
曾孟嬶諫盆器（集成10332）（曾）

【春秋早期】
甫伯官曾鑪（集成9971）

【春秋早期】
爲甫人鼎（通鑑2376）
叔原父甗（集成947）（陳）
爲甫人盨（集成4406）

伯亞臣鐳（集成9974）（黃）
【春秋中期】
者𣱼鐘二（集成194）（吳）
者𣱼鐘三（集成195）（吳）

伯遊父卮（通鑑19234）
者𣱼鐘四（集成196）（吳）
【春秋晚期】
婁君盂（集成10319）

者尚余卑盤（集成10165）

【春秋早期】
秦公鐘甲（集成262）（秦）
秦公鐘丙（集成264）（秦）
秦公鎛甲（集成267）（秦）

秦公鎛乙（集成268）（秦）
秦公鎛丙（集成269）（秦）
【春秋晚期】
𪓐公華鐘（集成245）（邾）

【春秋早期】
秦公鐘甲（集成262）（秦）
秦公鐘甲（集成262）（秦）
秦公鐘甲（集成262）（秦）

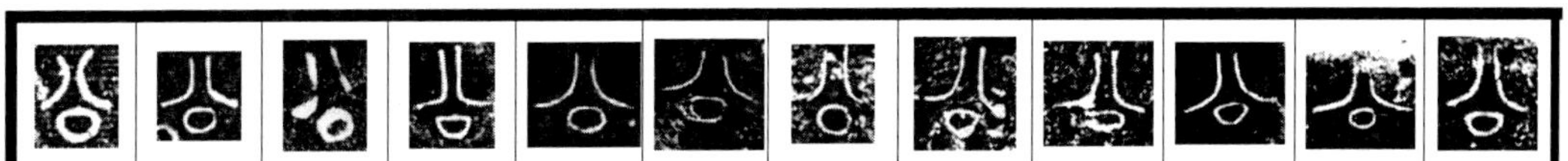

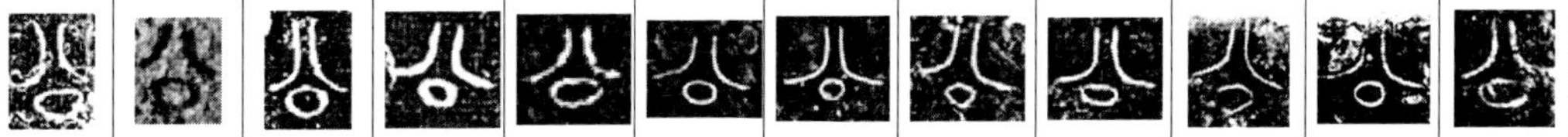

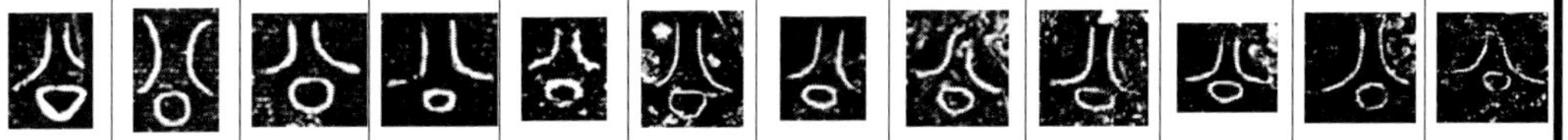

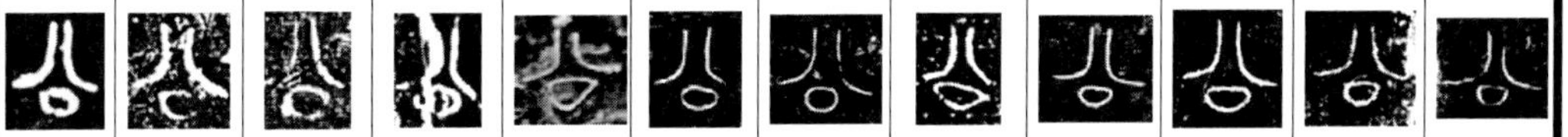

秦公鐘甲（集成 262）（秦）	秦公鐘甲（集成 262）（秦）	秦公鐘乙（集成 263）（秦）	秦公鐘乙（集成 263）（秦）
秦公鐘丙（集成 264）（秦）	秦公鐘丙（集成 264）（秦）	秦公鐘丙（集成 264）（秦）	秦公鐘丙（集成 264）（秦）
秦公鐘丙（集成 264）（秦）	秦公鐘戊（集成 266）（秦）	秦公鎛甲（集成 267）（秦）	秦公鎛甲（集成 267）（秦）
秦公鎛甲（集成 267）（秦）	秦公鎛甲（集成 267）（秦）	秦公鎛甲（集成 267）（秦）	秦公鎛乙（集成 268）（秦）
秦公鎛乙（集成 268）（秦）	秦公鎛乙（集成 268）（秦）	秦公鎛乙（集成 268）（秦）	秦公壺甲（新收 1347）（秦）
秦公鎛乙（集成 268）（秦）	秦公鎛乙（集成 268）（秦）	秦公鎛丙（集成 269）（秦）	秦公鎛丙（集成 269）（秦）
秦公鎛丙（集成 269）（秦）	秦公鎛丙（集成 269）（秦）	秦公鎛丙（集成 269）（秦）	秦公鎛丙（集成 269）（秦）
秦公鎛丙（集成 269）（秦）	秦子戈（集成 11353）（秦）	秦公壺乙（新收 1348）（秦）	秦公壺（通鑑 12320）（秦）
秦公簋蓋（集成 4315）（秦）	秦公簋甲（通鑑 4903）（秦）	秦公簋乙（通鑑 4904）（秦）	秦公簋丙（通鑑 4905）（秦）
芮公簋（通鑑 5218）	秦公簋 A 蓋（通鑑 5249）（秦）	秦公簋 A 器（新收 1343）（秦）	秦公簋 B（通鑑 5250）（秦）
秦公簋 B（新收 1344）（秦）	秦公簋（通鑑 5267）（秦）	秦公鼎乙（新收 1339）（秦）	秦公鼎甲（通鑑 1994）（秦）
秦公鼎 A（新收 1340）（秦）	秦公鼎 B（新收 1341）（秦）	秦公鼎（新收 1337）（秦）	秦公鼎（通鑑 1999）（秦）

秦公鼎丙（通鑑 2373）（秦）	秦公鼎丁（通鑑 2374）（秦）	秦公鼎戊（通鑑 2375）（秦）	宗婦鄁嬰鼎（集成 2683）（鄁）
芮公鼎（集成 2475）（芮）	宗婦鄁嬰鼎（集成 2684）（鄁）	宗婦鄁嬰鼎（集成 2685）（鄁）	宗婦鄁嬰鼎（集成 2686）（鄁）
宗婦鄁嬰鼎（集成 2687）（鄁）	宗婦鄁嬰簋蓋（集成 4078）（鄁）	宗婦鄁嬰簋器（集成 4078）（鄁）	宗婦鄁嬰簋蓋（集成 4079）（鄁）
宗婦鄁嬰簋（集成 4080）（鄁）	宗婦鄁嬰簋（集成 4081）（鄁）	宗婦鄁嬰簋（集成 4084）（鄁）	宗婦鄁嬰簋（集成 4082）（鄁）
宗婦鄁嬰簋蓋（集成 4084）（鄁）	宗婦鄁嬰簋蓋（集成 4085）（鄁）	宗婦鄁嬰簋器（集成 4086）（鄁）	宗婦鄁嬰簋（通鑑 4576）（鄁）
宗婦鄁嬰簋蓋（集成 4087）（鄁）	宗婦鄁嬰簋蓋（集成 4076）（鄁）	宗婦鄁嬰簋（集成 4077）（鄁）	宗婦鄁嬰壺器（集成 9698）（鄁）
鄀公平侯鼎（集成 2771）（鄀）	鄀公平侯鼎（集成 2772）（鄀）	鄀公平侯鼎（集成 2771）（鄀）	鄀公平侯鼎（集成 2772）（鄀）
鄧公牧簋盖（集成 3590）（鄧）	鄧公牧簋器（集成 3590）（鄧）	鄧公牧簋（集成 3591）（鄧）	戎生鐘甲（新收 1613）（晉）
鄁公湯鼎（集成 2714）（鄁）	鄧公孫無嬰鼎（新收 1231）（鄧）	圃公鼎（新收 1463）	子耳鼎（通鑑 2276）
仲姜鼎（通鑑 2361）	芮公鬲（通鑑 2992）	芮公簋（集成 3707）	芮公簋（集成 3708）
芮公簋（集成 3709）	叔原父甗（集成 947）（陳）	仲姜甗（通鑑 3339）	鄁公伯韭簋器（集成 4017）（鄁）
鄁公伯韭簋蓋（集成 4017）（鄁）	上鄀公敄人簋蓋（集成 4183）（鄀）	鄁公伯韭簋（集成 4016）（鄁）	魯伯悆盨蓋（集成 4458）（魯）

魯伯悆盨器（集成4458）（魯）
鄀公簠蓋（集成4569）（鄀）
鑄公簠蓋（集成4574）（鑄）
鄀公諴簠（集成4600）

邾公子害簠蓋（通鑑5964）
邾公子害簠器（通鑑5964）
芮伯壺蓋（集成9585）
芮伯壺器（集成9585）

芮公壺（集成9597）
仲姜簋（通鑑4056）
芮公壺（集成9598）
仲姜壺（通鑑12333）

蔡公子壺（集成9701）
陳公孫寣父瓶（集成9979）（陳）
曹公盤（集成10144）（曹）
塞公孫寣父匜（集成10276）

蘇公匜（新收1465）
鄀公敄人鐘（集成59）（鄀）
芮公鐘（集成31）
公戈（集成10813）

衛公孫呂戈（集成11200）（衛）
淳于公戈（新收1109）
芮公鐘鈎（集成32）
芮公鐘鈎（集成33）

【春秋中期】

子犯鐘甲A（新收1008）（晉）
子犯鐘甲C（新收1010）（晉）
子犯鐘乙A（新收1020）（晉）

子犯鐘乙B（新收1021）（晉）
子犯鐘乙C（新收1022）（晉）
塞公屈顥戈（通鑑16920）（楚）
者𣶃鐘一（集成193）（吳）

者𣶃鐘三（集成195）（吳）
者𣶃鐘四（集成196）（吳）
鄧公乘鼎蓋（集成2573）（鄧）
鄧公乘鼎器（集成2573）（鄧）

陳公子仲慶簠（集成4597）（陳）
上鄀公簠蓋（新收401）（楚）
上鄀公簠器（新收401）（楚）
公英盤（新收1043）

季子康鎛甲（通鑑15785）
季子康鎛丙（通鑑15787）
季子康鎛丁（通鑑15788）
季子康鎛戊（通鑑15789）

童麗公柏戟（通鑑17314）
趞亥鼎（集成2588）（宋）
耳鑄公劍（新收1981）
公賜玉鼎（通鑑19701）

【春秋晚期】	郘黛鐘二（集成 226）（晉）	郘黛鐘四（集成 228）（晉）	郘黛鐘六（集成 230）（晉）
郘黛鐘七（集成 231）（晉）	郘黛鐘八（集成 232）（晉）	郘黛鐘九（集成 233）（晉）	郘黛鐘十（集成 234）（晉）
郘黛鐘十一（集成 235）（晉）	鼄公牼鐘甲（集成 149）（邾）	鼄公牼鐘乙（集成 150）（邾）	鼄公牼鐘丁（集成 152）（邾）
鼄公華鐘（集成 245）（邾）	鼄公華鐘（集成 245）（邾）	邾公釓鐘（集成 102）（邾）	邾公孫班鎛（集成 140）（邾）
哀成叔鼎（集成 2782）（鄭）	鄭莊公之孫盧鼎（新收 1237）（鄭）	鄭莊公之孫盧鼎（通鑑 2326）	許公寍戈（通鑑 17219）
許公買簠器（集成 4617）（許）	許公買簠器（通鑑 5950）	許公戈（通鑑 17217）	許公戈（通鑑 17218）
寬兒缶乙（通鑑 14092）	寬兒鼎（集成 2722）（蘇）	寬兒缶甲（通鑑 14091）	曹公簠（集成 4593）（曹）
宋公総簠（集成 4589）（宋）	宋公総簠（集成 4590）（宋）	宋公差戈（集成 11281）（宋）	宋公差戈（集成 11289）（宋）
宋公差戈（集成 11204）（宋）	公子土斧壺（集成 9709）（齊）	公子土斧壺（集成 9709）（齊）	無所簠（通鑑 5952）
晉公盆（集成 10342）	晉公盆（集成 10342）	復公仲壺（集成 9681）	復公仲壺（集成 9681）
復公仲簋蓋（集成 4128）	淳于公戈（集成 11124）（鑄）	淳于公戈（集成 11125）（鑄）	[illegible]公蘇戈（集成 11209）
夫跌申鼎（新收 1250）（舒）	彭公之孫無所鼎（通鑑 2189）	蔡公子義工簠（集成 4500）（蔡）	[illegible]公胄敦（集成 4641）（鄀）

荊公孫敦（通鑑 6070）
旨賞鐘（集成 19）（吳）
文公之母弟鐘（新收 1479）
鴅公圃劍（集成 11651）（應）

聖靡公漿鼓座（集成 429）
蔡公子加戈（通鑑 17220）（蔡）
宋公欒戈（集成 11133）（宋）
蔡公子果戈（集成 11147）（蔡）

蔡公子果戈（集成 11145）（蔡）
蔡公子加戈（集成 11148）（蔡）
蔡公子果戈（集成 11146）（蔡）
蔡公子頒戈（通鑑 16877）（蔡）

石鼓（獵碣・吾水）（通鑑 19824）（秦）

【春秋時期】

晉公車軎甲（集成 12027）（晉）
晉公車軎乙（集成 12028）（晉）

陳姬小公子盨蓋（集成 4379）（陳）
申公彭宇簠（集成 4610）（鄀）
申公彭宇簠（集成 4611）（鄀）
益余敦（新收 1627）

公豆（集成 4654）（莒）
公豆（集成 4655）（莒）
公豆（集成 4656）（莒）
公豆（集成 4657）（莒）

匹君壺（集成 9680）
鄧公匜（集成 10228）（鄧）
匽公匜（集成 10229）（燕）
公父宅匜（集成 10278）

公父宅匜（集成 10278）
公戈（新收 1537）
許公戈（新收 585）（許）
公鑄壺（集成 9513）（莒）

【春秋早期】

蘇公子癸父甲簋（集成 4014）（蘇）
蘇公子癸父甲簋（集成 4015）（蘇）

【春秋早期】

秦公鐘甲（集成 262）（秦）
秦公鐘甲（集成 262）（秦）
秦公鐘丙（集成 264）（秦）

秦公鐘丙（集成 264）（秦）
秦公鎛甲（集成 267）（秦）
秦公鎛甲（集成 267）（秦）
秦公鎛乙（集成 268）（秦）

秦公鎛乙（集成 268）（秦）
秦公鎛丙（集成 269）（秦）
秦公鎛丙（集成 269）（秦）
秦公簋蓋（集成 4315）（秦）

戎生鐘丙（新收1615）（晉）

戎生鐘戊（新收1617）（晉）

曾伯霥簠蓋（集成4632）（曾）

曾伯霥簠（集成4631）（曾）

曾伯霥簠蓋（集成4632）（曾）

曾伯霥簠（集成4631）（曾）

楚大師登鐘甲（通鑑15505）（楚）

楚大師登鐘乙（通鑑15506）（楚）

楚大師登鐘辛（通鑑15512）（楚）

㠱甫人匜（集成10261）（紀）

㠱甫人匜（集成10261）（紀）

郳太宰欉子斟簠（集成4623）（郳）

伯辰鼎（集成2652）（徐）

鄧公孫無嬰鼎（新收1231）（鄧）

【春秋中期】

𬭚鎛（集成271）（齊）

𬭚鎛（集成271）（齊）

𬭚鎛（集成271）（齊）

欒書缶器（集成10008）（晉）

季子康鎛甲（通鑑15785）

季子康鎛丙（通鑑15787）

季子康鎛丁（通鑑15788）

余子氽鼎（集成2390）（徐）

【春秋晚期】

郘黛鐘一（集成225）（晉）

郘黛鐘二（集成226）（晉）

郘黛鐘二（集成226）（晉）

郘黛鐘二（集成226）（晉）

郘黛鐘二（集成226）（晉）

郘黛鐘二（集成226）（晉）

郘黛鐘四（集成228）（晉）

郘黛鐘四（集成228）（晉）

郘黛鐘四（集成228）（晉）

郘黛鐘四（集成228）（晉）

郘黛鐘四（集成228）（晉）

郘黛鐘五（集成229）（晉）

郘黛鐘六（集成230）（晉）

郘黛鐘六（集成230）（晉）

郘黛鐘六（集成230）（晉）

郘黛鐘六（集成230）（晉）

郘黛鐘七（集成231）（晉）

郘黛鐘七（集成231）（晉）

郘黛鐘七（集成231）（晉）

郘黛鐘八（集成232）（晉）

郘黛鐘八（集成232）（晉）

郘黛鐘九（集成233）（晉）

郘黛鐘九（集成233）（晉）

郘黛鐘九（集成233）（晉）

郘黛鐘九（集成233）（晉）	郘黛鐘九（集成233）（晉）	郘黛鐘十（集成234）（晉）	郘黛鐘十（集成234）（晉）
郘黛鐘十（集成234）（晉）	郘黛鐘十一（集成235）（晉）	郘黛鐘十三（集成237）（晉）	少虡劍（集成11696）（晉）
少虡劍（集成17697）（晉）	蔡侯龖歌鐘甲（集成210）（蔡）	蔡侯龖歌鐘甲（集成210）（蔡）	蔡侯龖歌鐘乙（集成211）（蔡）
蔡侯龖歌鐘乙（集成211）（蔡）	蔡侯龖歌鐘丁（集成218）（蔡）	蔡侯龖歌鐘丁（集成218）（蔡）	蔡侯龖鎛丙（集成221）（蔡）
蔡侯龖鎛丙（集成221）（蔡）	蔡侯龖鎛丁（集成222）（蔡）	蔡侯龖鎛丁（集成222）（蔡）	王子午鼎（集成2811）（楚）
王孫誥鐘二（新收419）（楚）	王子午鼎（新收449）（楚）	王子午鼎（新收445）（楚）	王子午鼎（新收445）（楚）
王子午鼎（新收444）（楚）	王子午鼎（新收447）（楚）	王孫誥鐘一（新收418）（楚）	王孫誥鐘三（新收420）（楚）
王孫誥鐘四（新收421）（楚）	王孫誥鐘五（新收422）（楚）	王孫誥鐘六（新收423）（楚）	王孫誥鐘八（新收425）（楚）
王孫誥鐘十（新收427）（楚）	王孫誥鐘十二（新收429）（楚）	王孫誥鐘十三（新收430）（楚）	王孫誥鐘十五（新收434）（楚）
王孫誥鐘十七（新收435）（楚）	王孫誥鐘二十（新收433）（楚）	王孫誥鐘二十四（新收440）（楚）	王孫遺者鐘（集成261）（楚）
王孫遺者鐘（集成261）（楚）	王孫遺者鐘（集成261）（楚）	王孫遺者鐘（集成261）（楚）	𪒠鎛甲（新收489）（楚）
𪒠鎛甲（新收489）（楚）	𪒠鎛甲（新收489）（楚）	𪒠鎛庚（新收495）（楚）	𪒠鎛乙（新收490）（楚）

𪒠鎛乙（新收 490）（楚）	𪒠鎛丙（新收 491）（楚）	𪒠鎛丙（新收 491）（楚）	𪒠鎛丙（新收 491）（楚）
𪒠鎛戊（新收 493）（楚）	𪒠鎛戊（新收 493）（楚）	𪒠鎛庚（新收 495）（楚）	𪒠鎛庚（新收 495）（楚）
𪒠鐘癸（新收 498）（楚）	𪒠鐘戊（新收 485）（楚）	𪒠鐘戊（新收 485）（楚）	𪒠鐘辛（新收 488）（楚）
配兒鉤鑃甲（集成 426）（吳）	配兒鉤鑃乙（集成 427）（吳）	配兒鉤鑃乙（集成 427）（吳）	工𫊸太子姑發𦖞反劍（集成 11718）（吳）
越邾盟辭鎛甲（集成 155）	越邾盟辭鎛甲（集成 155）	越邾盟辭鎛乙（集成 156）（越）	越邾盟辭鎛乙（集成 156）（越）
越邾盟辭鎛乙（集成 156）（越）	哀成叔鼎（集成 2782）（鄭）	鄭莊公之孫盧鼎（通鑑 2326）	鄭莊公之孫盧鼎（通鑑 2326）
鄭太子之孫與兵壺（新收 1980）	鄭太子之孫與兵壺蓋（新收 1980）	鄭太子之孫與兵壺器（新收 1980）	鄭太子之孫與兵壺蓋（新收 1980）
洹子孟姜壺（集成 9730）（齊）	洹子孟姜壺（集成 9729）（齊）	夫跌申鼎（新收 1250）（舒）	足利次留元子鐘（通鑑 15361）（徐）
邾太宰簠蓋（集成 4624）（邾）	徐王義楚觶（集成 6513）（徐）	奇字鐘（通鑑 15177）	攻敔王光劍（集成 11666）（吳）
余贎逐兒鐘甲（集成 183）（徐）	余贎逐兒鐘乙（集成 184）（徐）	余贎逐兒鐘丙（集成 185）（徐）	余贎逐兒鐘丙（集成 185）（徐）
余贎逐兒鐘丙（集成 185）（徐）	文公之母弟鐘（新收 1479）	文公之母弟鐘（新收 1479）	文公之母弟鐘（新收 1479）
文公之母弟鐘（新收 1479）	者尙余卑盤（集成 10165）	遷邟鐘三（新收 1253）（舒）	遷邟鎛丁（通鑑 15795）（舒）

【春秋前期】

遷邟鎛丙（通鑑15794）（舒）

石鼓（獵碣・吾水）（通鑑19824）（秦）

鼄公牼鐘乙（集成150）（邾）

鼄公牼鐘丙（集成151）（邾）

鼄公華鐘（集成245）（邾）

聖靡公漿鼓座（集成429）

【春秋前期】

郤諧尹征城（集成425）（徐）

【春秋時期】

盆余敦（新收1627）

番

【春秋早期】

番昶伯者君鼎（集成2617）（番）

番昶伯者君鼎（集成2618）（番）

番君酟伯鬲（集成732）（番）

番君酟伯鬲（集成734）（番）

番叔壺（新收297）（番）

番君伯歒盤（集成10136）（番）

番昶伯者君盤（集成10139）（番）

番昶伯者君盤（集成10140）（番）

番伯酓匜（集成10259）（番）

番昶伯者君匜（集成10268）（番）

番昶伯者君匜（集成10269）（番）

【春秋中期】

上鄀公簠器（新收401）（楚）

【春秋晚期】

番君召簠（集成4582）（番）

番君召簠（集成4583）（番）

番君召簠（集成4584）（番）

番君召簠蓋（集成4585）（番）

番君召簠（集成4586）（番）

【春秋時期】

番仲艾匜（集成10258）（番）

宷 客

【春秋早期】

楚王酓審盞（新收1809）（楚）

《說文》：「審，篆文宷，从番。」

半

【春秋早期】

秦公簋蓋（集成4315）（秦）

牡 駐

【春秋中期】

子犯鐘甲D（新收1011）（晉）

子犯鐘乙D（新收1023）（晉）

【春秋晚期】

断　悊

庚壺（集成9733）（齊）

【春秋晚期】
鼄公牼鐘乙（集成150）（邾）
鼄公牼鐘丙（集成151）（邾）
鼄公牼鐘丁（集成152）（邾）

【春秋早期】
郜公簠蓋（集成4569）（郜）

【春秋中期】
者盛鐘一（集成193）（吳）
者盛鐘四（集成196）（吳）

【春秋晚期】
唐子仲瀕兒瓶（新收1211）（唐）
唐子仲瀕兒盤（新收1210）（唐）
唐子仲瀕兒匜（新收1209）（唐）

睗子斨戈（通鑑17227）

【春秋早期】
司馬朢戈（集成11131）
衛公孫呂戈（集成11200）（衛）

【春秋晚期】

許公戈（通鑑17218）
工吳王叡䱷工吳劍（通鑑18067）
蔡叔戟（通鑑17313）
告鼎（集成1219）（楚）

【春秋晚期】
鼄公牼鐘乙（集成150）（邾）
鼄公牼鐘丙（集成151）（邾）
鼄公牼鐘丁（集成152）（邾）

【春秋晚期】
少虡劍（集成11696）（晉）
少虡劍（集成17697）（晉）
鼄公華鐘（集成245）（邾）

【春秋早期】
叔家父簠（集成4615）
曾伯霥簠蓋（集成4632）（曾）
曾伯霥簠（集成4631）（曾）

【春秋晚期】
王孫遺者鐘（集成261）（楚）

君

【春秋早期】

黃君孟鼎（集成 2497）（黃）

黃君孟鼎（新收 90）（黃）

黃君孟壺（集成 9636）（黃）

黃君孟鐳（集成 9963）（黃）

黃君孟盤（集成 10104）（黃）

黃君孟匜（集成 10230）（黃）

君孟戈（集成 11199）（黃）

叔單鼎（集成 2657）（黃）

樊君鬳簠（集成 4487）（樊）

樊君夒盆蓋（集成 10329）（樊）

樊君夒盆器（集成 10329）（樊）

番君酟伯鬲（集成 732）（番）

番君酟伯鬲（集成 734）（番）

番君伯歡盤（集成 10136）（番）

番昶伯者君盤（集成 10139）（番）

番昶伯者君盤（集成 10140）（番）

番昶伯者君匜（集成 10268）（番）

番昶伯者君匜（集成 10269）（番）

樊君夒匜蓋（集成 10256）（樊）

圓君鼎（集成 2502）

考徃君季鼎（集成 2519）

衛夫人鬲（新收 1700）（衛）

繁伯武君鬲（新收 1319）

圓君婦媿霝盉（集成 9434）

圓君婦媿霝壺（通鑑 12349）

江君婦和壺（集成 9639）（江）

子叔嬴内君盆（集成 10331）

僉父瓶（通鑑 14036）

僉父瓶器（通鑑 14036）

【春秋中期】

皐梁君光鼎（集成 2283）

伯遊父壺（通鑑 12304）

伯遊父鐳（通鑑 14009）

伯遊父盤（通鑑 14501）

童麗君柏鐘（通鑑 15186）

【春秋晚期】

郘黛鐘二（集成 226）（晉）

郘黛鐘四（集成 228）（晉）

郘黛鐘五（集成 229）（晉）

郘黛鐘六（集成 230）（晉）

郘黛鐘七（集成 231）（晉）

郘黛鐘九（集成 233）（晉）

郘黛鐘十（集成 234）（晉）

受戈（集成 11157）

次尸祭缶（新收 1249）（徐）

郐令尹者旨𦉜爐（集成 10391）（徐）

邾君鐘（集成 50）

黝鎛甲（新收489）（楚）	黝鎛乙（新收490）（楚）	黝鎛丙（新收491）（楚）	黝鎛丁（新收492）（楚）
黝鎛己（新收494）（楚）	黝鐘甲（新收482）（楚）	南君[illegible]鄒戈（通鑑17215）（楚）	[illegible]子鼎（通鑑2382）（齊）
郳公鈓鐘（集成102）（郳）	郳公鈓鐘（集成102）（郳）	君鼎乙（通鑑2331）	君簋乙（通鑑5229）
哀成叔鼎（集成2782）（鄭）	智君子鑑（集成10288）（晉）	智君子鑑（集成10289）（晉）	君簋丙（通鑑5230）
君鼎丙（通鑑2332）	君鼎丁（通鑑2333）	君簋甲（通鑑5228）	君鼎甲（通鑑2330）
番君召簠（集成4582）（番）	番君召簠（集成4583）（番）	番君召簠（集成4584）（番）	番君召簠蓋（集成4585）（番）
宋君夫人鼎（通鑑2343）	㜏君盂（集成10319）	君子壺（新收992）（晉）	鄬侯少子簋（集成4152）（莒）
陳樂君𤼈甗（新收1073）（陳）	敬事天王鐘乙（集成74）（楚）	敬事天王鐘戊（集成77）（楚）	敬事天王鐘己（集成78）（楚）
敬事天王鐘壬（集成81）（楚）	喬君鉦鋮（集成423）（許）	君子𦡞戟（集成11088）	石鼓（獵碣・田車）（通鑑19818）（秦）
石鼓（獵碣・避車）（通鑑19816）（秦）	石鼓（獵碣・避車）（通鑑19816）（秦）	石鼓（獵碣・汧沔）（通鑑19817）（秦）	石鼓（獵碣・霝雨）（通鑑19820）（秦）
【春秋時期】	仲義君鼎（集成2279）	交君子𠬪鼎（集成2572）	童麗君柏簠（通鑑5966）
𠨘君壺（集成9680）	右伯君權（集成10383）（齊）		

命

【春秋早期】	秦公簋蓋（集成 4315）（秦）	秦公簋蓋（集成 4315）（秦）	秦公鐘甲（集成 262）（秦）
秦公鐘丙（集成 264）（秦）	秦公鎛甲（集成 267）（秦）	秦公鎛乙（集成 268）（秦）	秦公鎛乙（集成 268）（秦）
秦公鎛丙（集成 269）（秦）	【春秋中期】	齡鎛（集成 271）（齊）	齡鎛（集成 271）（齊）
【春秋晚期】	十一年柏令戈（新收 1182）	秦景公石磬（通鑑 19781）（秦）	晉公盆（集成 10342）（晉）
吳王光鐘殘片之四十（集成 224.8）（吳）	王子午鼎（集成 2811）（楚）	王子午鼎（新收 447）（楚）	王子午鼎（新收 445）（楚）
王子午鼎（新收 449）（楚）	倗戟（新收 469）（楚）	倗戟（新收 469）（楚）	競之定鬲甲（通鑑 2997）
競之定鬲丙（通鑑 2999）	競之定簋甲（通鑑 5226）	競之定豆乙（通鑑 6147）	競之定豆甲（通鑑 6146）
競平王之定鐘（集成 37）（楚）	競之定鬲丁（通鑑 3000）	齊太宰歸父盤（集成 10151）（齊）	洹子孟姜壺（集成 9730）（齊）
洹子孟姜壺（集成 9729）（齊）	洹子孟姜壺（集成 9730）（齊）	洹子孟姜壺（集成 9729）（齊）	洹子孟姜壺（集成 9730）（齊）
洹子孟姜壺（集成 9730）（齊）	洹子孟姜壺（集成 9729）（齊）	洹子孟姜壺（集成 9729）（齊）	蔡侯䜌尊（集成 6010）（蔡）
蔡侯䜌歌鐘丙（集成 217）（蔡）	蔡侯䜌歌鐘乙（集成 211）（蔡）	蔡侯䜌鎛丁（集成 222）（蔡）	許公買簠器（集成 4617）（許）
許公買簠蓋（通鑑 5950）	許公買簠器（通鑑 5950）	敬事天王鐘己（集成 78）（楚）	敬事天王鐘辛（集成 80）（楚）

名

敆

敬事天王鐘甲（集成 73）（楚）

敬事天王鐘丙（集成 75）（楚）

敬事天王鐘丁（集成 76）（楚）

【春秋或戰國時期】

自用命劍（集成 11610）

⿱皆皿

【春秋晚期】

郐令尹者旨𠯑爐（集成 10391）（徐）

⿱皆田

【春秋早期】

召叔山父簠（集成 4601）（鄭）

召叔山父簠（集成 4602）（鄭）

【春秋中期】

者減鐘三（集成 195）（吳）

【春秋晚期】

番君召簠（集成 4582）（番）

番君召簠（集成 4583）（番）

番君召簠（集成 4584）（番）

番君召簠蓋（集成 4585）（番）

番君召簠（集成 4586）（番）

⿱皆缶

【春秋早期】

戎生鐘丙（新收 1615）（晉）

郜召簠蓋（新收 1042）

郜召簠器（新收 1042）

【春秋早期】

甫𠀠鐳（集成 9972）

甫伯官曾鐳（集成 9971）

曾伯文鐳（集成 9961）（曾）

伯其父慶簠（集成 4581）

伯氏始氏鼎（集成 2643）

叔單鼎（集成 2657）（黃）

伯𠬝𠬝林鼎（集成 2621）

唯

【春秋晚期】

蔡侯𩰨歌鐘甲（集成 210）（蔡）

蔡侯𩰨歌鐘乙（集成 211）（蔡）

蔡侯𩰨歌鐘丁（集成 218）（蔡）

倗戟（新收 469）（楚）

遷邟鐘三（新收 1253）（舒）

遷邟鐘三（新收 1253）（舒）

遷邟鐘六（新收 56）（舒）

遷祁鐘六（新收56）（舒）
遷祁鎛丙（通鑑15794）（舒）
遷祁鎛甲（通鑑15792）（舒）
遷祁鎛甲（通鑑15792）（舒）

遷祁鎛丙（通鑑15794）（舒）
遷祁鎛丁（通鑑15795）（舒）
徐王子旃鐘（集成182）（徐）

奇字鐘（通鑑15177）
遷祁鎛丁（通鑑15795）（舒）
蔡侯𨭉鎛丙（集成221）（蔡）

蔡侯𨭉鎛丁（集成222）（蔡）

【春秋時期】

扵右盤（集成10150）
番仲𢦏匜（集成10258）（番）

公父宅匜（集成10278）

【春秋晚期】

㑆夫人嫘鼎（通鑑2386）

【春秋晚期】

鼄公華鐘（集成245）
鄭莊公之孫盧鼎（通鑑2326）
鄭莊公之孫缶（新收1239）（鄭）

余贎逐兒鐘丙（集成185）（徐）

【春秋晚期】

余贎逐兒鐘丙（集成185）（徐）
鄭莊公之孫盧鼎（通鑑2326）
鄭莊公之孫盧鼎（新收1237）（鄭）

【春秋中期】

𩒳鎛（集成271）（齊）
季子康鎛乙（通鑑15786）
季子康鎛乙（通鑑15786）

季子康鎛丁（通鑑15788）
季子康鎛丁（通鑑15788）

【春秋晚期】

鼄公牼鐘甲（集成149）（邾）

鼄公牼鐘乙（集成150）（邾）
鼄公牼鐘乙（集成150）（邾）
鼄公牼鐘乙（集成150）（邾）
鼄公牼鐘丙（集成151）（邾）

鼄公牼鐘丁（集成 152）（邾）	鼄公牼鐘丁（集成 152）（邾）	鼄公華鐘（集成 245）（邾）	鼄公華鐘（集成 245）（邾）
鼄公華鐘（集成 245）（邾）	鼄公華鐘（集成 245）（邾）	蔡侯䜌盤（集成 10171）（蔡）	吳王光鐘殘片之三十四（集成 224.7-224.40）（吳）
蔡侯䜌尊（集成 6010）（蔡）	吳王光鑑甲（集成 10298）（吳）	吳王光鑑乙（集成 10299）（吳）	其台鐘（集成 3）
夫跃申鼎（新收 1250）（舒）	夫跃申鼎（新收 1250）（舒）	夫跃申鼎（新收 1250）（舒）	夫跃申鼎（新收 1250）（舒）
趙孟庎壺（集成 9678）（晉）	趙孟庎壺（集成 9679）（晉）	王孫遺者鐘（集成 261）（楚）	王孫遺者鐘（集成 261）（楚）
哀成叔鼎（集成 2782）（鄭）	庚壺（集成 9733）（齊）	齊太宰歸父盤（集成 10151）（齊）	攻吾王光韓劍（新收 1807）（吳）
攻敔王光劍（集成 11654）（吳）	配兒鉤鑃乙（集成 427）（吳）	配兒鉤鑃乙（集成 427）（吳）	工吳王䱷䣄工吳劍（通鑑 18067）
吳王光劍（通鑑 18070）	杕氏壺（集成 9715）（燕）	其次句鑃（集成 422）（越）	其次句鑃（集成 422）（越）
其次句鑃（集成 421）（越）	其次句鑃（集成 421）（越）	篖太史申鼎（集成 2732）（莒）	篖太史申鼎（集成 2732）（莒）
余贎逨兒鐘甲（集成 183）（徐）	余贎逨兒鐘乙（集成 184）（徐）	余贎逨兒鐘乙（集成 184）（徐）	遷邟鐘三（新收 1253）（舒）
遷邟鐘三（新收 1253）（舒）	遷邟鐘三（新收 1253）（舒）	遷邟鐘三（新收 1253）（舒）	遷邟鐘六（新收 56）（舒）
遷邟鎛甲（通鑑 15792）（舒）	遷邟鎛甲（通鑑 15792）（舒）	遷邟鎛甲（通鑑 15792）（舒）	遷邟鎛丙（通鑑 15794）（舒）

咸

遷邟鎛丙（通鑑 15794）（舒）
遷邟鎛丙（通鑑 15794）（舒）
遷邟鎛丙（通鑑 15794）（舒）
遷邟鎛丁（通鑑 15795）（舒）

遷邟鎛丁（通鑑 15795）（舒）
遷邟鎛丁（通鑑 15795）（舒）
遷邟鎛丁（通鑑 15795）（舒）
𨤯金戈（集成 11262）

【春秋時期】

台寺缶（新收 1693）

【春秋早期】

秦公簋器（集成 4315）（秦）
秦公鐘甲（集成 262）（秦）
秦公鐘丁（集成 265）（秦）

秦公鎛乙（集成 268）（秦）
秦公鎛丙（集成 269）（秦）

【春秋晚期】

秦景公石磬（通鑑 19778）（秦）

晉公盆（集成 10342）（晉）

【春秋早期】

秦公鐘甲（集成 262）（秦）
秦公鐘丁（集成 265）（秦）
秦公鎛甲（集成 267）（秦）

秦公鎛乙（集成 268）（秦）
秦公鎛丙（集成 269）（秦）
秦子戈（集成 11352）（秦）
秦子戈（集成 11353）（秦）

秦子戈（新收 1350）（秦）
秦子矛（集成 11547）（秦）
楚屈叔沱戈（集成 11393）（楚）
右走馬嘉壺（集成 9588）

【春秋中期】

子犯鐘甲 A（新收 1008）（晉）
子犯鐘甲 C（新收 1010）（晉）
子犯鐘乙 A（新收 1020）（晉）

子犯鐘乙 C（新收 1022）（晉）

【春秋晚期】

蔡侯𨰻歌鐘乙（集成 211）（蔡）
吳王光鐘殘片之十二（集成 224.13-36）（吳）

吳王光鐘殘片之十一（集成 224.3）（吳）
蔡侯𨰻鎛丁（集成 222）（蔡）
晉公盆（集成 10342）
右買戈（集成 11075）

吉

- 是立事歲戈（集成11259）（齊）
- 淳于右戈（新收1069）
- 上洛左庫戈（新收1183）

【春秋時期】

- 右伯君權（集成10383）（齊）
- 𬯎右盤（集成10150）
- 曹右庭戈（集成11070）（曹）
- 宋右師延敦蓋（新收1713）（宋）
- 右戈（通鑑17249）
- 右洀州還矛（集成11503）

【春秋早期】

- 鄭師𨗵父鬲（集成731）（鄭）
- 鄭大内史叔上匜（集成10281）（鄭）
- 鑄叔皮父簋（集成4127）（鑄）
- 蔡大善夫趣簠蓋（新收1236）（蔡）
- 蔡大善夫趣簠器（新收1236）（蔡）
- 蔡公子壺（集成9701）
- 樊夫人龍嬴壺（集成9637）（樊）
- 樊夫人龍嬴鬲（集成675）（樊）
- 樊夫人龍嬴鬲（集成676）（樊）
- 樊君夔盆蓋（集成10329）（樊）
- 樊君夔盆器（集成10329）（樊）
- 戎生鐘丁（新收1616）（晉）
- 夆叔盤（集成10163）（滕）
- 叔原父甗（集成947）（陳）
- 陳侯鼎（集成2650）（陳）
- 陳侯簠蓋（集成4603）（陳）
- 陳侯簠器（集成4603）（陳）
- 陳侯簠蓋（集成4604）（陳）
- 陳侯簠器（集成4604）（陳）
- 陳侯簠（集成4606）（陳）
- 陳侯簠（集成4607）（陳）
- 陳侯盤（集成10157）（陳）
- 陳子匜（集成10279）（陳）
- 原氏仲簠（新收395）（陳）
- 原氏仲簠（新收396）（陳）
- 大師盤（新收1464）
- 上曾太子般殷鼎（集成2750）（曾）
- 郳太宰欉子𣪘簠（集成4623）（郳）
- 曾伯從寵鼎（集成2550）（曾）
- 曾仲子敔鼎（集成2564）（曾）
- 曾子仲謱鼎（集成2620）（曾）
- 曾子仲宣鼎（集成2737）（曾）
- 曾子𩰫鼎（集成2757）（曾）
- 曾子單鬲（集成625）（曾）
- 曾伯霥簠（集成4631）（曾）

曾伯霥簠蓋（集成4632）（曾）

曾伯𠬝簠蓋（集成4632）（曾）

曾伯霥簠（集成4631）（曾）

曾太保𪓿叔亟盆（集成10336）（曾）

曾仲斿父方壺蓋（集成9628）（曾）

曾仲斿父方壺蓋（集成9629）（曾）

曾伯陭壺蓋（集成9712）（曾）

曾伯陭壺器（集成9712）（曾）

曾子伯窞盤（集成10156）（曾）

曾侯子鎛甲（通鑑15762）

曾侯子鎛甲（通鑑15762）

曾侯子鎛乙（通鑑15763）

曾侯子鎛乙（通鑑15763）

曾侯子鎛丙（通鑑15764）

曾侯子鎛丙（通鑑15764）

曾侯子鎛丁（通鑑15765）

曾侯子鎛丁（通鑑15765）

楚大師登鐘甲（通鑑15505）（楚）

楚大師登鐘丙（通鑑15507）（楚）

楚大師登鐘丙（通鑑15507）（楚）

楚大師登鐘己（通鑑15510）（楚）

楚大師登鐘己（通鑑15510）（楚）

楚大師登鐘庚（通鑑15511）（楚）

楚大師登鐘辛（通鑑15512）（楚）

楚大師登鐘辛（通鑑15512）（楚）

楚嬴匜（集成10273）（楚）

叔朕簠（集成4620）（戴）

叔朕簠（集成4621）（戴）

叔朕簠（集成4621）（戴）

叔朕簠（集成4622）（戴）

戴叔朕鼎（集成2692）（戴）

衛伯須鼎（新收1198）

考叔𣃘父簠蓋（集成4609）（楚）

考叔𣃘父簠器（集成4609）（楚）

𦵯子𪒠盞蓋（新收1235）

𦵯子𪒠盞蓋（新收1235）

虢季鐘丙（新收3）

華母壺（集成9638）

伯亞臣𦉜（集成9974）（黃）

番昶伯者君盤（集成10140）（番）

鄁公湯鼎（集成2714）（鄁）

鄁公伯韭簋器（集成4017）（鄁）

鄁公伯韭簋（集成4016）（鄁）

鄁公伯韭簋蓋（集成4017）（鄁）

戒偖生鼎（集成2632）

戒偖生鼎（集成2633）

伯氏始氏鼎（集成2643）

塞公孫𣃘父匜（集成10276）

伯歸臺鼎（集成 2644）（曾）
伯歸臺鼎（集成 2645）（曾）
上鄀公敄人簋蓋（集成 4183）（鄀）
鄀公平侯鼎（集成 2771）（鄀）

鄀公平侯鼎（集成 2772）（鄀）
邕子良人甗（集成 945）
鄧公孫無嬰鼎（新收 1231）（鄧）
鄧公孫無嬰鼎（新收 1231）（鄧）

王孫壽甗（集成 946）
王孫壽甗（集成 946）

【春秋前期】

郤諸尹征城（集成 425）（徐）
郤諸尹征城（集成 425）（徐）

【春秋中期】

子犯鐘甲 A（新收 1008）（晉）
子犯鐘乙 A（新收 1020）（晉）

欒書缶器（集成 10008）（晉）
者瀘鐘一（集成 193）（吳）
者瀘鐘二（集成 194）（吳）
者瀘鐘三（集成 195）（吳）

者瀘鐘四（集成 196）（吳）
者瀘鐘四（集成 196）（吳）
者瀘鐘四（集成 196）（吳）
者瀘鐘五（集成 197）（吳）

者瀘鐘六（集成 198）（吳）
者瀘鐘九（集成 201）（吳）
者瀘鐘十（集成 202）（吳）
以鄧鼎蓋（新收 406）（楚）

以鄧鼎器（新收 406）（楚）
以鄧鼎蓋（新收 406）（楚）
以鄧鼎器（新收 406）（楚）
以鄧匜（新收 405）

以鄧匜（新收 405）
上鄀公簠蓋（新收 401）（楚）
上鄀公簠蓋（新收 401）（楚）
𬰐鎛（集成 271）（齊）

上鄀府簠蓋（集成 4613）（鄀）
上鄀府簠蓋（集成 4613）（鄀）
上鄀府簠器（集成 4613）（鄀）
上鄀府簠器（集成 4613）（鄀）

伯遊父壺（通鑑 12304）
伯遊父壺（通鑑 12305）
伯遊父鐳（通鑑 14009）
伯遊父盤（通鑑 14501）

郳伯受簠器（集成 4599）（郳）
郳伯受簠蓋（集成 4599）（郳）
季子康鎛丁（通鑑 15788）
季子康鎛丙（通鑑 15787）

庚兒鼎（集成 2715）（徐）
庚兒鼎（集成 2716）（徐）
宜桐盂（集成 10320）（徐）
叔師父壺（集成 9706）

何次簠（新收 402）
何次簠（新收 402）
何次簠器（新收 403）
何次簠蓋（新收 404）

何次簠器（新收 404）
仲改衛簠（新收 399）
仲改衛簠（新收 399）
仲改衛簠（新收 400）

仲改衛簠（新收 400）
盜叔壺（集成 9625）（曾）
盜叔壺（集成 9626）（曾）
童麗君柏鐘（通鑑 15186）

長子𩾃臣簠蓋（集成 4625）（晉）
長子𩾃臣簠蓋（集成 4625）（晉）
長子𩾃臣簠器（集成 4625）（晉）
長子𩾃臣簠器（集成 4625）（晉）

【春秋晚期】

𪒠鎛乙（新收 490）（楚）
𪒠鎛丙（新收 491）（楚）
𪒠鎛己（新收 494）（楚）

𪒠鎛甲（新收 489）（楚）
𪒠鐘丙（新收 486）（楚）
𪒠鐘己（新收 484）（楚）
孟縢姬缶（集成 10005）（楚）

𪒠鐘甲（新收 482）（楚）
王子午鼎（集成 2811）（楚）
王子午鼎（集成 2811）（楚）
王子午鼎（新收 449）（楚）

王子午鼎（新收 449）（楚）
王子午鼎（新收 445）（楚）
王子午鼎（新收 446）（楚）
王子午鼎（新收 446）（楚）

王子午鼎（新收 444）（楚）
王子午鼎（新收 444）（楚）
王子午鼎（新收 447）（楚）
王子午鼎（新收 447）（楚）

王孫誥鐘一（新收 418）（楚）
王孫誥鐘一（新收 418）（楚）
王孫誥鐘二（新收 419）（楚）
王孫誥鐘四（新收 421）（楚）

王孫誥鐘四（新收 421）（楚）
王孫誥鐘五（新收 422）（楚）
王孫誥鐘五（新收 422）（楚）
王孫誥鐘六（新收 423）（楚）

王孫誥鐘六（新收423）（楚）	王孫誥鐘七（新收424）（楚）	王孫誥鐘八（新收425）（楚）	王孫誥鐘九（新收426）（楚）
王孫誥鐘十（新收427）（楚）	王孫誥鐘十（新收427）（楚）	王孫誥鐘十一（新收428）（楚）	王孫誥鐘十二（新收429）（楚）
王孫誥鐘十二（新收429）（楚）	王孫誥鐘十三（新收430）（楚）	王孫誥鐘十三（新收430）（楚）	王孫誥鐘十五（新收434）（楚）
王孫誥鐘十五（新收434）（楚）	王孫誥鐘十七（新收435）（楚）	王孫誥鐘十七（新收435）（楚）	王孫誥鐘二十（新收433）（楚）
王孫誥鐘二十（新收433）（楚）	王孫誥鐘二十三（新收443）（楚）	王孫遺者鐘（集成261）（楚）	王孫遺者鐘（集成261）（楚）
敬事天王鐘甲（集成73）（楚）	敬事天王鐘丙（集成75）（楚）	敬事天王鐘己（集成78）（楚）	敬事天王鐘辛（集成80）（楚）
敬事天王鐘丁（集成76）（楚）	篖太史申鼎（集成2732）（莒）	蔡大師腆鼎（集成2738）（蔡）	丁兒鼎蓋（新收1712）（應）
競孫不欲壺（通鑑12344）（楚）	孟縢姬缶器（新收417）（楚）	孟縢姬缶器（新收417）（楚）	孟縢姬缶（集成10005）（楚）
郳公孫班鎛（集成140）（郳）	鼄公牼鐘甲（集成149）（郳）	鼄公牼鐘乙（集成150）（郳）	鼄公牼鐘乙（集成150）（郳）
鼄公牼鐘丙（集成151）（郳）	鼄公牼鐘丙（集成151）（郳）	鼄公牼鐘丁（集成152）（郳）	郳太宰簠蓋（集成4624）（郳）
鼄公華鐘（集成245）（郳）	鼄公華鐘（集成245）（郳）	吳王光鐘（集成223）（蔡）	吳王光鑑甲（集成10298）（吳）
吳王光鑑甲（集成10298）（吳）	蔡侯䜌歌鐘丙（集成217）（蔡）	蔡侯䜌歌鐘乙（集成211）（蔡）	蔡侯簠甲器（新收1896）（蔡）

郘黛鐘二（集成 226）（晉）
郘黛鐘四（集成 228）（晉）
郘黛鐘五（集成 229）（晉）
郘黛鐘六（集成 230）（晉）

郘黛鐘七（集成 231）（晉）
郘黛鐘八（集成 232）（晉）
郘黛鐘九（集成 233）（晉）
郘黛鐘十（集成 234）（晉）

少虡劍（集成 11696）（晉）
少虡劍（集成 17697）（晉）
齊鞄氏鐘（集成 142）（齊）
徐王子旃鐘（集成 182）（徐）

徐王義楚觶（集成 6513）（徐）
徐王義楚觶（集成 6513）（徐）
蔡侯簠甲蓋（新收 1896）（蔡）
晉公盆（集成 10342）

寬兒缶甲（通鑑 14091）
寬兒缶甲（通鑑 14091）
寬兒鼎（集成 2722）（蘇）
寬兒鼎（集成 2722）（蘇）

臧孫鐘甲（集成 93）（吳）
臧孫鐘甲（集成 93）（吳）
臧孫鐘乙（集成 94）（吳）
臧孫鐘乙（集成 94）（吳）

臧孫鐘丙（集成 95）（吳）
臧孫鐘丁（集成 96）（吳）
臧孫鐘丁（集成 96）（吳）
臧孫鐘戊（集成 97）（吳）

臧孫鐘戊（集成 97）（吳）
臧孫鐘己（集成 98）（吳）
臧孫鐘己（集成 98）（吳）
臧孫鐘庚（集成 99）（吳）

臧孫鐘辛（集成 100）（吳）
臧孫鐘辛（集成 100）（吳）
臧孫鐘壬（集成 101）（吳）
臧孫鐘壬（集成 101）（吳）

配兒鉤鑃甲（集成 426）（吳）
許公買簠器（通鑑 5950）
許公買簠蓋（通鑑 5950）
許公買簠蓋（通鑑 5950）

許公買簠器（通鑑 5950）
子璋鐘乙（集成 114）（許）
子璋鐘乙（集成 114）（許）
子璋鐘丙（集成 115）（許）

子璋鐘丙（集成 115）（許）
子璋鐘丁（集成 116）（許）
子璋鐘丁（集成 116）（許）
子璋鐘戊（集成 117）（許）

子璋鐘戊（集成117）（許）	子璋鐘己（集成118）（許）	子璋鐘己（集成118）（許）	徐王義楚之元子柒劍（集成11668）（徐）
沇兒鎛（集成203）（徐）	沇兒鎛（集成203）（徐）	足利次留元子鐘（通鑑15361）（徐）	徐王義楚盤（集成10099）（徐）
吳王夫差鑑（集成10294）（吳）	吳王夫差鑑（新收1477）（吳）	吳王夫差鑑（集成10295）（吳）	蠚兒缶（新收1187）（鄀）
吳王夫差鑑（集成10296）（吳）	吳王光鑑乙（集成10299）（吳）	者尚余卑盤（集成10165）	者尚余卑盤（集成10165）
蔡侯盤（新收471）（蔡）	郲君鐘（集成50）	楚王領鐘（集成53）（楚）	王子嬰次鐘（集成52）（楚）
次尸祭缶（新收1249）（徐）	蔡大司馬燮盤（通鑑14498）	邵子裁盤（新收1372）（羅）	許子妝簠蓋（集成4616）（許）
蔡叔季之孫𢀛匜（集成10284）（蔡）	羅兒匜（新收1266）	唐子仲瀕兒匜（新收1209）（唐）	唐子仲瀕兒盤（新收1210）（唐）
侯古堆鎛甲（新收276）	侯古堆鎛甲（新收276）	侯古堆鎛乙（新收277）	侯古堆鎛丙（新收278）
侯古堆鎛戊（新收279）	侯古堆鎛庚（新收281）	唐子仲瀕兒瓶（新收1211）（唐）	唐子仲瀕兒瓶（新收1211）（唐）
鄱子成周鐘甲（新收283）	鄱子成周鐘甲（新收283）	鄱子成周鐘乙（新收284）	鄭莊公之孫盧鼎（通鑑2326）
王子吳鼎（集成2717）（楚）	王子吳鼎（集成2717）（楚）	夫跌申鼎（新收1250）（舒）	夫跌申鼎（新收1250）（舒）
復公仲簋蓋（集成4128）	郘夫人嬭鼎（通鑑2386）	郘夫人嬭鼎（通鑑2386）	郘夫人嬭鼎（通鑑2386）

子季嬴青簠蓋（集成4594）（楚）
鄭太子之孫與兵壺蓋（新收1980）
鄭太子之孫與兵壺器（新收1980）
鄭太子之孫與兵壺（新收1980）

余贎逐兒鐘甲（集成183）（徐）
余贎逐兒鐘乙（集成184）（徐）
余贎逐兒鐘丙（集成185）（徐）
申文王之孫州桒簠（通鑑5960）

曾子原彝簠（集成4573）（曾）
嘉子伯昜臚簠蓋（集成4605）
嘉子伯昜臚簠蓋（集成4605）
拍敦（集成4644）

嘉子伯昜臚簠器（集成4605）
嘉子伯昜臚簠器（集成4605）
楚屈子赤目簠蓋（集成4612）（楚）
婁君盂（集成10319）

楚屈子赤目簠器（新收1230）（楚）
許子妝簠蓋（集成4616）（許）
發孫虜簠（新收1773）
復公仲壺（集成9681）

樂子嚷豧簠（集成4618）（宋）
樂子嚷豧簠（集成4618）（宋）
篖叔之仲子平鐘乙（集成173）（莒）
聖靡公𡚬鼓座（集成429）

遷邟鐘三（新收1253）（舒）
遷邟鐘三（新收1253）（舒）
遷邟鐘二（新收1253）（舒）
遷邟鐘六（新收56）（舒）

遷邟鐘六（新收56）（舒）
遷邟鎛甲（通鑑15792）（舒）
遷邟鎛丙（通鑑15794）（舒）
遷邟鎛丙（通鑑15794）（舒）

遷邟鎛丙（通鑑15794）（舒）
遷邟鎛丁（通鑑15795）（舒）
遷邟鎛丁（通鑑15795）（舒）
遷邟鎛丁（通鑑15795）（舒）

其次句鑃（集成422）（越）
姑馮昏同之子句鑃（集成424）（越）
姑馮昏同之子句鑃（集成424）（越）
蔡太史卮（集成10356）（蔡）

工𠫑王姑發𦣻反之弟劍（新收988）（吳）
工吳王𠭯䂂工吳劍（通鑑18067）
吉用車軎甲（通鑑19003）
吉用車軎乙（通鑑19004）

其次句鑃（集成421）（越）
其次句鑃（集成421）（越）
其次句鑃（集成422）（越）
郤令尹者旨𠷎爐（集成10391）（徐）

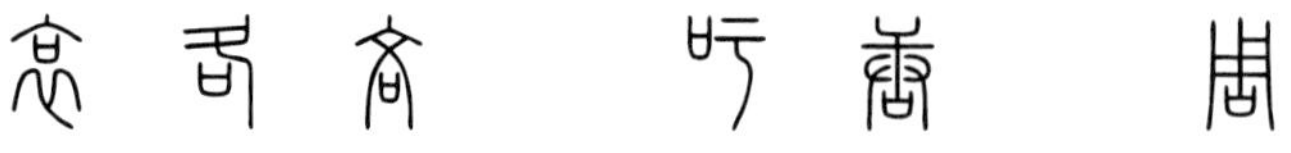

秦景公石磬（通鑑19784）（秦）；秦景公石磬（通鑑19799）（秦）；秦景公石磬（通鑑19784）（秦）；【春秋時期】
 彭子仲盆蓋（集成10340）；彭子仲盆蓋（集成10340）；鄧伯吉射盤（集成10121）（鄧）；公父宅匜（集成10278）
 中子化盤（集成10137）（楚）；黃韋俞父盤（集成10146）（黃）；𣄰右盤（集成10150）；奄叔之伯鐘（集成87）（郳）
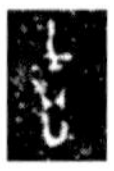 鎬鼎（集成2478）；童麗君柏簠（通鑑5966）；黃太子伯克盆（集成10338）（黃）；鄧公匜（集成10228）（鄧）
【春秋中期】；周王孫季𢦚戈（集成11309）（周）；【春秋晚期】；鄱子成周鐘甲（新收283）
鄱子成周鐘丙（新收285）
【春秋晚期】；宋公欒簠（集成4589）（宋）；宋公欒簠（集成4590）（宋）
【春秋晚期】；吳王光鑑甲（集成10298）（吳）；吳王光鑑乙（集成10299）（吳）；吳王光鐘殘片之三十三（集成224.32）（吳）
 吳王光鐘殘片之三十五（集成224.21）（吳）；吁戈（集成11032）
【春秋晚期】；司馬楙鎛丁（通鑑15769）
【春秋早期】；秦公簋器（集成4315）（秦）；【春秋晚期】；石鼓（獵碣・田車）（通鑑19818）（秦）
【春秋早期】；上曾太子般殷鼎（集成2750）（曾）；郘公敄人鐘（集成59）（郘）；【春秋晚期】

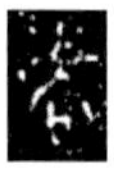

昏　呢　哴　嚴　嚴　嚴

卽　　嚴

- 鄭莊公之孫盧鼎（通鑑2326）
- 哀成叔鼎（集成2782）（鄭）
- 哀成叔豆（集成4663）（晉）
- 哀成叔卮（集成4650）（晉）

【春秋晚期】

- 蔡侯𤔲歌鐘甲（集成210）（蔡）
- 蔡侯𤔲歌鐘乙（集成211）（蔡）
- 蔡侯𤔲歌鐘丙（集成217）（蔡）
- 蔡侯𤔲鎛丙（集成221）（蔡）
- 姑馮昏同之子句鑃（集成424）（越）

【春秋早期】

- 曾子倝鼎（集成2757）（曾）

【春秋晚期】

- 簷叔之仲子平鐘甲（集成172）（莒）
- 簷叔之仲子平鐘丁（集成175）（莒）
- 簷叔之仲子平鐘己（集成177）（莒）

【春秋晚期】

- 簷叔之仲子平鐘丙（集成174）（莒）

【春秋晚期】

- 樂子嚷豧簠（集成4618）（宋）

【春秋晚期】

- 襄腄子湯鼎（新收1310）（楚）
- 襄王孫盞（新收1771）
- 文母盉（新收1624）（吳）

【春秋時期】

- 薛侯匜（集成10263）（薛）

【春秋早期】

- 秦公簋蓋（集成4315）（秦）
- 秦公簋器（集成4315）（秦）

【春秋晚期】

- 鄭太子之孫與兵壺蓋（新收1980）
- 王孫誥鐘一（新收418）（楚）
- 王孫誥鐘二（新收419）（楚）
- 王孫誥鐘四（集成421）（楚）
- 王孫誥鐘五（新收422）（楚）
- 王孫誥鐘十（新收427）（楚）
- 王孫誥鐘十二（新收429）（楚）
- 王孫誥鐘十三（新收430）（楚）

喪

徒

王孫誥鐘十五（新收434）（楚） 王孫誥鐘十七（新收435）（楚） 王孫誥鐘二十（新收433）（楚）	王孫誥鐘二十三（新收443）（楚）	【春秋早期】 寶登鼎（通鑑2277）	【春秋早期】 叔單鼎（集成2657）（黃） 曾子單鬲（集成625）（曾） 司工單鬲（集成678）	 綏君單匜（集成10235）（黃） 㷉臣戈（集成11334） 大𦋌戈（集成10892）	【春秋早期】 秦政伯喪戈（通鑑17117）（秦） 秦政伯喪戈（通鑑17118）（秦） 曾子仲宣鼎（集成2737）（曾）	 有司伯喪矛（通鑑17680） 有司伯喪矛（通鑑17681） 【春秋中期】 子犯鐘甲C（新收1010）（晉）	 子犯鐘乙C（新收1022）（晉） 陳大喪史仲高鐘（集成353） 陳大喪史仲高鐘（集成354） 陳大喪史仲高鐘（集成355）	【春秋晚期】 洹子孟姜壺（集成9729）（齊） 洹子孟姜壺（集成9729）（齊） 洹子孟姜壺（集成9729）（齊）	 洹子孟姜壺（集成9730）（齊） 洹子孟姜壺（集成9730）（齊）	【春秋晚期】 石鼓（獵碣·馬薦）（通鑑19823）（秦） 許公戈（通鑑17218）	【春秋早期】 吳買鼎（集成2452） 魯司徒仲齊盨甲蓋（集成4440）（魯） 魯司徒仲齊盨乙器（集成4441）（魯）

赵　　　䟅　𨘢　趠

走馬薛仲赤簠（集成4556）（薛）；右走馬嘉壺（集成9588）；魯司徒仲齊匜（集成10275）（魯）；【春秋時期】	自鐘（集成7）	【春秋晚期】 邨子𡪞缶（集成9995）；齊鞷氏鐘（集成142）（齊）	【春秋晚期】 鄘侯少子簋（集成4152）（莒）	【春秋早期】 齊趫父鬲（集成685）（齊）；齊趫父鬲（集成686）（齊）	【春秋晚期】 石鼓（獵碣・作原）（通鑑19821）（秦）	【春秋晚期】 曾子𨘢簠（集成4488）（曾）；曾子𨘢簠（集成4489）（曾）	【春秋早期】 戎生鐘乙（新收1614）（晉）	【春秋早期】 戎生鐘甲（新收1613）（晉）；【春秋晚期】 王子午鼎（集成2811）（楚）	王子午鼎（新收447）（楚）；王子午鼎（新收444）（楚）；王子午鼎（新收446）（楚）；王子午鼎（新收445）（楚）	王孫誥鐘一（新收418）（楚）；王孫誥鐘三（新收420）（楚）；王孫誥鐘四（新收421）（楚）；王孫誥鐘五（新收422）（楚）	王孫誥鐘六（新收423）（楚）；王孫誥鐘十（新收427）（楚）；王孫誥鐘十二（新收429）（楚）；王孫誥鐘十五（新收434）（楚）

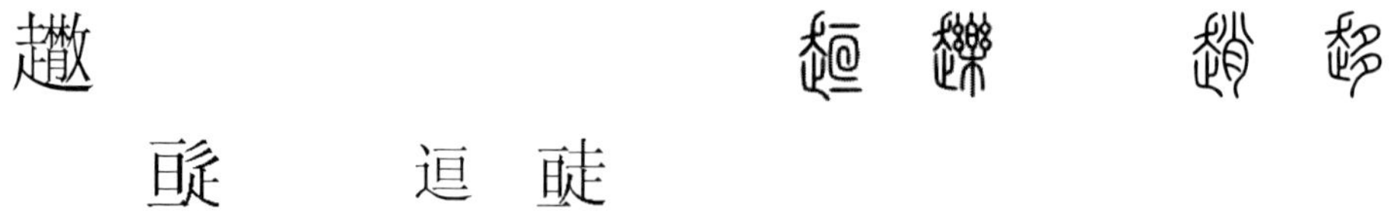

超　趙　⿺走樂　⿺走亘　趭

⿰日走　⿺辶亘　⿰日走

王孫誥鐘二十一（新收439）（楚）

王孫誥鐘二十四（新收440）（楚）

王孫遺者鐘（集成261）（楚）

石鼓（獵碣・避車）（通鑑19816）（秦）

【春秋晚期】

石鼓（獵碣・鑾車）（通鑑19819）（秦）

【春秋中期】

趙明戈（新收972）（晉）

【春秋晚期】

趙孟庎壺（集成9679）（晉）

趙孟庎壺（集成9678）（晉）

【春秋晚期】

石鼓（獵碣・田車）（通鑑19818）（秦）

【春秋早期】

秦公簋蓋（集成4315）（秦）

戎生鐘甲（新收1613）（晉）

仲姜鼎（通鑑2361）

【春秋晚期】

秦景公石磬（通鑑19778）（秦）

【春秋早期】

仲姜甗（通鑑3339）

【春秋早期】

仲姜壺（通鑑12333）

仲姜簋（通鑑4056）

大王光⿺辶亘戈（集成11255）（吳）

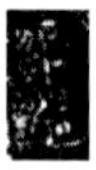

大王光⿺辶亘戈（集成11256）（吳）

大王光⿺辶亘戈（集成11257）（吳）

【春秋晚期】

【春秋早期】

攻敔王光劍（集成11666）（吳）

【春秋晚期】

石鼓（獵碣・汧沔）（通鑑19817）（秦）

⿺走尃

【春秋晚期】

石鼓（獵碣·汧沔）（通鑑19817）（秦）

⿺走龜

【春秋早期】

蔡大善夫⿺走龜簠器（新收1236）（蔡）

蔡大善夫⿺走龜簠蓋（新收1236）（蔡）

⿺走戚

【春秋早期】

戎生鐘甲（新收1613）（晉）

⿺走予

【春秋晚期】

石鼓（獵碣·鑾車）（通鑑19819）（秦）

⿺走巸

【春秋晚期】

沇兒鎛（集成203）（徐）

⿺走叵

【春秋晚期】

鄭太子之孫與兵壺蓋（新收1980）

王孫遺者鐘（集成261）（楚）

王孫誥鐘一（新收418）（楚）

王孫誥鐘二（新收419）（楚）

王孫誥鐘四（新收421）（楚）

王孫誥鐘五（新收422）（楚）

王孫誥鐘七（新收424）（楚）

王孫誥鐘八（新收425）（楚）

王孫誥鐘十（新收427）（楚）

王孫誥鐘十一（新收428）（楚）

王孫誥鐘十二（新收429）（楚）

王孫誥鐘十四（新收431）（楚）

王孫誥鐘十九（新收437）（楚）

王孫誥鐘二十二（新收438）（楚）

止

【春秋早期】

彭伯壺蓋（新收315）（彭）

彭伯壺器（新收315）（彭）

彭伯壺器（新收316）（彭）

畀戈（集成11066）

【春秋晚期】

石鼓（獵碣·霝雨）（通鑑19820）（秦）

石鼓（獵碣·吾水）（通鑑19824）（秦）

石鼓（獵碣·田車）（通鑑19818）（秦）

歲 歷 歸 登

遢 遢 昪 𤼷

【春秋中期】	季子康鎛丙（通鑑15787）	季子康鎛丁（通鑑15788）
【春秋早期】	曾伯陭鉞（新收1203）（曾）	
【春秋晚期】	齊太宰歸父盤（集成10151）（齊）	
【春秋早期】	伯歸𡌾鼎（集成2644）（曾）	伯歸𡌾鼎（集成2645）（曾）
【春秋晚期】		
歸父敦（集成4640）（齊）		
【春秋早期】	寶登鼎（通鑑2277）	
【春秋早期】	伯氏始氏鼎（集成2643）	鄧公牧簋盖（集成3590）（鄧）
鄧公牧簋器（集成3590）（鄧）		
鄧公牧簋（集成3591）（鄧）		
【春秋早期】	楚大師登鐘甲（通鑑15505）（楚）	楚大師登鐘丁（通鑑15508）（楚）
楚大師登鐘己（通鑑15510）（楚）		
楚大師登鐘庚（通鑑15511）（楚）	楚大師登鐘辛（通鑑15512）（楚）	楚大師登鐘壬（通鑑15513）（楚）
鄧公孫無嬰鼎（新收1231）（鄧）		
【春秋中期】	者𣋡鐘二（集成194）（吳）	者𣋡鐘三（集成195）（吳）
者𣋡鐘四（集成196）（吳）		
【春秋晚期】	鄧𩵦鼎蓋（集成2085）	鄧𩵦鼎器（集成2085）
【春秋時期】		

癹 癹 發

歲 歳 𢦏 歲 胾

鄧伯吉射盤（集成10121）（鄧）
鄧公匜（集成10228）（鄧）
鄧公匜（集成10228）（鄧）

【春秋晚期】
姑發者反之子通劍（新收1111）（吳）
工盧王姑發習反之弟劍（新收988）（吳）

【春秋晚期】
曹鮾尋員劍（新收1241）（吳）
發孫虜簠（新收1773）

【春秋早期】
晉公戈（新收1866）（晉）

【春秋中期】
國差𦉜（集成10361）（齊）

【春秋晚期】
吳王光鐘（集成224.1）（蔡）
公子土斧壺（集成9709）（齊）
是立事歲戈（集成11259）（齊）

【春秋晚期】
𪭢鐘甲（新收482）（楚）
𪭢鎛庚（新收495）（楚）
鄭太子之孫與兵壺蓋（新收1980）
𪭢鎛丙（新收491）（楚）

【春秋早期】
爲甫人鼎（通鑑2376）
爲甫人盨（集成4406）

【春秋中期】
余子汆鼎（集成2390）（徐）

【春秋晚期】
杕氏壺（集成9715）（燕）
蔡侯𩰫盤（集成10171）（蔡）

【春秋晚期】
敬事天王鐘乙（集成74）（楚）
敬事天王鐘庚（集成79）（楚）
敬事天王鐘壬（集成81）（楚）
侯古堆鎛甲（新收276）

【春秋晚期】
郘夫人嫼鼎（通鑑2386）
臧孫鐘辛（集成100）（吳）
臧孫鐘庚（集成99）（吳）

此

臧孫鐘己（集成98）（吳）

臧孫鐘甲（集成93）（吳）

臧孫鐘丙（集成95）（吳）

臧孫鐘丁（集成96）（吳）

臧孫鐘戊（集成97）（吳）

【春秋早期】

鼄[illegible]白鼎鼎（集成2640）（邾）

【春秋晚期】

簷叔之仲子平鐘壬（集成180）（莒）

簷叔之仲子平鐘乙（集成173）（莒）

簷叔之仲子平鐘己（集成177）（莒）

簷叔之仲子平鐘庚（集成178）（莒）

攻盧王叡戗此郤劍（新收1188）（吳）

攻敔王虘戗此郤劍（通鑑18066）

聖靡公漿鼓座（集成429）

匜

【春秋早期】

陳侯鼎（集成2650）（陳）

陳侯簠蓋（集成4603）（陳）

陳侯簠器（集成4603）（陳）

陳侯簠蓋（集成4604）（陳）

陳侯簠器（集成4604）（陳）

陳侯簠（集成4606）（陳）

陳侯簠（集成4607）（陳）

原氏仲簠（新收395）（陳）

原氏仲簠（新收396）（陳）

原氏仲簠（新收397）（陳）

陳侯盤（集成10157）（陳）

陳子匜（集成10279）（陳）

蔡大善夫趣簠蓋（新收1236）（蔡）

蔡大善夫趣簠器（新收1236）（蔡）

蔡公子壺（集成9701）

黃太子伯克盤（集成10162）（黃）

考叔𢼸父簠蓋（集成4608）（楚）

考叔𢼸父簠蓋（集成4609）（楚）

郳太宰欉子掛簠（集成4623）（郳）

衛夫人鬲（新收1701）（衛）

鄧公孫無嬰鼎（新收1231）（鄧）

王孫壽甗（集成946）

上都公敄人簋蓋（集成4183）（都）

華母壺（集成9638）

楚嬴盤（集成10148）（楚）

楚嬴匜（集成10273）（楚）

塞公孫𢼸父匜（集成10276）

楚大師登鐘甲（通鑑15505）（楚）	楚大師登鐘乙（通鑑15506）（楚）	楚大師登鐘丙（通鑑15507）（楚）	楚大師登鐘丁（通鑑15508）（楚）
楚大師登鐘己（通鑑15510）（楚）	楚大師登鐘辛（通鑑15512）（楚）	曾侯子鎛甲（通鑑15762）	曾侯子鎛乙（通鑑15763）
曾侯子鎛丙（通鑑15764）	曾侯子鎛丁（通鑑15765）（秦）	【春秋中期】	欒書缶器（集成10008）（晉）
欒書缶蓋（集成10008）（晉）	者𣻭鐘一（集成193）（吳）	者𣻭鐘二（集成194）（吳）	者𣻭鐘三（集成195）（吳）
者𣻭鐘四（集成196）（吳）	者𣻭鐘五（集成197）（吳）	者𣻭鐘七（集成199）（吳）	宜桐盂（集成10320）（徐）
庚兒鼎（集成2715）（徐）	庚兒鼎（集成2716）（徐）	叔師父壺（集成9706）	以鄧匜（新收405）
以鄧鼎器（新收406）（楚）	以鄧鼎蓋（新收406）（楚）	上鄀公簠蓋（新收401）（楚）	上鄀公簠器（新收401）（楚）
上鄀府簠蓋（集成4613）（鄀）	上鄀府簠器（集成4613）（鄀）	何此簠（新收402）	何此簠器（新收403）
何此簠蓋（新收403）	何此簠蓋（新收404）	何此簠器（新收404）	童麗君柏鐘（通鑑15186）
仲改衛簠（新收399）	仲改衛簠（新收400）	長子𩵦臣簠蓋（集成4625）（晉）	長子𩵦臣簠器（集成4625）（晉）
季子康鎛丙（通鑑15787）	季子康鎛丁（通鑑15788）	【春秋中後期】	東姬匜（新收398）（楚）
【春秋晚期】	王子午鼎（新收444）（楚）	王子午鼎（新收445）（楚）	王子午鼎（新收446）（楚）

- 王子午鼎（新收 449）（楚）
- 王子午鼎（集成 2811）（楚）
- 王孫誥鐘一（新收 418）（楚）
- 王孫誥鐘二（新收 419）（楚）
- 王孫誥鐘三（新收 420）（楚）
- 王孫誥鐘四（新收 421）（楚）
- 王孫誥鐘六（新收 423）（楚）
- 王孫誥鐘八（新收 425）（楚）
- 王孫誥鐘九（新收 426）（楚）
- 王孫誥鐘十（新收 427）（楚）
- 王孫誥鐘十二（新收 429）（楚）
- 王孫誥鐘十三（新收 430）（楚）
- 王孫誥鐘十五（新收 434）（楚）
- 王孫誥鐘十七（新收 435）（楚）
- 王孫誥鐘二十（新收 433）（楚）
- 王孫誥鐘二十三（新收 443）（楚）
- 王孫遺者鐘（集成 261）（楚）
- 孟縢姬缶蓋（新收 417）（楚）
- 孟縢姬缶器（新收 417）（楚）
- 競孫不欽壺（通鑑 12344）（楚）
- 孟縢姬缶（集成 10005）（楚）
- 孟縢姬缶（新收 416）（楚）
- 足利次留元子鐘（通鑑 15361）（徐）
- 沇兒鎛（集成 203）（徐）
- 寬兒鼎（集成 2722）（蘇）
- 寬兒缶甲（通鑑 14091）
- 余贎逐兒鐘甲（集成 183）（徐）
- 余贎逐兒鐘丙（集成 185）（徐）
- 徐王子旃鐘（集成 182）（徐）
- 齊舉氏鐘（集成 142）（齊）
- 拍敦（集成 4644）
- 徐王義楚觶（集成 6513）（徐）
- 邾太宰簠蓋（集成 4624）（邾）
- 鼄公牼鐘乙（集成 150）（邾）
- 鼄公牼鐘丙（集成 151）（邾）
- 鼄公華鐘（集成 245）（邾）
- 鼄公牼鐘甲（集成 149）（邾）
- 邾公孫班鎛（集成 140）（邾）
- 邾公鈓鐘（集成 102）（邾）
- 蔡侯䜌盤（集成 10171）（蔡）
- 蔡侯簠甲蓋（新收 1896）（蔡）
- 蔡侯簠甲器（新收 1896）（蔡）
- 蔡大師䑗鼎（集成 2738）（蔡）
- 蔡大司馬燮盤（通鑑 14498）
- 蔡叔季之孫君匜（集成 10284）（蔡）
- 蔡侯簠（新收 1897）（蔡）
- 蔡侯䜌歌鐘甲（集成 210）（蔡）
- 蔡侯䜌歌鐘乙（集成 211）（蔡）

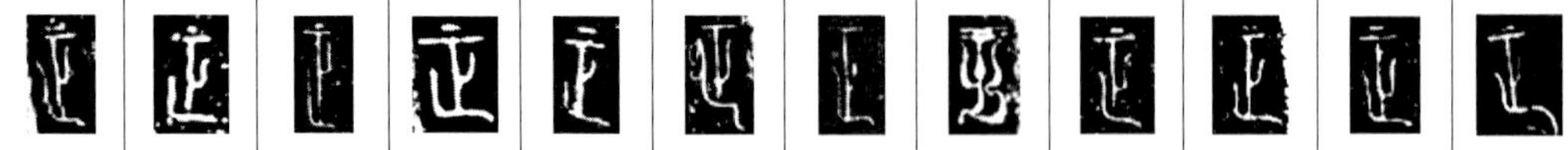

蔡侯[illegible]鎛丁（集成222）（蔡）
蔡侯盤（新收471）（蔡）
蔡太史卮（集成10356）（蔡）
蔡侯匜（新收472）（蔡）

郘黛鐘二（集成226）（晉）
郘黛鐘四（集成228）（晉）
郘黛鐘六（集成230）（晉）
郘黛鐘八（集成232）（晉）

郘黛鐘九（集成233）（晉）
郘黛鐘十（集成234）（晉）
晉公盆（集成10342）
鄭太子之孫與兵壺（新收1980）

臧孫鐘甲（集成93）（吳）
臧孫鐘丙（集成95）（吳）
臧孫鐘丁（集成96）（吳）
臧孫鐘戊（集成97）（吳）

臧孫鐘己（集成98）（吳）
臧孫鐘庚（集成99）（吳）
臧孫鐘辛（集成100）（吳）
臧孫鐘壬（集成101）（吳）

其次句鑃（集成421）（越）
其次句鑃（集成422）（越）
姑馮昏同之子句鑃（集成424）（越）
聖靡公𩰫鼓座（集成429）

丁兒鼎蓋（新收1712）（應）
𨚕夫人嫼鼎（通鑑2386）
夫歍申鼎（新收1250）（舒）
鄬侯少子簋（集成4152）（莒）

許公買簠器（通鑑5950）
許公買簠蓋（通鑑5950）
許子妝簠蓋（集成4616）（許）
哀成叔鼎（集成2782）（鄭）

子璋鐘甲（集成113）（許）
子璋鐘乙（集成114）（許）
子璋鐘丙（集成115）（許）
子璋鐘丁（集成116）（許）

子璋鐘戊（集成117）（許）
子璋鐘己（集成118）（許）
王子吳鼎（集成2717）（楚）
篖太史申鼎（集成2732）（莒）

義子曰鼎（通鑑2179）
樂子嚷豧簠（集成4618）（宋）
發孫虜簠（新收1773）
婁君盂（集成10319）

楚屈子赤目簠蓋（集成4612）（楚）
楚屈子赤目簠器（新收1230）（楚）
邨子裁盤（新收1372）（羅）
𦼫兒缶（新收1187）（鄀）

是

者尙余卑盤（集成10165）
唐子仲瀕兒瓶（新收1211）（唐）
唐子仲瀕兒盤（新收1210）（唐）
唐子仲瀕兒匜（新收1209）（唐）

夆叔匜（集成10282）（滕）
楚王領鐘（集成53）（楚）
鄱子成周鐘乙（新收284）
遷邟鐘六（新收56）（舒）

遷邟鐘三（新收1253）（舒）
遷邟鎛甲（通鑑15792）（舒）
遷邟鎛丙（通鑑15794）（舒）
遷邟鎛丁（通鑑15795）（舒）

敬事天王鐘甲（集成73）（楚）
敬事天王鐘丙（集成75）（楚）
敬事天王鐘丁（集成76）（楚）
敬事天王鐘己（集成78）（楚）

敬事天王鐘辛（集成80）（楚）
鄱子成周鐘甲（新收283）
簷叔之仲子平鐘乙（集成173）（莒）
簷叔之仲子平鐘丙（集成174）（莒）

簷叔之仲子平鐘丁（集成175）（莒）
簷叔之仲子平鐘壬（集成180）（莒）
侯古堆鎛甲（新收276）
侯古堆鎛乙（新收277）

侯古堆鎛丙（新收278）
侯古堆鎛戊（新收279）
侯古堆鎛己（新收280）
侯古堆鎛庚（新收281）

【春秋時期】

痃鼎（集成2569）
鐘伯侵鼎（集成2668）
中公彭宇簠（集成4610）（鄀）
中公彭宇簠（集成4611）（鄀）
童麗君柏簠（通鑑5966）
黃太子伯克盆（集成10338）（黃）
中子化盤（集成10137）（楚）
黃韋俞父盤（集成10146）（黃）
公父宅匜（集成10278）

【春秋前期】

郤諧尹征城（集成425）（徐）

【春秋早期】

秦公簋蓋（集成4315）（秦）
叔原父甗（集成947）（陳）
伯亞臣鐳（集成9974）（黃）
徐王𦢊鼎（集成2675）（徐）
曾子𠨘鼎（集成2757）（曾）

【春秋中期】

𪏺鎛（集成271）（齊）

𬷡鎛（集成271）（齊）	欒書缶器（集成10008）（晉）	者𣵽鐘二（集成194）（吳）	者𣵽鐘三（集成195）（吳）
季子康鎛乙（通鑑15786）	季子康鎛乙（通鑑15786）	季子康鎛丙（通鑑15787）	季子康鎛丙（通鑑15787）
季子康鎛丁（通鑑15788）	季子康鎛丁（通鑑15788）	季子康鎛戊（通鑑15789）	伯遊父卮（通鑑19234）
公英盤（新收1043）	**【春秋晚期】**	王子午鼎（集成2811）（楚）	王子午鼎（新收449）（楚）
王子午鼎（新收445）（楚）	王子午鼎（新收446）（楚）	王子午鼎（新收444）（楚）	王子午鼎（新收447）（楚）
競孫不欲壺（通鑑12344）（楚）	哀成叔鼎（集成2782）（鄭）	蔡侯𨭕盤（集成10171）（蔡）	蔡侯𨭕歌鐘丙（集成217）（蔡）
鼄公華鐘（集成245）（邾）	郳公孫班鎛（集成140）（郳）	鼄公牼鐘甲（集成149）（邾）	鼄公牼鐘乙（集成150）（邾）
鼄公牼鐘丙（集成151）（邾）	鼄公牼鐘丁（集成152）（邾）	余贎逐兒鐘甲（集成183）（徐）	余贎逐兒鐘乙（集成184）（徐）
杕氏壺（集成9715）（燕）	臧孫鐘乙（集成94）（吳）	臧孫鐘丙（集成95）（吳）	臧孫鐘丁（集成96）（吳）
臧孫鐘己（集成98）（吳）	臧孫鐘辛（集成100）（吳）	臧孫鐘壬（集成101）（吳）	邗王是埜戈（集成11263）（吳）
遷邟鐘三（新收1253）（舒）	遷邟鎛甲（通鑑15792）（舒）	遷邟鎛丙（通鑑15794）（舒）	遷邟鎛丁（通鑑15795）（舒）
篖太史申鼎（集成2732）（莒）	婁君盂（集成10319）	賈孫叔子屖盤（通鑑14516）	聖靡公𤔲鼓座（集成429）

圶

【春秋晚期】

是立事歲戈（集成11259）（齊）
秦景公石磬（通鑑19793）（秦）
秦景公石磬（通鑑19778）（秦）
石鼓（獵碣·而師）（通鑑19822）（秦）

【春秋晚期】

□侯戈（集成11407）

【春秋中期】

子犯鐘乙B（新收1021）（晉）

衙

【春秋晚期】

庚壺（集成9733）（齊）

【春秋早期】

秦公簋蓋（集成4315）（秦）
魯伯敢匜（集成10222）（魯）
魯仲齊鼎（集成2639）（魯）
黃季鼎（集成2565）（黃）
芮太子白鼎（集成2496）
芮太子白簠（集成4538）
芮太子白簠（集成4537）
芮太子白壺（集成9644）
芮太子白壺蓋（集成9645）
國子碩父鬲（新收49）
國子碩父鬲（新收48）
爲甫人鼎（通鑑2376）
爲甫人盨（集成4406）
囻君婦媿靁壺（通鑑12349）
囻君鼎（集成2502）
戒偖生鼎（集成2632）
戒偖生鼎（集成2633）
杞子每刃鼎（集成2428）

【春秋晚期】

王孫誥鐘一（新收418）（楚）
王孫誥鐘二（新收419）（楚）
王孫誥鐘四（新收421）（楚）
王孫誥鐘七（新收424）（楚）
王孫誥鐘十（新收427）（楚）
王孫誥鐘十二（新收429）（楚）
王孫誥鐘十四（新收431）（楚）
王孫誥鐘十九（新收437）（楚）
王孫誥鐘二十二（新收438）（楚）
鄭太子之孫與兵壺蓋（新收1980）
蔡侯盤（新收471）（蔡）
蔡大師腆鼎（集成2738）（蔡）

復公仲簋蓋（集成 4128）

復公仲壺（集成 9681）

蔡叔季之孫君匜（集成 10284）（蔡）

𢕟

【春秋早期】

鄭饔原父鼎（集成 2493）（鄭）

芮太子白鬲（通鑑 3005）

芮太子白鬲（通鑑 3007）

上鄀公敄人簋蓋（集成 4183）（鄀）

曾伯霥簠蓋（集成 4632）（曾）

曾伯霥簠（集成 4631）（曾）

杞伯每刃壺（集成 9687）（杞）

鄩仲盤（集成 10135）（鄩）

鄩仲匜（集成 10266）（鄩）

【春秋晚期】

鄭太子之孫與兵壺器（新收 1980）

王孫誥鐘五（新收 422）（楚）

王孫誥鐘八（新收 425）（楚）

齊侯敦（集成 4638）（齊）

齊侯敦蓋（集成 4639）（齊）

【春秋時期】

公父宅匜（集成 10278）

躉

【春秋早期】

芮子仲殿鼎（通鑑 2363）

曾伯鬲（新收 1217）

昔仲之孫簋（集成 4120）

夆叔盤（集成 10163）（滕）

【春秋晚期】

齊侯敦（集成 4645）（齊）

齊侯盂（集成 10318）（齊）

齊侯匜（集成 10283）（齊）

洹子孟姜壺（集成 9729）（齊）

洹子孟姜壺（集成 9730）（齊）

夆叔匜（集成 10282）（滕）

𨑒

【春秋早期】

魯大司徒子仲白匜（集成 10277）（魯）

虢太子元徒戈（集成 11116）（虢）

虢太子元徒戈（集成 11117）（虢）

【春秋中期】

魯大司徒厚氏元簠（集成 4689）（魯）

魯大司徒厚氏元簠蓋（集成 4690）（魯）

魯大司徒厚氏元簠器（集成 4690）（魯）

魯大司徒厚氏元簠器（集成 4691）（魯）

魯大司徒元盂（集成 10316）（魯）

【春秋晚期】

陳子山戈（集成 11084）（齊）

𨑒

征　圢　仕

陳尔徒戈（新收1499）（齊）
武城戈（集成11024）（齊）
滕司徒戈（集成11205）（滕）
石鼓（獵碣・鑾車）（通鑑19819）（秦）

石鼓（獵碣・鑾車）（通鑑19819）（秦）

【春秋時期】

左徒戈（集成10971）

【春秋早期】

魯司徒仲齊盨甲蓋（集成4440）（魯）
魯司徒仲齊盨甲器（集成4440）（魯）
魯司徒仲齊盨乙蓋（集成4441）（魯）

魯司徒仲齊盨乙器（集成4441）（魯）
魯司徒仲齊匜（集成10275）（魯）

【春秋早期】

魯司徒仲齊盤（集成10116）（魯）
吳叔戈（新收978）

【春秋早期】

衛夫人鬲（新收1700）（衛）
㠱伯子𡨦父盨蓋（集成4442）（紀）
㠱伯子𡨦父盨器（集成4442）（紀）

㠱伯子𡨦父盨蓋（集成4443）（紀）
㠱伯子𡨦父盨器（集成4443）（紀）
㠱伯子𡨦父盨蓋（集成4443）（紀）
㠱伯子𡨦父盨器（集成4443）

㠱伯子𡨦父盨器（集成4444）（紀）
㠱伯子𡨦父盨蓋（集成4445）（紀）
㠱伯子𡨦父盨器（集成4445）（紀）

【春秋晚期】

簷太史申鼎（集成2732）（莒）

【春秋早期】

戎生鐘丁（新收1616）（晉）
曾伯霥簠蓋（集成4632）（曾）
曾伯霥簠（集成4631）（曾）

叔原父甗（集成947）（陳）
侯母壺（集成9657）（魯）
侯母壺（集成9657）（魯）
封仲甗（集成933）

爲甫人鼎（通鑑2376）
爲甫人盨（集成4406）
虢宮父盤（新收51）
虢宮父匜（通鑑14991）

遣　造

艁　鋯

- 虢宮父鬲（通鑑 2937）
- 虢宮父鬲（新收 50）
- 曾伯文鐳（集成 9961）（曾）
- 伯亞臣鐳（集成 9974）（黃）

【春秋中期】

- 庚兒鼎（集成 2715）（徐）
- 庚兒鼎（集成 2716）（徐）
- 何此簠蓋（新收 403）

【春秋晚期】

- 孝子平壺（新收 1088）（莒）

【春秋晚期】

- 石鼓（獵碣・避車）（通鑑 19816）（秦）

【春秋晚期】

- 簷太史申鼎（集成 2732）（莒）
- 豫州戈（集成 11074）
- 君子翮戟（集成 11088）

艁

【春秋早期】

- 淳于戈（新收 1110）（齊）

【春秋晚期】

- 淳于公戈（集成 11125）（鑄）
- 淳于公戈（集成 11124）（鑄）
- 郲大司馬戈（集成 11206）（郲）
- 淳于右戈（新收 1069）
- 敒子戈（集成 11076）
- 羊子戈（集成 11089）（魯）
- 羊子戈（集成 11090）（魯）
- 滕侯耆戈（集成 11077）（滕）
- 滕侯昃戈（集成 11079）（滕）
- 郜子戈（集成 11080）

【春秋時期】

- 左之造戈（集成 10968）

《說文》：「艁，古文造。」

鋯

【春秋早期】

- 曹公子沱戈（集成 11120）（曹）

【春秋晚期】

- 陳卯戈（集成 11034）（齊）
- 滕侯耆戈（集成 11078）（滕）

【春秋時期】

- 豫少鉤庫戈（集成 11068）

庴	遤		散	奪	𡜊	戠	邋	賠	䞶		
【春秋早期】  御侯戈（集成 11202）	【春秋早期】  秦子戈（集成 11352）（秦）  秦子戈（集成 11353）（秦）  秦政伯喪戈（通鑑 17117）（秦）	 秦政伯喪戈（通鑑 17117）（秦）	【春秋晚期】  郯竝果戈（新收 1485） 【春秋時期】  曹右庭戈（集成 11070）（曹）	【春秋中期】  𩍐鎛（集成 271）（齊）	【春秋時期】  高密戈（集成 11023）（齊）	【春秋晚期】  龔王之卯戈（通鑑 17216）（楚）	【春秋早期】  邿造譴鼎（集成 2422）（邿）	【春秋晚期】  宋公得戈（集成 11132）（宋）  宋公欒戈（集成 11133）（宋）  宋公差戈（集成 11281）（宋）	【春秋晚期】  宋公差戈（集成 11204）（宋）  宋公差戈（集成 11289）（宋）	【春秋晚期】  簷太史申鼎（集成 2732）（莒）	【春秋晚期】  洹子孟姜壺（集成 9729）（齊）  洹子孟姜壺（集成 9730）（齊）

速 遬(⿺走束)

【春秋早期】

叔家父簠（集成4615）

【春秋晚期】

石鼓（獵碣·避車）（通鑑19816）（秦）

【春秋晚期】

石鼓（獵碣·避車）（通鑑19816）（秦）

迅

【春秋晚期】

郘夫人嫘鼎（通鑑2386）

适

【春秋晚期】

楚子超鼎（集成2231）（楚）

逢

【春秋晚期】

石鼓（獵碣·吳人）（通鑑19825）（秦）

通 ⿺走甬 ⿰彳甬

【春秋晚期】

侯古堆鎛甲（新收276）

【春秋晚期】

姑發者反之子通劍（新收1111）（吳）

【春秋早期】

晉姜鼎（集成2826）（晉）

徙 屎

【春秋早期】

鄧公孫無嬰鼎（新收1231）（鄧）

【春秋中期】

曾子屎簠蓋（集成4528）（曾）

曾子屎簠蓋（集成4529）（曾）

曾子屎簠器（集成4529）（曾）

還 遷

【春秋晚期】

鄭莊公之孫盧鼎（通鑑2326）

【春秋時期】

右洀州還矛（集成11503）

儇　僑

【春秋晚期】 司馬楙鎛丙（通鑑15768）

【春秋早期】 戎生鐘丁（新收1616）（晉）

【春秋晚期】 石鼓（獵碣·霝雨）（通鑑19820）（秦）

【春秋晚期】 王孫誥鐘一（新收418）（楚） 王孫誥鐘二（新收419）（楚） 王孫誥鐘三（新收420）（楚）

王孫誥鐘五（新收422）（楚） 王孫誥鐘六（新收423）（楚） 王孫誥鐘十（新收427）（楚） 王孫誥鐘十二（新收429）（楚）

王孫誥鐘十三（新收430）（楚） 王孫誥鐘十八（新收432）（楚） 王孫誥鐘二十四（新收440）（楚） 《說文》：「遟，籀文遲，从屖。」

【春秋早期】 戎生鐘乙（新收1614）（晉）

【春秋晚期】 夫跌申鼎（新收1250）（舒）

【春秋中期】 連迂鼎（集成2083）（曾） 連迂鼎（集成2084.2）（曾） 連迂鼎（通鑑2350）

連迂鼎（集成2084.1）（曾） 【春秋晚期】 越邾盟辭鎛甲（集成155） 越邾盟辭鎛乙（集成156）（越）

【春秋晚期】 王孫遺者鐘（集成261）（楚）

【春秋中期】 𪒠鎛（集成271）（齊）

【春秋早期】

戎生鐘戊（新收 1617）（晉）

郜譴簋甲蓋（集成 4040）（郜）

郜譴簋甲器（集成 4040）（郜）

郜譴簋乙（通鑑 5277）

郜公諴簠（集成 4600）

虢季鐘丙（新收 3）

鄧公孫無嬰鼎（新收 1231）（鄧）

郜公平侯鼎（集成 2771）（郜）

郜公平侯鼎（集成 2772）（郜）

【春秋晚期】

余購逨兒鐘丁（集成 186）（徐）

余購逨兒鐘乙（集成 184）（徐）

【春秋早期】

魯伯悆盨蓋（集成 4458）（魯）

魯伯悆盨器（集成 4458）（魯）

【春秋晚期】

石鼓（通鑑 19816）（秦）

【春秋中期】

連迂鼎（集成 2083）（曾）

連迂鼎（集成 2084.2）（曾）

【春秋晚期】

吳季子之子逞劍（集成 11640）（吳）

【春秋晚期】

文公之母弟鐘（新收 1479）

邍

【春秋早期】

鄭饗原父鼎（集成 2493）（鄭）

叔原父甗（集成 947）（陳）

原氏仲簠（新收 396）（陳）

鄭師邍父鬲（集成 731）（鄭）

【春秋晚期】

曾子原彝簠（集成 4573）（曾）

石鼓（獵碣・田車）（通鑑 19818）（秦）

【春秋早期】

魯太宰原父簋（集成 3987）（魯）

原氏仲簠（新收 395）（陳）

原氏仲簠（新收 397）（陳）

⿺辶𦣻　衟

【春秋早期】

- 曾伯霥簠蓋（集成4632）（曾）
- 曾伯霥簠（集成4631）（曾） 

⿺辶兹　⿴行兹

【春秋中期】

- 仲滋鼎（新收632）（秦）

【春秋晚期】

- 石鼓（獵碣・霝雨）（通鑑19820）（秦）

【春秋晚期】

- 洹子孟姜壺（集成9729）（齊）
- 洹子孟姜壺（集成9730）（齊） 
- 夫歍申鼎（新收1250）（舒） 

遑　趪

【春秋晚期】

- 王孫誥鐘十九（新收437）（楚）
- 王孫誥鐘二十二（新收438）（楚） 
- 王孫誥鐘二十六（新收442） 
- 王孫誥鐘五（新收422）（楚） 
- 王孫誥鐘十（新收427）（楚） 
- 王孫誥鐘十四（新收431）（楚） 
- 王孫誥鐘十六（新收436）（楚） 
- 王孫誥鐘四（新收421）（楚） 
- 王孫誥鐘一（新收418）（楚） 
- 王孫誥鐘二（新收419）（楚） 

⿺辶會

【春秋晚期】

- 唐子仲瀕兒匜（新收1209）（唐）
- 黝鎛甲（新收489）（楚）
- 黝鎛乙（新收490）（楚）
- 黝鎛丁（新收492）（楚）
- 黝鎛己（新收494）（楚）
- 黝鎛辛（新收496）（楚）
- 沇兒鎛（集成203）（徐） 
- 黝鐘甲（新收482）（楚）
- 黝鐘丁（新收483）（楚）
- 黝鐘庚（新收487）（楚）

⿺辶臺

【春秋晚期】

- ⿺辶臺邟鐘三（新收1253）（舒）
- ⿺辶臺邟鐘六（新收56）（舒） 
- ⿺辶臺邟鎛甲（通鑑15792）（舒） 
- ⿺辶臺邟鎛丙（通鑑15794）（舒） 
- ⿺辶臺邟鎛丁（通鑑15795）（舒） 

逆

【春秋早期】

- 郳始逆母鬲（集成596）（郳）

迖

【春秋晚期】

余購逐兒鐘甲（集成183）（徐）

余購逐兒鐘丙（集成185）（徐）

逐 遾

【春秋晚期】

余購逐兒鐘乙（集成184）（徐）

辺

【春秋晚期】

工師辺戈（集成10965）

𨒬

【春秋晚期】

楚子𨒬鄭敦（集成4637）（楚）

途

【春秋晚期】

楚叔之孫途盉（集成9426）（楚）

德 𨖈

【春秋早期】

秦公簋蓋（集成4315）（秦）

秦公鐘甲（集成262）

秦公鎛乙（集成268）（秦）

秦公鎛丙（集成269）

曾伯陭壺器（集成9712）（曾）

曾伯陭壺蓋（集成9712）（曾）

晉公盆（集成10342）

【春秋早期】

叔家父簠（集成4615）

【春秋晚期】

王子午鼎（集成2811）（楚）

王子午鼎（新收445）（楚）

王子午鼎（新收446）（楚）

王子午鼎（新收444）（楚）

王孫誥鐘一（新收418）（楚）

王孫誥鐘二（新收419）（楚）

王孫誥鐘三（新收420）（楚）

王孫誥鐘四（新收421）（楚）

王孫誥鐘六（新收423）（楚）

王孫誥鐘十（新收427）（楚）

王孫誥鐘十二（新收429）（楚）

王孫誥鐘十三（新收430）（楚）

王孫誥鐘十五（新收434）（楚）

王孫誥鐘十八（新收432）（楚）

王孫誥鐘二十（新收433）（楚）

王孫誥鐘二十四（新收440）（楚）

王孫遺者鐘（集成261）（楚）

德

【春秋晚期】

王孫遺者鐘（集成261）（楚）

譓

【春秋晚期】

蔡侯𧟨歌鐘甲（集成210）（蔡）

蔡侯𧟨歌鐘乙（集成211）（蔡）

蔡侯𧟨歌鐘丙（集成217）（蔡）

蔡侯𧟨鎛乙（集成220）（蔡）

【春秋早期】

黃子壺（集成9663）（黃）

黃子壺（集成9663）（黃）

【春秋中期】

子犯鐘甲A（新收1008）（晉）

子犯鐘乙A（新收1020）（晉）

復公仲壺（集成9681）（春秋晚期）

復公仲簋蓋（集成4128）（春秋晚期）

【春秋晚期】

吳王光鑑甲（集成10298）（吳）

吳王光鐘殘片之四十（集成224.8）（吳）

返

【春秋晚期】

攻敔王者彶戱劍（通鑑18065）

【春秋中期】

公英盤（新收1043）

【春秋晚期】

𦥑子鼎（通鑑2382）（齊）

造

【春秋早期】

微乘簠（集成4486）

【春秋早期】

黃子鼎（集成2566）（黃）

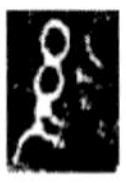

黃子豆（集成4687）（黃）

黃子鬲（集成687）（黃）

【春秋晚期】

工盧王姑發𦉘反之弟劍（新收988）（吳）

後

【春秋早期】

叔家父簠（集成4615）

【春秋晚期】

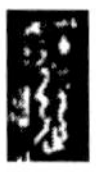

足利次留元子鐘（通鑑15361）（徐）

⿺辶⿱幺夂　⿱幺夂　⿺辶㝵　⿺辶⿱日夂　　⿺辶取　⿰彳⿱日夂　⿱日夂

余贎逐兒鐘乙（集成184）（徐） 
郘夫人嬭鼎（通鑑2386） 
鄭太子之孫與兵壺蓋（新收1980） 
余贎逐兒鐘甲（集成183）（徐）

足利次留元子鐘（通鑑15361）（徐）
鄭太子之孫與兵壺器（新收1980） 
《說文》：「[seal]，古文後。从辵。」

【春秋時期】 
後生戈（通鑑17250）

【春秋早期】 
黃子盉（集成9445）（黃）

【春秋中晚期】 
滕太宰得匜（新收1733）（滕）

【春秋晚期】
𨞨鎛戊（新收493）（楚）
𨞨鎛庚（新收495）（楚）
𨞨鎛丙（新收491）（楚）

𨞨鐘癸（新收498）（楚）
𨞨鐘戊（新收485）（楚）

【春秋晚期】
𨞨鎛甲（新收489）（楚）
𨞨鎛乙（新收490）（楚）

【春秋晚期】 
余贎逐兒鐘乙（集成184）（徐）

【春秋晚期】 
宋公得戈（集成11132）（宋）

【春秋早期】 
吳王御士尹氏叔緐簠（集成4527）（吳）
【春秋晚期】

洹子孟姜壺（集成9730）（齊）
洹子孟姜壺（集成9729）（齊） 
洹子孟姜壺（集成9729）（齊） 
洹子孟姜壺（集成9730）（齊）

辵 馭

敔 御 迲 㛃 [illegible]

洹子孟姜壺（集成9730）（齊）
洹子孟姜壺（集成9730）（齊）
唐子仲瀕兒盤（新收1210）（唐）
唐子仲瀕兒匜（新收1209）（唐）

唐子仲瀕兒瓶（新收1211）（唐）
吳王夫差鑑（集成10296）（吳）
吳王夫差鑑（新收1477）（吳）
篖太史申鼎（集成2732）（莒）

[illegible]夫人嬭鼎（通鑑2386）
滕侯吳敦（集成4635）（滕）
洹子孟姜壺（集成9729）（齊）
滕太宰得匜（新收1733）（滕）

【春秋早期】
郳伯御戎鼎（集成2525）（郳）
【春秋晚期】
洹子孟姜壺（集成9729）（齊）

洹子孟姜壺（集成9729）（齊）

【春秋中期】
趙明戈（新收972）（晉）

【春秋中期】
郘器蓋（通鑑19289）
郘方豆（集成4661）（楚）
郘方豆（集成4660）

【春秋中期】
連迂鼎（集成2083）（曾）
【春秋晚期】
吳王夫差鑑（集成10294）（吳）

【春秋晚期】
工𫊸太子姑發𦚔反劍（集成11718）（吳）

【春秋晚期】
趞亥鼎（集成2588）（宋）

【春秋早期】
秦公簋器（集成4315）（秦）
戎生鐘乙（新收1614）（晉）
【春秋晚期】

晉公盆（集成10342）（晉）
秦景公石磬（通鑑19792）（秦）
秦景公石磬（通鑑19793）（秦）

建

【春秋早期】

戎生鐘乙（新收1614）（晉）

【春秋晚期】

武城戈（集成11025）（齊）

【春秋晚期】

奇字鐘（通鑑15177）

蔡侯𪒠歌鐘甲（集成210）（蔡）

蔡侯𪒠歌鐘乙（集成211）（蔡）

蔡侯𪒠鎛丁（集成222）（蔡）

蔡侯𪒠歌鐘丙（集成217）（蔡）

蔡侯𪒠鎛丙（集成221）（蔡）

蔡侯𪒠鎛乙（集成220）（蔡）

𢓊

【春秋晚期】

蔡侯𪒠歌鐘甲（集成210）（蔡）

蔡侯𪒠歌鐘乙（集成211）（蔡）

蔡侯𪒠歌鐘丙（集成217）（蔡）

鳭公圃劍（集成11651）（應）

王孫遺者鐘（集成261）（楚）

【春秋早期】

考𢓊君季鼎（集成2519）

【春秋早期】

黃君孟鼎（集成2497）（黃）

曾子伯誩鼎（集成2450）（曾）

黃子鼎（集成2566）（黃）

緊子𠧪車鼎蓋（集成2603）（黃）

緊子𠧪車鼎器（集成2603）（黃）

緊子𠧪車鼎蓋（集成2604）（黃）

緊子𠧪車鼎器（集成2604）（黃）

鄧公孫無嬰鼎（新收1231）（鄧）

曾亘嫚鼎（新收1201）（曾）

曾亘嫚鼎（新收1202）（曾）

黃君孟鼎（新收90）（黃）

樊夫人龍嬴鼎（新收296）

爲甫人鼎（通鑑2376）

衛夫人鬲（集成595）（衛）

樊夫人龍嬴鬲（集成675）（樊）

樊夫人龍嬴鬲（集成676）（樊）

黃子鬲（集成687）（黃）

虢宮父鬲（通鑑2937）

衛夫人鬲（新收1700）（衛）

衛夫人鬲（新收1701）（衛）	封仲甗（集成933）	叔原父甗（集成947）（陳）	爲甫人盨（集成4406）
爲甫人盨（集成4406）	㠱伯子庭父盨器（集成4442）（紀）	㠱伯子庭父盨蓋（集成4443）（紀）	㠱伯子庭父盨器（集成4443）
㠱伯子庭父盨器（集成4444）（紀）	㠱伯子庭父盨蓋（集成4445）（紀）	㠱伯子庭父盨器（集成4445）（紀）	曾伯霥簠蓋（集成4632）（曾）
曾伯霥簠（集成4631）（曾）	曾伯霥簠蓋（集成4632）（曾）	曾伯霥簠（集成4631）（曾）	黄君孟豆（集成4686）（黄）
鄎子行盆蓋（集成10330）（鄎）	鄎子行盆器（集成10330）（鄎）	右走馬嘉壺（集成9588）	黄君孟壺（集成9636）（黄）
樊夫人龍嬴壺（集成9637）（樊）	侯母壺（集成9657）（魯）	侯母壺（集成9657）（魯）	黄子壺（集成9663）（黄）
黄子壺（集成9664）（黄）	薛侯壺（新收1131）（薛）	曾伯文鐳（集成9961）（曾）	黄君孟鐳（集成9963）（黄）
孟城瓶（集成9980）	黄君孟盤（集成10104）（黄）	鄍季寬車盤（集成10109）（黄）	黄子盤（集成10122）（黄）
黄子盉（集成9445）（黄）	樊夫人龍嬴匜（集成10209）（樊）	齊侯子行匜（集成10233）（齊）	鄍季寬車匜（集成10234）（黄）
夢子匜（集成10245）	曾侯子鐘甲（通鑑15142）	曾侯子鐘乙（通鑑15143）	曾侯子鐘丙（通鑑15144）
曾侯子鐘丁（通鑑15145）	曾侯子鐘戊（通鑑15146）	曾侯子鐘己（通鑑15147）	曾侯子鐘庚（通鑑15148）
曾侯子鐘辛（通鑑15149）	曾侯子鎛甲（通鑑15762）	曾侯子鎛乙（通鑑15763）	曾侯子鎛丙（通鑑15764）

曾侯子鎛丁（通鑑15765）
梁伯戈（集成11346）
【春秋中期】
連迁鼎（集成2084.2）（曾）

洖叔鼎（集成2355）（曾）
庚兒鼎（集成2715）（徐）
庚兒鼎（集成2716）（徐）
連迁鼎（集成2084.1）（曾）

連迁鼎（通鑑2350）
曾子㞒簠蓋（集成4528）
曾子㞒簠蓋（集成4529）（曾）
曾子㞒簠器（集成4529）（曾）

子諆盆器（集成10335）（黃）
叔師父壺（集成9706）
童麗君柏鐘（通鑑15186）
季子康鎛乙（通鑑15786）

迖叔戈（集成11067）（曾）
【春秋晚期】
鄬子蒷臺鼎蓋（集成2498）
𦅫簠（集成4475）

鄬子蒷臺鼎器（集成2498）
黃仲酉鼎（通鑑2338）
曾子選簠（集成4488）（曾）
曾子選簠（集成4489）（曾）

叔牀父簠蓋（集成4544）
鄬子臺簠（集成4545）
曾都尹定簠（新收1214）（曾）
曾子義行簠器（新收1265）（曾）

黃仲酉簠（通鑑5958）
可簠（通鑑5959）
盻于噭盞蓋（集成4636）（楚）
䴼伯詹多壺（新收379）（申）

黃仲酉壺（通鑑12328）（曾）
寬兒缶甲（通鑑14091）
攻吳大叔盤（新收1264）（吳）
可盤（通鑑14511）（曾）

黃仲酉匜（通鑑14987）（曾）
敬事天王鐘乙（集成74）（楚）
敬事天土鐘戊（集成77）（楚）
敬事天王鐘庚（集成79）（楚）

敬事天王鐘壬（集成81）（楚）
蔡侯𤔲行鐘丁（集成215）（蔡）
蔡侯𤔲行戈（集成11140）（蔡）
王孫誥戟（新收465）（楚）

邵之瘠夫戈（通鑑17214）（楚）
工𠭯太子姑發𦑱反劍（集成11718）（吳）
越郑盟辭鎛乙（集成156）（越）
【春秋時期】

衛　衞　疋　𨘢　隮

鳷鼎蓋（集成1990）	鳷鼎器（集成1990）	曾子選缶（集成9996）（曾）	公父宅匜（集成10278）	
楚固戈（新收1970）	伯彊簠（集成4526）			
【春秋早期】	眚仲之孫簋（集成4120）			
【春秋早期】	衛伯須鼎（新收1198）			
【春秋早期】	衛公孫呂戈（集成11200）（衛）	【春秋中期】	仲改衛簠（新收399）	
【春秋早期】	衛夫人鬲（新收1701）（衛）	衛夫人鬲（新收1700）（衛）	衛夫人鬲（集成595）（衛）	
衛子叔旡父簠（集成4499）（衛）	【春秋時期】	衛量（集成10369）		
【春秋早期】	叔牙父鬲（集成674）	魯太宰原父簋（集成3987）（魯）		
【春秋晚期】	足利次留元子鐘（通鑑15361）（徐）			
【春秋中期】	𪒠鎛（集成271）（齊）	【春秋晚期】	洹子孟姜壺（集成9729）（齊）	
洹子孟姜壺（集成9730）（齊）				
【春秋晚期】	石鼓（獵碣・田車）（通鑑19818）（秦）			

歍

【春秋晚期】

夫歍申鼎（新收1250）（舒）

【春秋晚期】

是歍戈（集成10899）

【春秋晚或戰國早期】

中央勇矛（集成11566）

【春秋早期】

秦公鐘甲（集成262）（秦）

秦公鐘乙（集成263）（秦）

秦公鐘丁（集成265）（秦）

秦公鐘戊（集成266）（秦）

秦子鎛（通鑑15770）（秦）

秦公鎛甲（集成267）（秦）

秦公鎛甲（集成267）（秦）

秦公鎛乙（集成268）（秦）

秦公鎛乙（集成268）（秦）

秦公鎛丙（集成269）（秦）

秦公鎛丙（集成269）（秦）

楚大師登鐘丙（通鑑15507）（楚）

楚大師登鐘丁（通鑑15508）（楚）

楚大師登鐘己（通鑑15510）（楚）

楚大師登鐘辛（通鑑15512）（楚）

楚大師登鐘壬（通鑑15513）（楚）

戎生鐘戊（新收1617）（晉）

江君婦和壺（集成9639）（江）

上曾太子般殷鼎（集成2750）（曾）

【春秋中期】

子犯鐘甲E（新收1012）（晉）

者𪷽鐘一（集成193）（吳）

者𪷽鐘二（集成194）（吳）

者𪷽鐘三（集成195）（吳）

者𪷽鐘三（集成195）（吳）

者𪷽鐘四（集成196）（吳）

者𪷽鐘四（集成196）（吳）

庚兒鼎（集成2715）（徐）

【春秋晚期】

鄱子成周鐘丙（新收285）

王孫誥鐘一（新收418）（楚）

王孫誥鐘一（新收418）（楚）

王孫誥鐘二（新收419）（楚）

王孫誥鐘二（新收419）（楚）

王孫誥鐘三（新收420）（楚）

王孫誥鐘三（新收420）（楚）
王孫誥鐘四（新收421）（楚）
王孫誥鐘五（新收422）（楚）
王孫誥鐘六（新收423）（楚）

王孫誥鐘六（新收423）（楚）
王孫誥鐘七（新收424）（楚）
王孫誥鐘十（新收427）（楚）
王孫誥鐘十（新收427）（楚）

王孫誥鐘十一（新收428）（楚）
王孫誥鐘十一（新收428）（楚）
王孫誥鐘十二（新收429）（楚）
王孫誥鐘十三（新收430）（楚）

王孫誥鐘十四（新收431）（楚）
王孫誥鐘十五（新收434）（楚）
王孫誥鐘十八（新收432）（楚）
王孫誥鐘二十（新收433）（楚）

王孫誥鐘二十一（新收439）（楚）
王孫誥鐘二十三（新收443）（楚）
王孫誥鐘二十五（新收441）（楚）
王孫遺者鐘（集成261）（楚）

王孫遺者鐘（集成261）（楚）
王孫遺者鐘（集成261）（楚）
黝鎛甲（新收489）（楚）
黝鎛乙（新收490）（楚）

黝鎛丙（新收491）（楚）
黝鎛己（新收494）（楚）
黝鎛辛（新收496）（楚）
黝鐘甲（新收482）（楚）

黝鐘己（新收484）（楚）
沇兒鎛（集成203）（徐）
徐王子旃鐘（集成182）（徐）
沇兒鎛（集成203）（徐）

鼄公牼鐘甲（集成149）（邾）
鼄公牼鐘乙（集成150）（邾）
鼄公牼鐘丙（集成151）（邾）
鼄公華鐘（集成245）（邾）

鼄公華鐘（集成245）（邾）
郳公孫班鎛（集成140）（郳）
郳君鐘（集成50）（郳）
吳王光鐘殘片之三十五（集成224.21）（吳）

子璋鐘甲（集成113）（許）
子璋鐘乙（集成114）（許）
子璋鐘丙（集成115）（許）
子璋鐘丁（集成116）（許）

子璋鐘戊（集成117）（許）
子璋鐘己（集成118）（許）
遷邟鎛丙（通鑑15794）（舒）
遷邟鎛丙（通鑑15794）（舒）

龢 [音禾]

遷沰鐘三（新收 1253）（舒）
遷沰鐘三（新收 1253）（舒）
遷沰鐘六（新收 56）（舒）
遷沰鐘六（新收 56）（舒）

遷沰鎛丁（通鑑 15795）（舒）
侯古堆鎛甲（新收 276）
秦景公石磬（通鑑 19801）（秦）
秦景公石磬（通鑑 19801）（秦）

臧孫鐘甲（集成 93）（吳）
臧孫鐘乙（集成 94）（吳）
臧孫鐘丙（集成 95）（吳）
臧孫鐘丁（集成 96）（吳）

臧孫鐘戊（集成 97）（吳）
吳王光鐘殘片之四（集成 224.14）（吳）

【春秋中期】
庚兒鼎（集成 2716）（徐）

【春秋晚期】
余贎逐兒鐘乙（集成 184）（徐）

【春秋晚期】
秦景公石磬（通鑑 19778）（秦）
石鼓（獵碣・而師）（通鑑 19822）（秦）

【春秋晚期】

聽盂（新收 1072）

【春秋早期】

囂仲之子伯剌戈（集成 11400）

【春秋早期】

黃君孟鼎（集成 2497）（黃）

黃君孟鼎（新收 90）（黃）

黃君孟豆（集成 4686）（黃）

黃君孟壺（集成 9636）（黃）

黃君孟鐳（集成 9963）（黃）

黃君孟匜（集成 10230）（黃）

黃君孟盤（集成 10104）（黃）

黃子鬲（集成 687）（黃）

黃子鼎（集成 2566）（黃）

黃子豆（集成 4687）（黃）

黃子鐳（集成 9966）（黃）

黃子壺（集成 9663）（黃）

黃子壺（集成 9664）（黃）

黃子鬲（集成 624）（黃）

黃子盤（集成 10122）（黃）

黃子盉（集成 9445）（黃）

黃子鼎（集成 2567）（黃）

黃子器座（集成 10355）（黃）

曾子伯誩鼎（集成 2450）（曾）

曾亘嫚鼎（新收 1201）（曾）

曾亘嫚鼎（新收 1202）（曾）

曾侯簠（集成 4598）

子叔嬴内君盆（集成 10331）

秦公簋器（集成 4315）（秦）

【春秋中期】

曾子屖簠蓋（集成 4528）

曾子屖簠器（集成 4528）

曾子屖簠蓋（集成 4529）（曾）

【春秋晚期】

哀成叔鼎（集成 2782）（鄭）

鼄公牼鐘甲（集成 149）（邾）

鼄公華鐘（集成 245）（邾）

鼄公牼鐘丁（集成 152）（邾）

鄦子賁棗鼎蓋（集成 2498）

鄦子棗簠（集成 4545）

趙孟庎壺（集成 9678）（晉）
趙孟庎壺（集成 9679）（晉）
鄦侯少子簋（集成 4152）（莒）
叔犾父簠蓋（集成 4544）

吳王夫差盉（新收 1475）（吳）
【春秋時期】
伯彊簠（集成 4526）
黃韋俞父盤（集成 10146）（黃）

【春秋早期】
器渒侯戈（集成 11065）

【春秋早期】
干氏叔子盤（集成 10131）

【春秋早期】
戎生鐘戊（新收 1617）（晉）

【春秋晚期】
聖靡公漿鼓座（集成 429）
緊子丙車鼎器（集成 2604）（黃）

【春秋早期】
緊子丙車鼎蓋（集成 2603）（黃）
緊子丙車鼎器（集成 2603）（黃）
緊子丙車鼎蓋（集成 2604）（黃）

【春秋早期】
商丘叔簠（集成 4557）（宋）
商丘叔簠（集成 4558）（宋）
商丘叔簠蓋（集成 4559）（宋）

商丘叔簠器（集成 4559）（宋）
取膚上子商匜（集成 10253）（魯）
【春秋晚期】
姑馮昏同之子句鑃（集成 424）（越）

【春秋時期】
取膚上子商盤（集成 10126）（魯）

【春秋早期】
秦公鐘甲（集成 262）（秦）
秦公鐘丙（集成 264）（秦）
秦公鎛甲（集成 267）（秦）

秦公鎛乙（集成 268）（秦）
秦公鎛丙（集成 269）（秦）
【春秋晚期】
秦景公石磬（通鑑 19778）（秦）

魯士商䲆匜（集成10187）
蔡侯𩔖尊（集成6010）（蔡）
蔡侯𩔖盤（集成10171）（蔡）

《說文》：「𠷎，籀文商。」

句

【春秋早期】

鄭戚句父鼎（集成2520）（鄭）
芮公鐘鈎（集成33）

【春秋晚期】

洹子孟姜壺（集成9729）（齊）
洹子孟姜壺（集成9730）（齊）
宋公䜌簠（集成4589）（宋）
宋公䜌簠（集成4590）（宋）

其次句鑃（集成421）（越）
其次句鑃（集成422）（越）
姑馮昏同之子句鑃（集成424）（越）
越王之子勾踐劍（集成11594）（越）

越王之子勾踐劍（集成11595）（越）

鉤

【春秋時期】

豫少鉤庫戈（集成11068）

古

【春秋晚期】

叔𣄰父簋蓋（集成4544）
奇字鐘（通鑑15177）
石鼓（獵碣・而師）（通鑑19822）（秦）

玄夫戈（集成11091）（蔡）

十

【春秋早期】

曾伯從寵鼎（集成2550）（曾）
秦公簋蓋（集成4315）（秦）
叔朕簠（集成4621）（戴）

叔朕簠（集成4620）（戴）
鄭大內史叔上匜（集成10281）（鄭）
戎生鐘甲（新收1613）（晉）
虢季鐘丙（新收3）

【春秋中期】

鄬子受鐘丙（新收506）（楚）
鄬子受鐘己（新收509）（楚）
鄬子受鎛甲（新收513）（楚）

世　卅　廿　博　　千

鄬子受鎛乙（新收 514）（楚）	鄬子受鎛丙（新收 515）（楚）	鄬子受鎛丁（新收 516）（楚）	𦿎鎛（集成 271）（齊）
【春秋晚期】	簷太史申鼎（集成 2732）（莒）	丁兒鼎蓋（新收 1712）（應）	申文王之孫州䓁簠（通鑑 5960）
唐子仲瀕兒瓶（新收 1211）（唐）	子璋鐘甲（集成 113）（許）	子璋鐘乙（集成 114）（許）	子璋鐘丙（集成 115）（許）
子璋鐘丁（集成 116）（許）	子璋鐘戊（集成 117）（許）	子璋鐘己（集成 118）（許）	足利次留元子鐘（通鑑 15361）（徐）
十一年柏令戈（新收 1182）	郘大叔斧（集成 11788）（晉）	【春秋時期】	侃孫奎母盤（集成 10153）
申公彭宇簠（集成 4610）（鄀）	申公彭宇簠（集成 4611）（鄀）	𠆢用十𢦏戈（集成 11071）	十八年鄉左庫戈（集成 11264）（晉）
【春秋晚期】	𪒠鎛丙（新收 491）（楚）	𪒠鎛丁（新收 492）（楚）	𪒠鎛庚（新收 495）（楚）
𪒠鐘甲（新收 482）（楚）			
【春秋中期】	子犯鐘乙 B（新收 1021）（晉）		
【春秋晚期】	上洛左庫戈（新收 1183）		
【春秋晚期】	石鼓（獵碣・作原）（通鑑 19821）（秦）		
【春秋晚期】	郘黛鐘四（集成 228）（晉）	郘黛鐘九（集成 233）（晉）	郘黛鐘十一（集成 235）（晉）

芫

【春秋晚期】

鄭莊公之孫盧鼎（通鑑2326）

對

【春秋中期】

欒書缶器（集成10008）（晉）

言

【春秋晚期】

楚王領鐘（集成53）（楚）

語　語

【春秋晚期】

余購逐兒鐘甲（集成183）（徐）

余購逐兒鐘乙（集成184）（徐）

謂

【春秋晚期】

石鼓（獵碣・吾水）（通鑑19824）（秦）

諸

【春秋早期】

邾太宰欉子斟簠（集成4623）（邾）

【春秋晚期】

邾太宰簠蓋（集成4624）（邾）

詩　時

【春秋晚期】

曾孟嬭朱姬簠蓋（新收530）（楚）

曾孟嬭朱姬簠器（新收530）（楚）

曾侯郕簠（通鑑5949）

誨

【春秋晚期】

王孫誥鐘二（新收419）（楚）

王孫誥鐘三（新收420）（楚）

王孫誥鐘四（新收421）（楚）

王孫誥鐘六（新收423）（楚）

王孫誥鐘七（新收424）（楚）

王孫誥鐘十（新收427）（楚）

王孫誥鐘十二（新收429）（楚）

王孫誥鐘十三（新收430）（楚）

王孫誥鐘二十五（新收441）（楚）

王孫誥鐘二十一（新收439）（楚）

王孫遺者鐘（集成261）（楚）

鍂

【春秋晚期】

王孫誥鐘十一（新收428）（楚）

謹

【春秋晚期】

司馬楙鎛乙（通鑑15767）

	【春秋中期】	龢鎛（集成 271）（齊）
	【春秋晚期】	蔡侯𧭈尊（集成 6010）（蔡）；蔡侯𧭈盤（集成 10171）（蔡）
弇	【春秋晚期】	王孫誥鐘一（新收 418）（楚）；王孫誥鐘二（新收 419）（楚）；王孫誥鐘三（新收 420）（楚）
		王孫誥鐘四（集成 421）（楚）；王孫誥鐘五（新收 422）（楚）；王孫誥鐘八（新收 425）（楚）；王孫誥鐘九（新收 426）（楚）
		王孫誥鐘十（新收 427）（楚）；王孫誥鐘十一（新收 428）（楚）；王孫誥鐘十二（新收 429）（楚）；王孫誥鐘十三（新收 430）（楚）
		王孫誥鐘十五（新收 434）（楚）；王孫誥鐘二十（新收 433）（楚）；王孫誥鐘二十三（新收 443）（楚）；王孫誥戟（新收 466）（楚）
	【春秋晚期】	晉公盆（集成 10342）（晉）
	【春秋時期】	曾孟嬶諫盆蓋（集成 10332）（曾）；曾孟嬶諫盆器（集成 10332）（曾）
諴	【春秋早期】	䣄公諴簠（集成 4600）
諴	【春秋早期】	䣄公諴鼎（集成 2753）（䣄）
	【春秋晚期】	蔡侯𧭈尊（集成 6010）（蔡）；蔡侯𧭈盤（集成 10171）（蔡）
謔	【春秋晚期】	蔡侯𧭈尊（集成 6010）（蔡）；蔡侯𧭈盤（集成 10171）（蔡）

訖 訖

【春秋晚期】

蔡侯龖尊（集成6010）（蔡）

蔡侯龖盤（集成10171）（蔡）

記

【春秋早期】

楚大師登鐘辛（通鑑15512）（楚）

上鄀府簠器（集成4613）（鄀）（春秋中期）

上鄀府簠蓋（集成4613）（鄀）（春秋中期）

詎

【春秋早期】

楚大師登鐘甲（通鑑15505）（楚）

楚大師登鐘乙（通鑑15506）（楚）

診 詹

【春秋晚期】

蘦伯詹多壺（新收379）（申）

誖 䛝

【春秋晚期】

盅子㦸鼎蓋（集成2286）

䜌

【春秋早期】

秦公鐘甲（集成262）（秦）

秦公鐘甲（集成262）（秦）

秦公鐘丙（集成264）（秦）

秦公鐘丁（集成265）（秦）

秦公鎛甲（集成267）（秦）

秦公鎛甲（集成267）（秦）

秦公鎛乙（集成268）（秦）

秦公鎛丙（集成269）（秦）

秦公鎛丙（集成269）（秦）

秦公簋蓋（集成4315）（秦）

欒左庫戈（集成10959）

欒左庫戈（集成10960）

戎生鐘乙（新收1614）（晉）

梁伯戈（集成11346）

【春秋中期】

欒書缶器（集成10008）（晉）

【春秋晚期】

宋公䜌簠（集成4589）（宋）

宋公䜌簠（集成4590）（宋）

宋公欒戈（集成11133）（宋）

秦景公石磬（通鑑19781）（秦）

晉公盆（集成10342）（晉）

詹 𧧼

【春秋中期】

子諆盆蓋（集成10335）（黃）

子諆盆器（集成10335）（黃）

譌 諆 訛

諆 講 諆

【春秋中期】
欒書缶（集成10008）（晉） 

【春秋中期】
上鄀公簠蓋（新收401）（楚） 
上鄀公簠器（新收401）（楚） 

【春秋中後期】
東姬匜（新收398）（楚） 

【春秋晚期】
王子午鼎（集成2811）（楚） 
王子午鼎（新收447）（楚） 
王子午鼎（新收444）（楚） 
王子午鼎（新收446）（楚） 
王子午鼎（新收445）（楚） 
王子午鼎（新收449）（楚） 
鄭太子之孫與兵壺器（新收1980） 
鄭太子之孫與兵壺蓋（新收1980） 
叔姜簠器（新收1212）（楚） 
叔姜簠蓋（新收1212）（楚） 
蒍兒缶（新收1187）（鄀）
簷叔之仲子平鐘丙（集成174）（莒）
樂子嚷豧簠（集成4618）（宋） 
王子吳鼎（集成2717）（楚） 

【春秋早期】
王孫壽甗（集成946） 

【春秋晚期】
簷叔之仲子平鐘辛（集成179）（莒）
簷叔之仲子平鐘丁（集成175）（莒）
簷叔之仲子平鐘己（集成177）（莒）
侯古堆鎛甲（新收276） 
侯古堆鎛甲（新收276） 
侯古堆鎛乙（新收277） 
侯古堆鎛丙（新收278） 
侯古堆鎛己（新收280） 
侯古堆鎛庚（新收281） 

【春秋中期】
長子𩞁臣簠蓋（集成4625）（晉） 
長子𩞁臣簠器（集成4625）（晉） 

【春秋晚期】
徐王子旃鐘（集成182）（徐） 

【春秋晚期】
蔡侯𪒠尊（集成6010）（蔡） 
蔡侯𪒠盤（集成10171）（蔡）

訏

【春秋晚期】
杕氏壺（集成 9715）（燕）

訶

【春秋晚期】
余贎逐兒鐘乙（集成 184）（徐）
蔡侯𪒠歌鐘甲（集成 210）（蔡）
蔡侯𪒠歌鐘乙（集成 211）（蔡）
蔡侯𪒠歌鐘丙（集成 217）（蔡）
蔡侯𪒠歌鐘辛（集成 216）（蔡）
𪒠鎛甲（新收 489）（楚）
𪒠鎛乙（新收 490）（楚）

譖

【春秋早期】
戎生鐘丁（新收 1616）（晉）

讙

【春秋早期】
邿造遣鼎（集成 2422）（邿）
邿遣簋甲蓋（集成 4040）（邿）
邿遣簋甲器（集成 4040）（邿）

證
嚛

【春秋中期】
𧊒鼎（集成 2356）（曾）

討

【春秋早期】
邾討鼎（集成 2426）（邾）

𣄰

【春秋早期】
考叔𣄰父簠蓋（集成 4608）（楚）
考叔𣄰父簠蓋（集成 4609）（楚）
考叔𣄰父簠器（集成 4609）（楚）
陳公孫𣄰父瓶（集成 9979）（陳）
塞公孫𣄰父匜（集成 10276）

詖

【春秋晚期】
𪒠鎛甲（新收 489）（楚）
𪒠鎛乙（新收 490）（楚）

詋

【春秋晚期】
𪒠鎛丙（新收 491）（楚）
𪒠鎛丁（新收 492）（楚）
𪒠鎛己（新收 494）（楚）
𪒠鎛辛（新收 496）（楚）
𪒠鐘甲（新收 482）（楚）
𪒠鐘己（新收 484）（楚）

訾 諸 謫 訏 諻

⿰啇卩

- 【春秋晚期】 徐王子旃鐘（集成182）（徐）
- 【春秋前期】 郤諳尹征城（集成425）（徐）
- 【春秋晚期】 蔡侯䜌盤（集成10171）（蔡）
- 【春秋晚期】 配兒鉤鑃乙（集成427）（吳）
- 【春秋晚期】 卲王之諻鼎（集成2288）（楚）；卲王之諻簋（集成3634）；卲王之諻簋（集成3635）
- 王孫誥鐘一（新收418）（楚）；王孫誥鐘三（新收420）（楚）；王孫誥鐘四（集成421）（楚）；王孫誥鐘二十三（新收443）（楚）
- 王孫誥鐘五（新收422）（楚）；王孫誥鐘十二（新收429）（楚）；王孫誥鐘十三（新收430）（楚）；王孫誥鐘十五（新收434）（楚）
- 王孫誥鐘二十（新收433）（楚）

⿰言叚 ⿰言奇 ⿰言妻 諹

- 【春秋晚期】 徐王子旃鐘（集成182）（徐）
- 【春秋晚期】 蔡侯䜌盤（集成10171）（蔡）
- 【春秋晚期】 配兒鉤鑃乙（集成427）（吳）
- 【春秋早期】 曾子仲⿰言妻鼎（集成2620）（曾）
- 【春秋晚期】 徐王子旃鐘（集成182）（徐）

詥

【春秋晚期】

王孫遺者鐘（集成261）（楚）

沇兒鎛（集成203）（徐）

徐王子旃鐘（集成182）（徐）

誩

【春秋早期】

曾子伯誩鼎（集成2450）（曾）

譱

【春秋早期】

鄀伯祀鼎（集成2602）（鄀）

蔡大善夫趣簠蓋（新收1236）（蔡）

蔡大善夫趣簠器（新收1236）（蔡）

【春秋中期】

魯大左司徒元鼎（集成2592）（魯）

魯大左司徒元鼎（集成2593）（魯）

魯大司徒厚氏元簠（集成4689）（魯）

魯大司徒厚氏元簠蓋（集成4691）（魯）

魯大司徒厚氏元簠器（集成4691）（魯）

魯大司徒厚氏元簠蓋（集成4690）（魯）

魯大司徒厚氏元簠器（集成4690）（魯）

【春秋晚期】

歸父敦（集成4640）（齊）

荊公孫敦（通鑑6070）

荊公孫敦（集成4642）

簷叔之仲子平鐘丙（集成174）（莒）

簷叔之仲子平鐘丁（集成175）（莒）

簷叔之仲子平鐘己（集成177）（莒）

簷叔之仲子平鐘庚（集成178）（莒）

簷叔之仲子平鐘辛（集成179）（莒）

簷叔之仲子平鐘壬（集成180）（莒）

【春秋時期】

取它人鼎（集成2227）（魯）

競

【春秋晚期】

競之定鬲甲（通鑑2997）

競之定鬲丙（通鑑2999）

競之定鬲丁（通鑑3000）

競之定簋甲（通鑑5226）

競之定簋乙（通鑑5227）

競之定豆甲（通鑑6146）

競之定豆乙（通鑑6147）

競孫不欽壺（通鑑12344）（楚）

競平王之定鐘（集成37）（楚）

㨨篙鐘（集成38）（楚）

音　韶　章　竊　童

【春秋早期】
秦公鎛甲（集成 267）（秦）
秦公鐘乙（集成 263）（秦）
秦公鐘戊（集成 266）（秦）
秦子鎛（通鑑 15770）（秦）
秦公鎛乙（集成 268）（秦）
秦公鎛丙（集成 269）（秦）
戎生鐘丁（新收 1616）（晉）
虢季鐘丙（新收 3）

【春秋中期】
者㳚鐘二（集成 194）（吳）
者㳚鐘三（集成 195）（吳）
者㳚鐘四（集成 196）（吳）

【春秋晚期】
𪒠鎛甲（新收 489）（楚）
𪒠鎛乙（新收 490）（楚）
𪒠鎛丙（新收 491）（楚）
𪒠鎛己（新收 494）（楚）
𪒠鎛辛（新收 496）（楚）
簷叔之仲子平鐘丙（集成 174）（莒）
簷叔之仲子平鐘丁（集成 175）（莒）
簷叔之仲子平鐘戊（集成 176）（莒）
簷叔之仲子平鐘庚（集成 178）（莒）
簷叔之仲子平鐘壬（集成 180）（莒）
徐王子旃鐘（集成 182）（徐）
秦景公石磬（通鑑 19801）（秦）
𪒠鐘丙（新收 486）（楚）
𪒠鐘甲（新收 482）（楚）

【春秋晚期】
侯古堆鎛甲（新收 276）
侯古堆鎛庚（新收 281）

【春秋中期】
章子鄭戈（集成 11295）

【春秋晚期】
石鼓（獵碣・鑾車）（通鑑 19819）（秦）

【春秋中期】
季子康鎛丁（通鑑 15788）

【春秋中期】
童麗君柏鐘（通鑑 15186）
童麗君柏鐘（通鑑 15186）
童麗公柏戟（通鑑 17314）
季子康鎛甲（通鑑 15785）
季子康鎛丙（通鑑 15787）
季子康鎛丁（通鑑 15788）
季子康鎛戊（通鑑 15789）

業 𡴐 爕 欉 對 儓

【春秋晚期】 王孫誥鐘十四（新收431）（楚）
【春秋時期】 童麗君柏簠（通鑑5966）

【春秋早期】 䢅伯業鼎（集成2622）
《說文》：「𡴐，古文業。」

【春秋早期】 秦公簋蓋（集成4315）（秦）

【春秋早期】 郳太宰欉子𣪘簠（集成4623）（郳）
【春秋晚期】 郳太宰簠蓋（集成4624）（郳）

【春秋早期】 戎生鐘丙（新收1615）（晉）

【春秋晚期】 文公之母弟鐘（新收1479）  黝鎛戊（新收493）（楚）

【春秋晚期】 余購逐兒鐘丙（集成185）（徐）  黝鎛甲（新收489）（楚）  黝鎛乙（新收490）（楚）

黝鎛丙（新收491）（楚）  黝鎛庚（新收495）（楚）  黝鐘戊（新收485）（楚）
《說文》：「[illegible]，古文。从臣。」

【春秋晚期】 石鼓（獵碣・汧沔）（通鑑19817）（秦）

【春秋早期】 上曾太子般殷鼎（集成2750）（曾）  曾子𠤳鼎（集成2757）（曾）  邕子良人甗（集成945）

王孫壽甗（集成946）  叔朕簠（集成4620）（戴）  叔朕簠（集成4621）（戴）  叔朕簠（集成4622）（戴）

曾伯黍簠蓋（集成4632）（曾）  曾伯黍簠（集成4631）（曾） 𦲢子𩜁盞蓋（新收1235） 𦲢子𩜁盞蓋（新收1235）

曾侯子鎛甲（通鑑 15762）	曾侯子鎛乙（通鑑 15763）	曾侯子鎛丙（通鑑 15764）	曾侯子鎛丁（通鑑 15765）
【春秋中期】	以鄧鼎蓋（新收 406）（楚）	以鄧鼎器（新收 406）（楚）	上鄀府簠蓋（集成 4613）（鄀）
上鄀府簠器（集成 4613）（鄀）	長子䵣臣簠蓋（集成 4625）（晉）	長子䵣臣簠器（集成 4625）（晉）	上鄀公簠蓋（新收 401）（楚）
上鄀公簠器（新收 401）（楚）	何次簠（新收 402）	盜叔壺（集成 9625）（曾）	以鄧匜（新收 405）
【春秋晚期】	王子午鼎（集成 2811）（楚）	王子午鼎（新收 446）（楚）	王子午鼎（新收 447）（楚）
王子午鼎（新收 449）（楚）	孟縢姬缶器（新收 417）（楚）	孟縢姬缶蓋（新收 417）（楚）	孟縢姬缶（集成 10005）（楚）
王孫誥鐘一（新收 418）（楚）	王孫誥鐘二（新收 419）（楚）	王孫誥鐘三（新收 420）（楚）	王孫誥鐘四（集成 421）（楚）
王孫誥鐘五（新收 422）（楚）	王孫誥鐘十（新收 427）（楚）	王孫誥鐘十一（新收 428）（楚）	王孫誥鐘十二（新收 429）（楚）
王孫誥鐘十三（新收 430）（楚）	王孫誥鐘十五（新收 434）（楚）	王孫誥鐘二十（新收 433）（楚）	王孫誥鐘二十三（新收 443）（楚）
王孫遺者鐘（集成 261）（楚）	𪓐鎛甲（新收 489）（楚）	𪓐鎛乙（新收 490）（楚）	𪓐鎛丙（新收 491）（楚）
𪓐鎛己（新收 494）（楚）	𪓐鎛辛（新收 496）（楚）	沇兒鎛（集成 203）（徐）	徐王子旃鐘（集成 182）（徐）
鼄公牼鐘丙（集成 151）（邾）	鼄公華鐘（集成 245）（邾）	鼄公牼鐘甲（集成 149）（邾）	鼄公牼鐘乙（集成 150）（邾）

邾公孫班鎛（集成140）（邾）

姑馮昏同之子句鑃（集成424）（越）

吳王夫差鑑（新收1477）（吳）

吳王夫差鑑（集成10296）（吳）

其次句鑃（集成421）（越）

其次句鑃（集成422）（越）

吳王光鑑甲（集成10298）（吳）

配兒鉤鑃乙（集成427）（吳）

寬兒缶甲（通鑑14091）

寬兒鼎（集成2722）（蘇）

子季嬴青簠蓋（集成4594）（楚）

工吳王叡狗工吳劍（通鑑18067）

許子妝簠蓋（集成4616）（許）

許公買簠器（集成4617）（許）

許公買簠蓋（通鑑5950）

許公買簠器（通鑑5950）

王子吳鼎（集成2717）（楚）

徐王義楚盤（集成10099）（徐）

徐王義楚觶（集成6513）（徐）

者尚余卑盤（集成10165）

鄭太子之孫與兵壺蓋（新收1980）

鄭太子之孫與兵壺器（新收1980）

唐子仲瀕兒盤（新收1210）（唐）

唐子仲瀕兒匜（新收1209）（唐）

唐子仲瀕兒瓶（新收1211）（唐）

邵子裁盤（新收1372）（羅）

申文王之孫州桒簠（通鑑5960）

丁兒鼎蓋（新收1712）（應）

發孫虜簠（新收1773）

樂子嚷豧簠（集成4618）（宋）

蒍兒缶（新收1187）（鄀）

復公仲簋蓋（集成4128）

臧孫鐘甲（集成93）（吳）

臧孫鐘乙（集成94）（吳）

臧孫鐘丙（集成95）（吳）

臧孫鐘丁（集成96）（吳）

臧孫鐘戊（集成97）（吳）

臧孫鐘己（集成98）（吳）

臧孫鐘庚（集成99）（吳）

臧孫鐘辛（集成100）（吳）

臧孫鐘壬（集成101）（吳）

子璋鐘甲（集成113）（許）

子璋鐘乙（集成114）（許）

子璋鐘丁（集成116）（許）

子璋鐘戊（集成117）（許）

子璋鐘己（集成118）（許）

遷邟鐘三（新收1253）（舒）

遷邟鐘三（新收1253）（舒）

斁　鐸

遷邟鐘六（新收56）（舒）
遷邟鎛丙（通鑑15794）（舒）
遷邟鎛丙（通鑑15794）（舒）
遷邟鎛丁（通鑑15795）（舒）

遷邟鎛丁（通鑑15795）（舒）
侯古堆鎛甲（新收276）
侯古堆鎛乙（新收277）
侯古堆鎛丙（新收278）

侯古堆鎛庚（新收281）
徐王義楚之元子柒劍（集成11668）（徐）
郐令尹者旨智爐（集成10391）（徐）
黝鐘己（新收484）（楚）

【春秋時期】
中子化盤（集成10137）（楚）
彭子仲盆蓋（集成10340）

【春秋晚期】
何訽君党鼎（集成2477）

【春秋晚期】
倗夫人嫘鼎（通鑑2386）

【春秋早期】
天尹鐘（集成5）
天尹鐘（集成6）
【春秋晚期】

子之弄鳥尊（集成5761）
杕氏壺（集成9715）（燕）
智君子鑑（集成10288）（晉）
智君子鑑（集成10289）（晉）

【春秋前期】
郐諧尹征城（集成425）（徐）
【春秋晚期】
鄭太子之孫與兵壺蓋（新收1980）

鄭太子之孫與兵壺器（新收1980）
翏金戈（集成11262）

【春秋早期】
楚大師登鐘乙（通鑑15506）（楚）
戎生鐘丙（新收1615）（晉）
【春秋晚期】

龔王之卯戈（通鑑17216）（楚）

龏

【春秋早期】

秦公簋蓋（集成 4315）（秦）

魯伯悆盨器（集成 4458）（魯）

邾太宰欉子斟簠（集成 4623）（邾）

楚大師登鐘丁（通鑑 15508）（楚）

楚大師登鐘庚（通鑑 15511）（楚）

【春秋晚期】

王子午鼎（新收 444）（楚）

王子午鼎（集成 2811）（楚）

王子午鼎（新收 447）（楚）

王子午鼎（新收 446）（楚）

王孫誥鐘一（新收 418）（楚）

王孫誥鐘一（新收 418）（楚）

王孫誥鐘二（新收 419）（楚）

王孫誥鐘二（新收 419）（楚）

王孫誥鐘三（新收 420）（楚）

王孫誥鐘三（新收 420）（楚）

王孫誥鐘四（新收 421）（楚）

王孫誥鐘四（新收 421）（楚）

王孫誥鐘五（新收 422）（楚）

王孫誥鐘五（新收 422）（楚）

王孫誥鐘六（新收 423）（楚）

王孫誥鐘八（新收 425）（楚）

王孫誥鐘十（新收 427）（楚）

王孫誥鐘十（新收 427）（楚）

王孫誥鐘十一（新收 428）（楚）

王孫誥鐘十二（新收 429）（楚）

王孫誥鐘十二（新收 429）（楚）

王孫誥鐘十三（新收 430）（楚）

王孫誥鐘十三（新收 430）（楚）

王孫誥鐘十五（新收 434）（楚）

王孫誥鐘十六（新收 436）（楚）

王孫誥鐘十八（新收 432）（楚）

王孫誥鐘二十（新收 433）（楚）

王孫誥鐘二十一（新收 439）（楚）

王孫誥鐘二十四（新收 440）（楚）

王孫誥鐘二十四（新收 440）（楚）

鼄公牼鐘甲（集成 149）（邾）

鼄公牼鐘丙（集成 151）（邾）

鼄公華鐘（集成 245）（邾）

配兒鉤鑃甲（集成 426）（吳）

𥳑叔之仲子平鐘甲（集成 172）（莒）

𥳑叔之仲子平鐘乙（集成 173）（莒）

𥳑叔之仲子平鐘丁（集成 175）（莒）

𥳑叔之仲子平鐘己（集成 177）（莒）

𥳑叔之仲子平鐘庚（集成 178）（莒）

𥳑叔之仲子平鐘壬（集成 180）（莒）

秦景公石磬（通鑑 19778）（秦）

龏

龍

具

弇

樊

秦景公石磬（通鑑19788）（秦）

秦景公石磬（通鑑19789）（秦）

【春秋早期】

楚大師登鐘己（通鑑15510）（楚）

【春秋晚期】

邾太宰簠蓋（集成4624）（邾）

文公之母弟鐘（新收1479）

【春秋早期】

魯伯悆盨蓋（集成4458）（魯）

【春秋晚期】

王孫遺者鐘（集成261）（楚）

【春秋早期】

秦公鐘甲（集成262）（秦）

秦公鐘丁（集成265）（秦）

秦公鎛甲（集成267）（秦）

秦公鎛乙（集成268）（秦）

秦公鎛丙（集成269）（秦）

曾伯霥簠蓋（集成4632）（曾）

曾伯霥簠（集成4631）（曾）

【春秋中期】

叔師父壺（集成9706）

【春秋晚期】

石鼓（獵碣・而師）（通鑑19822）（秦）

石鼓（獵碣・而師）（通鑑19822）（秦）

與子具鼎（新收1399）

【春秋早期】

曾子⿰車丸鼎（集成2757）（曾）

【春秋早期】

⿱宀朋弇生鼎（集成2524）

莒父匜（集成10236）（郳）

【春秋早期】

樊君夔盆蓋（集成10329）（樊）

樊夫人龍嬴盤（集成10082）（樊）

樊夫人龍嬴鼎（新收296）

樊夫人龍嬴鬲（集成675）（樊）

樊夫人龍嬴匜（集成10209）（樊）

樊
【春秋早期】
樊夫人龍嬴壺（集成9637）（樊）

樊
【春秋早期】
樊君鬲簠（集成4487）（樊）

棥
【春秋早期】
樊君夔匜蓋（集成10256）（樊）
樊君夔匜器（集成10256）（樊）

𦥑
【春秋時期】
宋右師延敦器（新收1713）（宋）

𢍏
【春秋晚期】
石鼓（獵碣・鑾車）（通鑑19819）（秦）

與
【春秋早期】
曾大師賓樂與鼎（通鑑2279）
虢季鐘乙（新收2）

舁戈（集成11066）
【春秋晚期】
鄭太子之孫與兵壺蓋（新收1980）
鄱子成周鐘丙（新收285）

與子具鼎（新收1399）
喬君鉦鋮（集成423）（許）

舉
【春秋中期】
𪌂鎛（集成271）（齊）

與
【春秋早期】
皇與匜（通鑑14976）

農
【春秋早期】
郜公平侯鼎（集成2771）（郜）
郜公平侯鼎（集成2772）（郜）

鞄
【春秋晚期】
𩋀子鼎（通鑑2382）（齊）

[illegible]

【春秋晚期】

齊[illegible]氏鐘（集成142）（齊）

【春秋晚期】

石鼓（獵碣・田車）（通鑑19818）（秦）

【春秋早期】

魯伯愈父鬲（集成690）（魯）

魯伯愈父鬲（集成691）（魯）

魯伯愈父鬲（集成692）（魯）

魯伯愈父鬲（集成693）（魯）

魯伯愈父鬲（集成694）（魯）

魯伯愈父鬲（集成695）（魯）

陳侯鬲（集成705）（陳）

陳侯鬲（集成706）（陳）

魯宰駟父鬲（集成707）（魯）

虢季鬲（新收24）

虢季鬲（新收27）

虢季鬲（新收25）

虢季鬲（新收26）

虢季鬲（新收22）

虢季鬲（新收23）

鑄子叔黑叵鬲（集成735）（鑄）

醫子奠伯鬲（集成742）（曾）

邾友父鬲（新收1094）（邾）

鄭師遵父鬲（集成731）（鄭）

江小仲母生鼎（集成2391）（江）

鄭叔𦦢父鬲（集成579）（鄭）

戴叔慶父鬲（集成608）（戴）

曾子單鬲（集成625）

叔牙父鬲（集成674）

樊夫人龍嬴鬲（集成675）（樊）

樊夫人龍嬴鬲（集成676）（樊）

司工單鬲（集成678）

齊趫父鬲（集成685）（齊）

齊趫父鬲（集成686）（齊）

衛夫人鬲（新收1700）（衛）

虢宮父鬲（新收50）

鼄友父鬲（通鑑3008）

鼄友父鬲（通鑑3010）

鄭井叔𦦢父鬲（集成580）（鄭）

鄭井叔蔑父鬲（集成581）（鄭）

虎臣子組鬲（集成661）（虢）

【春秋中期】

江叔螽鬲（集成677）（江）

子犯鬲（通鑑2939）

[illegible]	【春秋早期】	 芮太子鬲（通鑑 2991）；芮公鬲（通鑑 2992）
[illegible]	【春秋早期】	 虢季氏子組鬲（集成 662）（虢）；虢季氏子組鬲（通鑑 2918）；郳始逕母鬲（集成 596）（郳）
[illegible]	【春秋早期】	 虢宮父鬲（通鑑 2937）；國子碩父鬲（新收 48）；國子碩父鬲（新收 49）
壐	【春秋早期】	 芮太子白鬲（通鑑 3005）；芮太子白鬲（通鑑 3007）
[illegible]	【春秋早期】	 仲姜甗（通鑑 3339）；王孫壽甗（集成 946）
[illegible]	【春秋晚期】	 聽盂（新收 1072）
[illegible]	【春秋晚期】	邾公釛鐘（集成 102）（邾）
[illegible]	【春秋晚期】	 夫欧申鼎（新收 1250）（舒）
[illegible]	【春秋早期】	 叔夜鼎（集成 2646）；夫欧申鼎（新收 1250）（舒）
[illegible]	【春秋早期】	 叔原父甗（集成 947）（陳）
[illegible]	【春秋晚期】	 襄腫子湯鼎（新收 1310）（楚）
[illegible]	【春秋中期】	 庚兒鼎（集成 2716）（徐）；庚兒鼎（集成 2715）（徐）

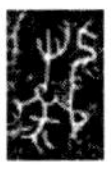

盨

盨

【春秋早期】 叔夜鼎（集成 2646）			
【春秋中期】 克黃鼎（新收 500）（楚）	克黃鼎（新收 499）（楚）		
【春秋早期】 爲用戈（通鑑 17288）	鄀召簠器（新收 1042）	鄀召簠蓋（新收 1042）	
芮公簋（通鑑 5218）	宗婦鄁嬰鼎（集成 2683）（鄁）	宗婦鄁嬰鼎（集成 2684）（鄁）	宗婦鄁嬰鼎（集成 2685）（鄁）
宗婦鄁嬰簋蓋（集成 4076）（鄁）	宗婦鄁嬰簋（集成 4077）（鄁）	宗婦鄁嬰簋蓋（集成 4078）（鄁）	宗婦鄁嬰簋器（集成 4078）（鄁）
宗婦鄁嬰簋蓋（集成 4079）（鄁）	宗婦鄁嬰簋（集成 4080）（鄁）	宗婦鄁嬰簋（集成 4081）（鄁）	宗婦鄁嬰簋（集成 4084）（鄁）
宗婦鄁嬰簋（集成 4082）（鄁）	宗婦鄁嬰簋蓋（集成 4084）（鄁）	宗婦鄁嬰簋（通鑑 4576）（鄁）	仲姜甗（通鑑 3339）
郳討鼎（集成 2426）（郳）	伯辰鼎（集成 2652）（徐）	曾亘嫚鼎（新收 1201）（曾）	曾亘嫚鼎（新收 1202）（曾）
芮太子白鬲（通鑑 3005）	芮太子白鬲（通鑑 3007）	大師盤（新收 1464）	大師盤（新收 1464）
仲姜壺（通鑑 12333）	仲姜鼎（通鑑 2361）	仲姜簋（通鑑 4056）	虢季鐘丙（新收 3）
爲甫人盨（集成 4406）	爲甫人鼎（通鑑 2376）	召叔山父簠（集成 4601）（鄭）	召叔山父簠（集成 4602）（鄭）
曾伯陭壺蓋（集成 9712）（曾）	曾伯陭壺器（集成 9712）（曾）	曾伯陭鉞（新收 1203）（曾）	曾伯陭鉞（新收 1203）（曾）

青仲之孫簋（集成4120）	【春秋中期】	鄬伯受簠器（集成4599）（鄬）	公英盤（新收1043）
章子鄭戈（集成11295）	鄬伯受簠蓋（集成4599）（鄬）	子犯鐘甲E（新收1012）（晉）	【春秋晚期】
石鼓（獵碣・作原）（通鑑19821）（秦）	郘大叔斧（集成11788）（晉）	邾公孫班鎛（集成140）（邾）	工吴王叡烔工吴劍（通鑑18067）
郘黛鐘二（集成226）（晉）	郘黛鐘二（集成226）（晉）	郘黛鐘二（集成226）（晉）	郘黛鐘四（集成228）（晉）
郘黛鐘四（集成228）（晉）	郘黛鐘六（集成230）（晉）	郘黛鐘六（集成230）（晉）	郘黛鐘七（集成231）（晉）
郘黛鐘七（集成231）（晉）	郘黛鐘七（集成231）（晉）	郘黛鐘八（集成232）（晉）	郘黛鐘九（集成233）（晉）
郘黛鐘十（集成234）（晉）	郘黛鐘十一（集成235）（晉）	少虡劍（集成11696）（晉）	歸父敦（集成4640）（齊）
齊太宰歸父盤（集成10151）（齊）	鼄公華鐘（集成245）（邾）	邗王是埜戈（集成11263）（吴）	鄒子賁臺鼎蓋（集成2498）
鄒子賁臺鼎器（集成2498）	鄭莊公之孫盧鼎（通鑑2326）	宋君夫人鼎（通鑑2343）	鄒子臺簠（集成4545）
曾子原彝簠（集成4573）（曾）	聽盂（新收1072）	趙孟庎壺（集成9678）（晉）	趙孟庎壺（集成9678）（晉）
趙孟庎壺（集成9679）（晉）	趙孟庎壺（集成9679）（晉）	杕氏壺（集成9715）（燕）	楚叔之孫途盉（集成9426）（楚）
篖叔之仲子平鐘甲（集成172）（莒）	【春秋時期】	大孟姜匜（集成10274）	𨙸余敦（新收1627）

婁

- 匽公匜（集成 10229）（燕）
- 陳姬小公子盨器（集成 4379）（陳）
- 陳姬小公子盨蓋（集成 4379）（陳）

【春秋晚期】

- 邵黛鐘七（集成 231）（晉）
- 邵黛鐘九（集成 233）（晉）
- 邵黛鐘六（集成 230）（晉）
- 邵黛鐘六（集成 230）（晉）
- 邵黛鐘二（集成 226）（晉）
- 邵黛鐘四（集成 228）（晉）

【春秋中期】

- 曾仲鄬君腱鎮墓獸方座（新收 521）（楚）

【春秋晚期】

- 𪓷鎛庚（新收 495）（楚）
- 文公之母弟鐘（新收 1479）
- 𪓷鐘戊（新收 485）（楚）
- 吳王光鐘殘片之六（集成 224.47）（吳）
- 石鼓（獵碣・吳人）（通鑑 19825）（秦）

[illegible]

【春秋晚期】

- 配兒鉤鑃甲（集成 426）（吳）
- 配兒鉤鑃乙（集成 427）（吳）

【春秋晚期】

- 石鼓（獵碣・鑾車）（通鑑 19819）（秦）
- 石鼓（獵碣・吳人）（通鑑 19825）（秦）
- 秦景公石磬（通鑑 19780）（秦）
- 石鼓（獵碣・吳人）（通鑑 19825）（秦）
- 秦景公石磬（通鑑 19778）（秦）
- 秦景公石磬（通鑑 19778）（秦）
- 秦景公石磬（通鑑 19780）（秦）

【春秋晚期】

- 䣄子劍（集成 11678）

【春秋時期】

- 囊䀎戈（集成 10890）

【春秋早期】

- 戎生鐘甲（新收 1613）（晉）
- 戎生鐘庚（新收 1619）（晉）
- 秦公簋器（集成 4315）（秦）

司

秦公簋蓋（集成 4315）（秦）
郜召簠器（新收 1042）
有司伯喪矛（通鑑 17680）
郜召簠蓋（新收 1042）

鄭大內史叔上匜（集成 10281）（鄭）
秦公鐘甲（集成 262）（秦）
秦公鐘丁（集成 265）（秦）
秦公鎛甲（集成 267）（秦）

秦公鎛乙（集成 268）（秦）
秦公鎛丙（集成 269）（秦）

【春秋中期】

公英盤（新收 1043）

𬭚鎛（集成 271）（齊）
𬭚鎛（集成 271）（齊）
𬭚鎛（集成 271）（齊）

【春秋晚期】

文公之母弟鐘（新收 1479）
工吳王叡䱷工吳劍（通鑑 18067）
徐王耑又觶（集成 6506）（徐）
王孫誥鐘二十三（新收 443）（楚）

石鼓（獵碣・田車）（通鑑 19818）（秦）
石鼓（獵碣・汧沔）（通鑑 19817）（秦）
石鼓（獵碣・吳人）（通鑑 19825）（秦）
石鼓（獵碣・汧沔）（通鑑 19817）（秦）

王孫誥鐘一（新收 418）（楚）
王孫誥鐘四（集成 421）（楚）
王孫誥鐘五（新收 422）（楚）
王孫誥鐘十（新收 427）（楚）

王孫誥鐘十五（新收 434）（楚）
王孫誥鐘二十（新收 433）（楚）
秦景公石磬（通鑑 19801）（秦）
石鼓（獵碣・汧沔）（通鑑 19817）（秦）

秦景公石磬（通鑑 19780）（秦）
秦景公石磬（通鑑 19778）（秦）
秦景公石磬（通鑑 19778）（秦）

參見右字

【春秋中期】

鄬子受鎛庚（新收 519）（楚）
鄬子受鐘甲（新收 504）（楚）
鄬子受鐘己（新收 509）（楚）

鄬子受鎛丁（新收 516）（楚）
鄬子受鎛甲（新收 513）（楚）
鄬子受鎛乙（新收 514）（楚）
鄬子受鎛丙（新收 515）（楚）

【春秋早期】

- 邾友父鬲（通鑑2993）
- 鼄友父鬲（通鑑3010）
- 叔原父甗（集成947）（陳）
- 虢宮父鬲（通鑑2937）
- 黃子壺（集成9663）（黃）
- 黃子壺（集成9664）（黃）
- 伯駟父盤（集成10103）
- 仲山父戈（新收1558）
- 魯伯愈父鬲（集成691）（魯）
- 魯伯愈父鬲（集成692）（魯）
- 魯伯愈父鬲（集成693）（魯）
- 魯伯愈父鬲（集成694）（魯）
- 魯伯愈父鬲（集成695）（魯）
- 魯宰駟父鬲（集成707）（魯）
- 魯伯大父簋（集成3974）（魯）
- 魯太宰原父簋（集成3987）（魯）
- 魯伯大父簋（集成3988）（魯）
- 魯伯大父簋（集成3989）（魯）
- 魯士浮父簠蓋（集成4517）（魯）
- 魯司徒仲齊盨甲蓋（集成4440）（魯）
- 魯司徒仲齊盨乙蓋（集成4441）（魯）
- 魯司徒仲齊盨乙器（集成4441）（魯）
- 魯士浮父簠器（集成4517）（魯）
- 魯士浮父簠（集成4518）（魯）
- 魯士浮父簠（集成4520）（魯）
- 魯士浮父簠（集成4519）（魯）
- 魯伯愈父匜（集成10244）
- 魯司徒仲齊匜（集成10275）（魯）
- 魯伯愈父盤（集成10114）
- 魯伯俞父簠（集成4566）（魯）
- 魯伯俞父簠（集成4567）（魯）
- 魯伯厚父盤（集成10086）（魯）
- 魯伯厚父盤（通鑑14505）
- 侯母壺（集成9657）（魯）
- 侯母壺（集成9657）（魯）
- 魯伯俞父簠（集成4568）（魯）
- 上曾太子般殷鼎（集成2750）（曾）
- 曾仲斿父鋪（集成4673）（曾）
- 曾仲斿父鋪（集成4674）（曾）
- 曾子仲宣鼎（集成2737）（曾）
- 曾仲斿父方壺蓋（集成9628）（曾）
- 考叔寣父簠蓋（集成4609）（楚）
- 曾侯仲子遊父鼎（集成2423）（曾）
- 曾侯仲子遊父鼎（集成2424）（曾）
- 鑄叔皮父簋（集成4127）（鑄）
- 鑄叔皮父簋（集成4127）（鑄）
- 齊趫父鬲（集成685）（齊）

齊趫父鬲（集成 686）（齊）	僉父瓶器（通鑑 14036）	僉父瓶器（通鑑 14036）	塞公孫𢍰父匜（集成 10276）
戴叔慶父鬲（集成 608）（戴）	蘇公子癸父甲簋（集成 4014）（蘇）	蘇公子癸父甲簋（集成 4015）（蘇）	卓林父簋蓋（集成 4018）（衛）
楚大師登鐘乙（通鑑 15506）（楚）	鄁譴簋甲蓋（集成 4040）（鄁）	鄁譴簋甲器（集成 4040）（鄁）	曽仲之孫簋（集成 4120）
㠱伯子宎父盨蓋（集成 4443）（紀）	㠱伯子宎父盨器（集成 4443）（紀）	㠱伯子宎父盨器（集成 4444）（紀）	㠱伯宎父匜（集成 10211）（紀）
㠱伯子宎父盨器（集成 4445）（紀）	衛子叔旡父簠（集成 4499）（衛）	伯旟魚父簠（集成 4525）	㠱伯宎父盤（集成 10081）（紀）
伯其父慶簠（集成 4581）	召叔山父簠（集成 4601）（鄭）	召叔山父簠（集成 4602）（鄭）	考叔𢍰父簠蓋（集成 4608）（楚）
陳公孫𢍰父瓶（集成 9979）（陳）	僉父瓶蓋（通鑑 14036）	僉父瓶蓋（通鑑 14036）	昔父匜（集成 10236）（郳）
鄭饔原父鼎（集成 2493）（鄭）	吳買鼎（集成 2452）	鄭叔㦰父鬲（集成 579）（鄭）	叔牙父鬲（集成 674）
鄭戚句父鼎（集成 2520）（鄭）	弗奴父鼎（集成 2589）（費）	鄭伯氏士叔皇父鼎（集成 2667）（鄭）	鄭師邍父鬲（集成 731）（鄭）
鄭井叔㦰父鬲（集成 580）（鄭）	鄭井叔歒父鬲（集成 581）（鄭）	鼄督父鬲（集成 717）（郳）	郳友父鬲（新收 1094）（郳）
國子碩父鬲（新收 48）	國子碩父鬲（新收 49）	虢宮父鬲（新收 50）	鼄友父鬲（通鑑 3008）
【春秋中期】	伯遊父壺（通鑑 12304）	伯遊父盤（通鑑 14501）	伯遊父鐳（通鑑 14009）

叔師父壺（集成 9706）

伯遊父壺（通鑑 12305）

【春秋晚期】

宋君夫人鼎（通鑑 2343）

沇兒鎛（集成 203）（徐）

尊父鼎（通鑑 2296）

嘉賓鐘（集成 51）

王孫誥鐘四（新收 421）（楚）

王孫誥鐘五（新收 422）（楚）

王孫誥鐘八（新收 425）（楚）

王孫誥鐘九（新收 426）（楚）

王孫誥鐘十（新收 427）（楚）

王孫誥鐘十二（新收 429）（楚）

王孫誥鐘十四（新收 431）（楚）

王孫誥鐘十六（新收 436）（楚）

王孫誥鐘十九（新收 437）（楚）

王孫誥鐘二十二（新收 438）（楚）

𪒠鎛甲（新收 489）（楚）

𪒠鎛乙（新收 490）（楚）

𪒠鎛丙（新收 491）（楚）

𪒠鎛丁（新收 492）（楚）

𪒠鎛己（新收 494）（楚）

王孫誥鐘二（新收 419）（楚）

王孫誥鐘二十五（新收 441）（楚）

𪒠鐘甲（新收 482）（楚）

姑馮昏同之子句鑃（集成 424）（越）

配兒鉤鑃乙（集成 427）（吳）

侯古堆鎛己（新收 280）

敬事天王鐘戊（集成 77）（楚）

敬事天王鐘己（集成 78）（楚）

敬事天王鐘壬（集成 81）（楚）

敬事天王鐘乙（集成 74）（楚）

王孫遺者鐘（集成 261）（楚）

子璋鐘戊（集成 117）（許）

子璋鐘丙（集成 115）（許）

子璋鐘甲（集成 113）（許）

徐王子旃鐘（集成 182）（徐）

余贎逐兒鐘乙（集成 184）（徐）

余贎逐兒鐘乙（集成 184）（徐）

余贎逐兒鐘丁（集成 186）（徐）

余贎逐兒鐘甲（集成 183）（徐）

齊太宰歸父盤（集成 10151）（齊）

文公之母弟鐘（新收 1479）

哀成叔鼎（集成 2782）（鄭）

叔㚤父簠蓋（集成 4544）

歸父敦（集成 4640）（齊）

【春秋時期】

黃韋俞父盤（集成 10146）（黃）

尹

公父宅匜（集成10278）

【春秋早期】

尹小叔鼎（集成2214）（虢）

番昶伯者君鼎（集成2617）（番）

番昶伯者君鼎（集成2618）（番）

番昶伯者君鼎（集成2617）（番）

番昶伯者君鼎（集成2618）（番）

吳王御士尹氏叔緐簠（集成4527）（吳）

天尹鐘（集成5）

天尹鐘（集成6）

【春秋中期】

曾大工尹季𢦚戈（集成11365）（曾）

【春秋前期】

郤諮尹征城（集成425）（徐）

【春秋晚期】

王子午鼎（集成2811）（楚）

王子午鼎（新收449）（楚）

王子午鼎（新收445）（楚）

王子午鼎（新收446）（楚）

王子午鼎（新收444）（楚）

王子午鼎（新收447）（楚）

闇尹𦢊鼎（新收503）（楚）

𨛜夫人嬛鼎（通鑑2386）

曾都尹定簠（新收1214）（曾）

工尹坡盞（通鑑6060）

郤令尹者旨𦡛爐（集成10391）（徐）

鄧尹疾鼎器（集成2234）（鄧）

【春秋早期】

楚大師登鐘丁（通鑑15508）（楚）

楚大師登鐘己（通鑑15510）（楚）

【春秋晚期】

𠭯

魯士商𠭯匜（集成10187）

𡡋

【春秋早期】

㠱甫人匜（集成10261）（紀）

戎生鐘戊（新收1617）（晉）

曾仲之孫戈（集成11254）（曾）

【春秋中期】

子犯鐘甲F（新收1013）（晉）

子犯鐘甲F（新收1013）（晉）

【春秋晚期】

虘

- 攻盧王叡戗此郐劍（新收 1188）（吳）
- 工吳王叡夠工吳劍（通鑑 18067）

【春秋晚期】

- 吳王光鐘殘片之十一（集成 224.3）（吳）
- 吳王光鐘殘片之三十五（集成 224.21）（吳）
- 攻敔王者役叡虘劍（通鑑 18065）
- 簷叔之仲子平鐘丙（集成 174）（莒）
- 簷叔之仲子平鐘丁（集成 175）（莒）
- 簷叔之仲子平鐘己（集成 177）（莒）
- 簷叔之仲子平鐘辛（集成 179）（莒）
- 簷叔之仲子平鐘壬（集成 180）（莒）
- 徐王子旃鐘（集成 182）（徐）
- 叡巢鎛（新收 1227）
- 工盧大矢鈹（新收 1625）（吳）
- 王孫誥鐘一（新收 418）（楚）
- 王孫誥鐘二（新收 419）（楚）
- 王孫誥鐘三（新收 420）（楚）
- 王孫誥鐘四（集成 421）（楚）
- 王孫誥鐘六（新收 423）（楚）
- 王孫誥鐘十（新收 427）（楚）
- 王孫誥鐘十一（新收 428）（楚）
- 王孫誥鐘十二（新收 429）（楚）
- 王孫誥鐘十三（新收 430）（楚）
- 王孫誥鐘十五（新收 434）（楚）
- 王孫誥鐘二十（新收 433）（楚）
- 王孫誥鐘二十三（新收 443）（楚）
- 王孫遺者鐘（集成 261）（楚）

【春秋早期】

- 秦公鐘甲（集成 262）（秦）
- 秦公鐘丙（集成 264）（秦）
- 秦公鎛甲（集成 267）（秦）
- 秦公鎛乙（集成 268）（秦）
- 秦公鎛丙（集成 269）（秦）
- 楚大師登鐘乙（通鑑 15506）（楚）

【春秋中期】

- 子犯鐘乙 B（新收 1021）（晉）

【春秋晚期】

- 徐王義楚觶（集成 6513）（徐）
- 郳公鈓鐘（集成 102）（郳）
- 王孫誥鐘一（新收 418）（楚）
- 王孫誥鐘二（新收 419）（楚）
- 王孫誥鐘四（新收 421）（楚）
- 王孫誥鐘五（新收 422）（楚）

秉　反　取

王孫誥鐘七（新收424）（楚）
王孫誥鐘十（新收427）（楚）
王孫誥鐘十二（新收429）（楚）
王孫誥鐘十四（新收431）（楚）

王孫誥鐘十六（新收436）（楚）
王孫誥鐘二十二（新收438）（楚）
王孫誥鐘二十五（新收441）（楚）
𪒠鎛丙（新收491）（楚）

王孫遺者鐘（集成261）（楚）
𪒠鎛甲（新收489）（楚）
𪒠鎛乙（新收490）（楚）
沇兒鎛（集成203）（徐）

齊鞄氏鐘（集成142）（齊）
姑馮昏同之子句鑃（集成424）（越）
石鼓（獵碣·汧沔）（通鑑19817）（秦）
石鼓（獵碣·吾水）（通鑑19824）（秦）

【春秋時期】
㿽余敦（新收1627）

【春秋早期】
秦公簋蓋（集成4315）（秦）
秦子簋蓋（通鑑5166）
曾侯䴉伯戈（集成11121）（曾）

【春秋中期】
國差𦉜（集成10361）（齊）

【春秋晚期】
𪒠鎛丙（新收491）（楚）
𪒠鎛己（新收494）（楚）
𪒠鎛辛（新收496）（楚）

𪒠鐘甲（新收482）（楚）
𪒠鐘丙（新收486）（楚）
𪒠鐘己（新收484）（楚）
王子反戈（集成11122）

工𫊸太子姑發𦣞反劍（集成11718）（吳）
姑發者反之子通劍（新收1111）（吳）

工盧王姑發𦣞反之弟劍（新收988）（吳）

【春秋早期】
取膚上子商匜（集成10253）（魯）
戎生鐘丁（新收1616）（晉）

【春秋時期】

𣅀

取它人鼎（集成 2227）（魯）

取膚上子商盤（集成 10126）（魯）

【春秋早期】

曾伯霥簠蓋（集成 4632）（曾）

曾伯霥簠（集成 4631）（曾）

曾伯陭壺蓋（集成 9712）（曾）

曾伯陭壺器（集成 9712）（曾）

戎生鐘丙（新收 1615）（晉）

楚大師登鐘乙（通鑑 15506）（楚）

楚大師登鐘辛（通鑑 15512）（楚）

【春秋晚期】

徐王之子叚戈（集成 11282）（徐）

【春秋晚期】

王孫遺者鐘（集成 261）（楚）

嘉賓鐘（集成 51）

文公之母弟鐘（新收 1479）

徐王子旃鐘（集成 182）（徐）

【春秋早期】

鼄叴父鬲（集成 717）（邾）

邾友父鬲（新收 1094）（邾）

邾友父鬲（通鑑 2993）

鼄友父鬲（通鑑 3010）

《說文》：「習，亦古文友。」

【春秋時期】

鼄叔之伯鐘（集成 87）（邾）

左戈（新收 1536）

【春秋早期】

戎生鐘丁（新收 1616）（晉）

曾伯霥簠（集成 4631）（曾）

曾伯霥簠蓋（集成 4632）（曾）

曾子𣄰鼎（集成 2757）（曾）

【春秋中期】

者𣳚鐘三（集成 195）（吳）

者𣳚鐘三（集成 195）（吳）

者𣳚鐘四（集成 196）（吳）

者𣳚鐘四（集成 196）（吳）

者𣳚鐘四（集成 196）（吳）

者𣳚鐘六（集成 198）（吳）

國差罎（集成10361）（齊）

國差罎（集成10361）（齊）

卑梁君光鼎（集成2283）

子犯鐘乙C（新收1022）（晉）

子犯鐘甲C（新收1010）（晉）

【春秋晚期】

者尚余卑盤（集成10165）

競平王之定鐘（集成37）（楚）

齊鞷氏鐘（集成142）（齊）

鄭太子之孫與兵壺蓋（新收1980）

鄭太子之孫與兵壺器（新收1980）

【春秋早期】

鄭大内史叔上匜（集成10281）（鄭）

【春秋中期】

陳大喪史仲高鐘（集成350）（陳）

陳大喪史仲高鐘（集成350）（陳）

陳大喪史仲高鐘（集成355）（陳）

陳大喪史仲高鐘（集成353）（陳）

【春秋晚期】

蔡太史卮（集成10356）（蔡）

曾孫史夷簠（集成4591）

【春秋時期】

史孔卮（集成10352）

【春秋早期】

郜召簠蓋（新收1042）

己侯壺（集成9632）（紀）

曾子斿鼎（集成2757）（曾）

秦公簋蓋（集成4315）（秦）

秦公鐘甲（集成262）（秦）

秦公鐘丙（集成264）（秦）

秦公鎛甲（集成267）（秦）

秦公鎛乙（集成268）（秦）

秦公鎛丙（集成269）（秦）

事孫□丘戈（集成11069）

【春秋中期】

齡鎛（集成271）（齊）

齡鎛（集成271）（齊）

齡鎛（集成271）（齊）

國差罎（集成10361）（齊）

【春秋晚期】

簷太史申鼎（集成2732）（莒）

哀成叔鼎（集成2782）（鄭）

王孫誥鐘二十三（新收443）（楚）

王孫誥鐘二（新收419）（楚）

王孫誥鐘三（新收420）（楚）

王孫誥鐘四（新收421）（楚）

王孫誥鐘五（新收422）（楚）

聿　肅

⿰言肅

王孫誥鐘十二（新收429）（楚）
王孫誥鐘十三（新收430）（楚）
王孫誥鐘十五（新收434）（楚）
王孫誥鐘十七（新收435）（楚）

王孫誥鐘二十（新收433）（楚）
是立事歲戈（集成11259）（齊）
洹子孟姜壺（集成9729）（齊）
洹子孟姜壺（集成9730）（齊）

洹子孟姜壺（集成9730）（齊）
洹子孟姜壺（集成9729）（齊）
公子土斧壺（集成9709）（齊）
郘黛鐘十（集成234）（晉）

郘黛鐘二（集成226）（晉）
郘黛鐘四（集成228）（晉）
郘黛鐘六（集成230）（晉）
郘黛鐘七（集成231）（晉）

郘黛鐘九（集成233）（晉）
敬事天王鐘己（集成78）（楚）
敬事天王鐘辛（集成80）（楚）
敬事天王鐘甲（集成73）（楚）

敬事天王鐘丙（集成75）（楚）
敬事天王鐘戊（集成77）（楚）
秦景公石磬（通鑑19782）（秦）
石鼓（獵碣・霝雨）（通鑑19820）（秦）

【春秋晚期】
王孫遺者鐘（集成261）（楚）
王孫誥鐘一（新收418）（楚）
王孫誥鐘三（新收420）（楚）

王孫誥鐘五（新收422）（楚）
王孫誥鐘六（新收423）（楚）
王孫誥鐘八（新收425）（楚）
王孫誥鐘十（新收427）（楚）

王孫誥鐘十一（新收428）（楚）
王孫誥鐘十二（新收429）（楚）
王孫誥鐘十三（新收430）（楚）
王孫誥鐘十五（新收434）（楚）

王孫誥鐘二十一（新收439）（楚）
王孫誥鐘二十四（新收440）（楚）

【春秋晚期】
蔡侯𪒠尊（集成6010）（蔡）
蔡侯𪒠盤（集成10171）（蔡）

【春秋晚期】
楚王領鐘（集成53）（楚）

臧

【春秋晚期】

奇字鐘（通鑑 15177）

【春秋中期】

欒書缶器（集成 10008）（晉）

欒書缶器（集成 10008）（晉）

【春秋晚期】

郘黛鐘一（集成 225）（晉）

郘黛鐘二（集成 226）（晉）

郘黛鐘四（集成 228）（晉）

郘黛鐘六（集成 230）（晉）

郘黛鐘七（集成 231）（晉）

郘黛鐘九（集成 233）（晉）

郘黛鐘十二（集成 236）（晉）

郘黛鐘十三（集成 237）（晉）

【春秋早期】

魯内小臣床生鼎（集成 2354）

虎臣子組鬲（集成 661）（虢）

己侯壺（集成 9632）（紀）

伯亞臣鐳（集成 9974）（黃）

焆臣戈（集成 11334）

【春秋中期】

長子𩛥臣簠蓋（集成 4625）（晉）

長子𩛥臣簠器（集成 4625）（晉）

鄆子詠臣戈（集成 11253）

【春秋晚期】

敶鎛甲（新收 489）（楚）

敶鎛乙（新收 490）（楚）

敶鎛丙（新收 491）（楚）

敶鎛戊（新收 493）（楚）

敶鎛庚（新收 495）（楚）

敶鐘戊（新收 485）（楚）

敶鐘癸（新收 498）（楚）

余購逐兒鐘甲（集成 183）（徐）

【春秋早期】

曾子軌鼎（集成 2757）（曾）

㠱伯子庭父盨器（集成 4442）（紀）

㠱伯子庭父盨器（集成 4443）（紀）

歐

㠱伯子宛父盨器（集成4444）（紀）

㠱伯子宛父盨器（集成4445）（紀）

【春秋中期】

周王孫季紉戈（集成11309）（周）

【春秋晚期】

王孫誥鐘一（新收418）（楚）

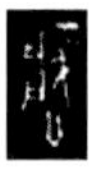

王孫誥鐘二（新收419）（楚）

王孫誥鐘三（新收420）（楚）

王孫誥鐘四（新收421）（楚）

王孫誥鐘六（新收423）（楚）

王孫誥鐘十（新收427）（楚）

王孫誥鐘十一（新收428）（楚）

王孫誥鐘十二（新收429）（楚）

王孫誥鐘十三（新收430）（楚）

王孫誥鐘十五（新收434）（楚）

王孫誥鐘二十一（新收439）（楚）

王孫誥鐘二十四（新收440）（楚）

臧之無咎戈（通鑑17279）（楚）

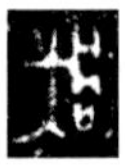

臧孫鐘乙（集成94）（吳）

臧孫鐘丙（集成95）（吳）

臧孫鐘辛（集成100）（吳）

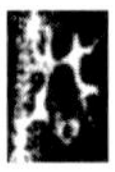

臧孫鐘壬（集成101）（吳）

【春秋晚期】

石鼓（通鑑19816）（秦）

石鼓（通鑑19816）（秦）

【春秋早期】

曾伯陭鉞（新收1203）（曾）

【春秋晚期】

石鼓（獵碣・汧沔）（通鑑19817）（秦）

毆

石鼓（獵碣・霝雨）（通鑑19820）（秦）

【春秋晚期】

王子午鼎（集成2811）（楚）

王子午鼎（新收444）（楚）

王子午鼎（新收446）（楚）

王子午鼎（新收445）（楚）

參見簋下㱿字

䪫 （韋+卓）| 𢽲 | 殺 | 戕 | 寺 | 㞢

【春秋早期】
伯歡鬲（集成592）（曾）

【春秋早期】
杞伯每刃鼎蓋（集成2494）

【春秋晚期】
庚壺（集成9733）（齊）

【春秋早期】
曾伯陭鉞（新收1203）（曾）

【春秋晚期】
篖叔之仲子平鐘甲（集成172）（莒）

篖叔之仲子平鐘丙（集成174）（莒）
篖叔之仲子平鐘丁（集成175）（莒）

篖叔之仲子平鐘辛（集成179）（莒）
篖叔之仲子平鐘庚（集成178）（莒）

【春秋晚期】
石鼓（獵碣・田車）（通鑑19818）（秦）
石鼓（通鑑19816）（秦）

【春秋時期】
台寺缶（新收1693）

【春秋早期】
上曾太子般殷鼎（集成2750）（曾）
𠕋侯簋（集成4561）
𠕋侯簋（集成4562）

【春秋中期】
公英盤（新收1043）
公英盤（新收1043）

【春秋晚期】
鼄公牼鐘丙（集成151）（邾）
鼄公牼鐘乙（集成150）（邾）
鼄公牼鐘甲（集成149）（邾）
吳王光鐘殘片之三十三（集成224.32）（吳）

吳王光鑑甲（集成10298）（吳）
楚王酓忎匜（通鑑14986）
楚王酓忎盤（通鑑14510）

遟

【春秋晚期】 蔡侯𰨂歌鐘乙（集成211）（蔡）

耶

【春秋早期】 秦公簋器（集成4315）（秦） 𨛫仲之孫簋（集成4120）

【春秋晚期】

遷邟鐘三（新收1253）（舒） 遷邟鐘六（新收56）（舒） 遷邟鎛甲（通鑑15792）（舒） 遷邟鎛丙（通鑑15794）（舒）

嘏

【春秋晚期】 曹𨰻尋員劍（新收1241）（吳）

叟

【春秋早期】 鄩仲盤（集成10135）（尋） 尋仲匜（集成10266）（尋）

【春秋早期】 專車季鼎（集成2476）

【春秋晚期】 秦政伯喪戈（通鑑17117）（秦）

【春秋晚期】 王孫遺者鐘（集成261）（楚）

吳王光鐘殘片之二十七（集成224.15）（吳） 秦景公石磬（通鑑19781）（秦）

【春秋早期】 鑄叔皮父簋（集成4127）（鑄） 鑄叔皮父簋（集成4127）（鑄）

【春秋中期】

者𣵦鐘一（集成193）（吳） 者𣵦鐘三（集成195）（吳） 者𣵦鐘四（集成196）（吳） 者𣵦鐘五（集成197）（吳）

者𣵦鐘七（集成199）（吳） 者𣵦鐘十（集成202）（吳）

【春秋前期】 郐諸尹征城（集成425）（徐）

【春秋晚期】 石鼓（獵碣·汧沔）（通鑑19817）（秦） 石鼓（獵碣·作原）（通鑑19821）（秦） 石鼓（獵碣·馬薦）（通鑑19823）（秦）

攴

攺
攺

【春秋晚期】
芮大攺戈（集成11203）

【春秋晚期】
王子啓疆尊（通鑑11733）

【春秋早期】
芮伯壺蓋（集成9585）
芮伯壺器（集成9585）

【春秋早期】
戎生鐘甲（新收1613）（晉）

徹
鑈

【春秋晚期】
薦鬲（新收458）（楚）

敄

【春秋早期】
上鄀公敄人簋蓋（集成4183）（鄀）
鄀公敄人鐘（集成59）（鄀）

整
整

【春秋晚期】
蔡侯𬤊尊（集成6010）（蔡）
蔡侯𬤊盤（集成10171）（蔡）

【春秋晚期】
晉公盆（集成10342）（晉）

故

【春秋前期】
郐諧尹征城（集成425）（徐）

政

【春秋早期】
秦政伯喪戈（通鑑17117）（秦）
秦政伯喪戈（通鑑17117）（秦）
秦政伯喪戈（通鑑17118）（秦）

曾伯陭鉞（新收1203）（曾）

【春秋中期】
𬭚鎛（集成271）（齊）

【春秋晚期】
王子午鼎（集成2811）（楚）
王子午鼎（新收447）（楚）
王子午鼎（新收444）（楚）
王子午鼎（新收446）（楚）

敕

王孫誥鐘一（新收418）（楚）
王孫誥鐘二（新收419）（楚）
王孫誥鐘三（新收420）（楚）
王孫誥鐘四（集成421）（楚）
王孫誥鐘五（新收422）（楚）
王孫誥鐘六（新收423）（楚）
王孫誥鐘九（新收426）（楚）
王孫誥鐘十（新收427）（楚）
王孫誥鐘十二（新收429）（楚）
王孫誥鐘十三（新收430）（楚）
王孫誥鐘十五（新收434）（楚）
王孫誥鐘十八（新收432）（楚）
王孫誥鐘二十（新收433）（楚）
王孫誥鐘二十四（新收440）（楚）
王孫遺者鐘（集成261）（楚）
郳君鐘（集成50）（郳）
蔡侯䜌歌鐘甲（集成210）（蔡）
蔡侯䜌歌鐘乙（集成211）（蔡）
蔡侯䜌歌鐘丙（集成217）（蔡）
蔡侯䜌歌鐘丁（集成218）（蔡）

【春秋晚期】

吳王光鐘殘片之六（集成224.47）（吳）
吳王光鐘殘片之十一（集成224.3）（吳）
吳王光鐘殘片之二十九（集成224.22-38）（吳）

【春秋早期】

秦公簋蓋（集成4315）（秦）

【春秋早期】

陳子匜（集成10279）（陳）
陳侯鼎（集成2650）（陳）
叔原父甗（集成947）（陳）
陳侯簠蓋（集成4603）（陳）
陳侯簠器（集成4603）（陳）
陳侯簠蓋（集成4604）（陳）
陳侯簠器（集成4604）（陳）
陳侯簠（集成4606）（陳）
陳侯壺蓋（集成9633）（陳）
陳侯壺器（集成9633）（陳）
陳侯壺蓋（集成9634）（陳）
陳侯壺器（集成9634）（陳）
陳公孫𤔲父瓶（集成9979）（陳）
陳公子仲慶簠（集成4597）（陳）

【春秋中期】

陳大喪史仲高鐘（集成350）（陳）

【春秋晚期】

陳樂君𢽾甗（新收1073）（陳）

敕　敼　敶

敕			敼	敶							
【春秋時期】陳姬小公子盨蓋（集成4379）（陳）；陳姬小公子盨器（集成4379）（陳）；陳伯元匜（集成10267）（陳）	【春秋晚期】鄭太子之孫與兵壺蓋（新收1980）	【春秋早期】陳侯簠（集成4607）（陳）	【春秋早期】[甘夫]侯之孫敶鼎（集成2287）（胡）	【春秋晚期】競之定鬲甲（通鑑2997）；競之定鬲乙（通鑑2998）；競之定鬲丙（通鑑2999）	 競之定鬲丁（通鑑3000）；競之定簋甲（通鑑5226）；競之定簋乙（通鑑5227）；競之定豆乙（通鑑6147）	 競之定豆甲（通鑑6146）；競平王之定鐘（集成37）（楚）；[丯留]篙鐘（集成38）（楚）	【春秋中期】欒書缶器（集成10008）（晉）	【春秋早期】[illegible]司寇獸鼎（集成2474）；【春秋中期】魯少司寇封孫宅盤（集成10154）（魯）	【春秋晚期】王孫誥鐘一（新收418）（楚）；王孫誥鐘四（新收421）（楚）；王孫誥鐘五（新收422）（楚）	 王孫誥鐘六（新收423）（楚）；王孫誥鐘七（新收424）（楚）；王孫誥鐘八（新收425）（楚）；王孫誥鐘十（新收427）（楚）	 王孫誥鐘十一（新收428）（楚）；王孫誥鐘十二（新收429）（楚）；王孫誥鐘十四（新收431）（楚）；王孫誥鐘十六（新收436）（楚）

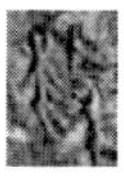

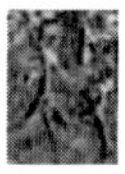

攻 嬉 敼

王孫誥鐘十九（新收437）（楚）
王孫誥鐘二十二（新收438）（楚）
王孫誥鐘二十六（新收442）（楚）
黝鎛甲（新收489）（楚）

黝鎛乙（新收490）（楚）
蔡侯䌌歌鐘丙（集成217）（蔡）
蔡侯䌌歌鐘丁（集成218）（蔡）
蔡侯䌌歌鐘辛（集成216）（蔡）

蔡侯䌌鎛丁（集成222）（蔡）
洹子孟姜壺（集成9729）（齊）
洹子孟姜壺（集成9730）（齊）
鄱子成周鐘乙（新收284）

侯古堆鎛甲（新收276）
子璋鐘甲（集成113）（許）
子璋鐘丙（集成115）（許）
子璋鐘丁（集成116）（許）

子璋鐘戊（集成117）（許）
子璋鐘庚（集成119）（許）
足利次留元子鐘（通鑑15361）（徐）

【春秋晚期】
黝鐘甲（新收482）（楚）
黝鎛丙（新收491）（楚）
黝鎛庚（新收495）（楚）

沇兒鎛（集成203）（徐）
徐王子旃鐘（集成182）（徐）

【春秋晚期】
聖靡公㛸鼓座（集成429）

【春秋晚期】
徐王義楚觶（集成6513）（徐）

【春秋早期】
爲用戈（通鑑17288）
司工單鬲（集成678）
梁伯戈（集成11346）

【春秋中期】
齍鎛（集成271）（齊）
國差罎（集成10361）（齊）
【春秋晚期】

王孫誥鐘三（新收420）（楚）
王孫誥鐘四（新收421）（楚）
王孫誥鐘五（新收422）（楚）
王孫誥鐘六（新收423）（楚）

攻

- 王孫誥鐘七（新收424）（楚）
- 王孫誥鐘八（新收425）（楚）
- 王孫誥鐘十（新收427）（楚）
- 王孫誥鐘十一（新收428）（楚）
- 王孫誥鐘十二（新收429）（楚）
- 王孫誥鐘十三（新收430）（楚）
- 王孫誥鐘二十一（新收439）（楚）
- 王孫誥鐘二十五（新收441）（楚）
- 王孫誥鐘一（新收418）（楚）
- 王孫誥鐘二（新收419）（楚）
- 攻敔王夫差劍（集成11636）（吳）
- 攻敔王夫差劍（集成11639）（吳）
- 攻敔王光劍（集成11654）（吳）
- 攻敔王夫差劍（新收1868）（吳）
- 攻敔王夫差劍（通鑑18021）（吳）
- 攻敔王夫差劍（新收1734）（吳）
- 攻敔王夫差劍（通鑑18071）（吳）
- 工師迉戈（集成10965）
- 攻敔工差戟（集成11258）（吳）
- 攻敔王光劍（集成11666）（吳）
- 攻敔王光劍（集成11666）（吳）
- 攻盧王叡戗此郐劍（新收1188）（吳）
- 姑發者反之子通劍（新收1111）（吳）
- 吳王光劍（通鑑18070）
- 攻敔王者彶叡虘劍（通鑑18065）
- 攻敔王光戈（集成11029）（吳）
- 攻敔王光戈（集成11151）（吳）
- 攻吾王光劍（新收1478）（吳）
- 吳王夫差鑑（集成10296）（吳）
- 吳王夫差鑑（新收1477）（吳）
- 吳王夫差鑑（集成10295）（吳）
- 臧孫鐘甲（集成93）（吳）
- 臧孫鐘乙（集成94）（吳）
- 臧孫鐘丁（集成96）（吳）
- 臧孫鐘戊（集成97）（吳）
- 臧孫鐘丙（集成95）（吳）
- 臧孫鐘己（集成98）（吳）
- 臧孫鐘庚（集成99）（吳）
- 臧孫鐘辛（集成100）（吳）
- 臧孫鐘壬（集成101）（吳）
- 嘉賓鐘（集成00051）
- 攻敔王夫差劍（集成11637）（吳）

【春秋中期】

- 曾大工尹季䛷戈（集成11365）（曾）
- 子犯鐘甲C（新收1010）（晉）

[illegible]

【春秋晚期】

夫跃申鼎（新收 1250）（舒）

敔

【春秋早期】

曾子𠭯鼎（集成 2757）（曾）

【春秋晚期】

臧孫鐘甲（集成 93）（吳）

臧孫鐘乙（集成 94）（吳）

臧孫鐘丙（集成 95）（吳）

臧孫鐘丁（集成 96）（吳）

臧孫鐘戊（集成 97）（吳）

臧孫鐘己（集成 98）（吳）

臧孫鐘庚（集成 99）（吳）

臧孫鐘壬（集成 101）（吳）

石鼓（獵碣・霝雨）（通鑑 19820）（秦）

攻敔王光戈（集成 11151）（吳）

攻敔工差戟（集成 11258）（吳）

攻敔王光劍（集成 11654）（吳）

攻敔王光劍（集成 11666）（吳）

姑發者反之子通劍（新收 1111）（吳）

攻吾王光劍（新收 1478）（吳）

攻敔王者彶戲㪤劍（通鑑 18065）

吳王光劍（通鑑 18070）

致

【春秋晚期】

攻敔王夫差劍（集成 11636）（吳）

攻敔王夫差劍（集成 11638）（吳）

攻敔王夫差劍（集成 11637）（吳）

攻敔王夫差劍（集成 11639）（吳）

攻敔王夫差劍（新收 1523）（吳）

攻敔王夫差劍（新收 1734）（吳）

宋公䜌簠（集成 4589）（宋）

宋公䜌簠（集成 4590）（宋）

娪

【春秋早期】

曾仲子敔鼎（集成 2564）（曾）

[illegible]

【春秋晚期】

吳王夫差盉（新收 1475）（吳）

[illegible]

【春秋晚期】

王孫誥鐘一（新收 418）（楚）

王孫誥鐘二（新收 419）（楚）

王孫誥鐘三（新收 420）（楚）

敳 𢿢 𢿤 𣀓　𣥂 𩛄 牧 𢼄

王孫誥鐘四（新收 421）（楚）
王孫誥鐘五（新收 422）（楚）
王孫誥鐘六（新收 423）（楚）
王孫誥鐘八（新收 425）（楚）

王孫誥鐘十（新收 427）（楚）
王孫誥鐘十一（新收 428）（楚）
王孫誥鐘十二（新收 429）（楚）
王孫誥鐘十三（新收 430）（楚）

王孫誥鐘十五（新收 434）（楚）
王孫誥鐘十八（新收 432）（楚）
王孫誥鐘二十一（新收 439）（楚）
王孫誥鐘二十四（新收 440）（楚）

【春秋早期】
楚大師登鐘辛（通鑑 15512）（楚）

【春秋早期】
鄧公牧簋蓋（集成 3590）（鄧）
鄧公牧簋器（集成 3590）（鄧）
鄧公牧簋（集成 3591）（鄧）

【春秋晚期】
𩛄孫宋鼎（新收 1626）

【春秋晚期】
𢿢鎛丙（新收 491）（楚）
𢿢鎛丁（新收 492）（楚）
𢿢鎛己（新收 494）（楚）

𢿢鎛辛（新收 496）（楚）
𢿢鐘甲（新收 482）（楚）
𢿢鐘丙（新收 486）（楚）
𢿢鐘己（新收 484）（楚）

【春秋晚期】
叔尸鎛（集成 285）（齊）

【春秋晚期】
叔尸鎛（集成 285）（齊）

【春秋晚期】
叔尸鎛（集成 285）（齊）

【春秋早期】
楚大師登鐘丙（通鑑 15507）（楚）
楚大師登鐘丁（通鑑 15508）（楚）
楚大師登鐘己（通鑑 15510）（楚）

敎 斈

貞 鼎

【春秋晚期】

秦景公石磬（通鑑19797）（秦）

鄭太子之孫與兵壺器（新收1980）

【春秋晚期】

鄭太子之孫與兵壺蓋（新收1980）

【春秋晚期】

曾侯邚鼎（通鑑2337）

【春秋時期】

鼣鼎器（集成1990）

【春秋早期】

杞伯每刃鼎（集成2495）

杞子每刃鼎（集成2428）

杞伯每刃鼎盖（集成2494）

郳伯御戎鼎（集成2525）（郳）

鑄子叔黑𦣞鼎（集成2587）（鑄）

邿伯祀鼎（集成2602）（邿）

鄦奓魯生鼎（集成2605）（許）

緊子丙車鼎蓋（集成2603）（黃）

緊子丙車鼎器（集成2603）（黃）

緊子丙車鼎蓋（集成2604）（黃）

番昶伯者君鼎（集成2617）（番）

番昶伯者君鼎（集成2618）（番）

伯[illegible]林鼎（集成2621）

魯仲齊鼎（集成2639）（魯）

杞伯每刃鼎（集成2642）（杞）

喬夫人鼎（集成2284）

史宋鼎（集成2203）

吳買鼎（集成2452）

甯奔生鼎（集成2524）

㠱司寇獸鼎（集成2474）

圓君鼎（集成2502）

伯氏鼎（集成2443）

伯氏鼎（集成2447）

伯氏始氏鼎（集成2643）

叔單鼎（集成2657）（黃）

曾子仲宣鼎（集成2737）（曾）

魯侯鼎（新收1067）（魯）

鄀甘𦎫鼎（新收1091）

寶登鼎（通鑑2277）

郳來隹鬲（集成670）（郳）

【春秋中期】

皐梁君光鼎（集成2283）

洤叔鼎（集成2355）（曾）

𧊒鼎（集成2356）（曾）

魯大左司徒元鼎（集成2592）（魯）

魯大左司徒元鼎（集成2593）（魯）

以鄧鼎器（新收406）（楚）

【春秋中期或晚期】

鄧鰟鼎器（集成2085）

【春秋晚期】

蔡侯䜌鼎蓋（集成2217）（蔡）

蔡侯䜌殘鼎（集成2218）（蔡）

蔡侯䜌殘鼎蓋（集成2221）（蔡）

蔡侯䜌殘鼎蓋（集成2222）（蔡）

蔡侯䜌殘鼎蓋（集成2223）（蔡）

蔡侯䜌殘鼎蓋（集成2224）（蔡）

邵王之諻鼎（集成2288）（楚）

吳王孫無土鼎蓋（集成2359）（吳）

吳王孫無土鼎器（集成2359）（吳）

曾大師奠鼎（新收501）（曾）

宋君夫人鼎（通鑑2343）

鄬子孟升嬭鼎蓋（新收523）（楚）

鄬子孟升嬭鼎器（新收523）（楚）

箙太史申鼎（集成2732）（莒）

黃仲酉鼎（通鑑2338）

宋左太師睪鼎（通鑑2364）

【春秋時期】

㾉鼎（集成2569）

師麻孝叔鼎（集成2552）

𣪕鼎蓋（集成1990）

取它人鼎（集成2227）（魯）

【春秋早期】

曾伯霥簠蓋（集成4632）（曾）

曾伯霥簠蓋（集成4632）（曾）

曾伯霥簠蓋（集成4632）（曾）

曾伯霥簠蓋（集成4632）（曾）

曾伯霥簠蓋（集成4632）（曾）

曾伯霥簠（集成4631）（曾）

曾伯霥簠（集成4631）（曾）

曾伯霥簠（集成4631）（曾）

曾伯霥簠（集成4631）（曾）

曾伯霥簠（集成4631）（曾）

曾仲斿父方壺器（集成9628）（曾）

曾仲斿父方壺蓋（集成9629）（曾）

曾仲斿父方壺器（集成9629）

曾仲斿父方壺蓋（集成9628）（曾）

曾伯陭壺蓋（集成9712）（曾）

曾伯陭壺蓋（集成9712）（曾）

曾伯陭壺蓋（集成9712）（曾）

曾伯陭壺蓋（集成9712）（曾）

曾伯陭壺蓋（集成9712）（曾）

曾伯陭壺蓋（集成9712）（曾）	曾伯陭壺蓋（集成9712）（曾）	曾伯陭壺器（集成9712）（曾）	曾伯陭壺器（集成9712）（曾）
曾伯陭壺器（集成9712）（曾）	曾伯陭壺器（集成9712）（曾）	曾伯陭壺器（集成9712）（曾）	戈伯匜（集成10246）（戴）
曾伯陭鉞（新收1203）（曾）	曾侯子鐘甲（通鑑15142）	曾侯子鐘乙（通鑑15143）	曾侯子鐘丁（通鑑15145）
曾侯子鐘庚（通鑑15148）	曾侯子鐘壬（通鑑15150）	曾太保慶盆（通鑑6256）	曾太保麐叔亟盆（集成10336）（曾）
曾太保麐叔亟盆（集成10336）（曾）	曾仲之孫戈（集成11254）（曾）	曾子仲謱鼎（集成2620）（曾）	曾子仲宣鼎（集成2737）（曾）
曾子伯窞盤（集成10156）（曾）	曾子伯窞盤（集成10156）（曾）	曾子伯窞盤（集成10156）	曾子仲謱鼎（集成2620）（曾）
鑄子叔黑叵簠器（集成4570）（鑄）	鑄子叔黑叵簠器（集成4571）（鑄）	鑄公簠蓋（集成4574）（鑄）	鑄子撫匜（集成10210）（鑄）
鑄子叔黑叵盨（通鑑5666）	鑄叔皮父簋（集成4127）（鑄）	鑄子叔黑叵鬲（集成735）（鑄）	鑄叔簠蓋（集成4560）（鑄）
鑄叔簠器（集成4560）（鑄）	鑄子叔黑叵簠蓋（集成4570）（鑄）	鑄侯求鐘（集成47）（鑄）	鑄子叔黑叵鼎（集成2587）（鑄）
杞伯每刃簋蓋（集成3898）（杞）	杞伯每刃簋器（集成3898）（杞）	杞伯每刃簋蓋（集成3899.2）（杞）	杞伯每刃簋器（集成3902）（杞）
杞伯每刃壺（集成9687）（杞）	杞伯每刃壺（集成9688）（杞）	杞伯每刃簋（集成3901）（杞）	杞伯每刃簋（集成3899.1）（杞）
魯伯愈父鬲（集成692）（魯）	魯伯愈父鬲（集成693）（魯）	魯伯愈父鬲（集成694）（魯）	魯伯愈父鬲（集成690）（魯）

魯伯愈父鬲（集成691）（魯）	魯伯愈父鬲（集成695）（魯）	魯司徒仲齊盨乙器（集成4441）（魯）	魯侯鼎（新收1067）（魯）
魯司徒仲齊盨甲蓋（集成4440）（魯）	魯司徒仲齊盨甲器（集成4440）（魯）	魯司徒仲齊盨乙蓋（集成4441）（魯）	魯伯悆盨蓋（集成4458）（魯）
魯伯悆盨蓋（集成4458）（魯）	魯伯悆盨器（集成4458）（魯）	魯伯悆盨器（集成4458）（魯）	魯伯悆盨器（集成4458）（魯）
魯伯悆盨器（集成4458）（魯）	魯士浮父簠蓋（集成4517）	魯士浮父簠器（集成4517）（魯）	魯士浮父簠（集成4518）（魯）
魯士浮父簠（集成4519）（魯）	魯士浮父簠（集成4520）（魯）	魯伯大父簋（集成3974）（魯）	魯太宰原父簋（集成3987）（魯）
魯伯俞父簠（集成4567）（魯）	魯伯俞父簠（集成4568）（魯）	魯伯愈父盤（集成10114）	魯司徒仲齊盤（集成10116）（魯）
魯伯敢匜（集成10222）（魯）	魯伯愈父匜（集成10244）	取膚上子商匜（集成10253）（魯）	取膚上子商匜（集成10253）（魯）
魯大司徒子仲白匜（集成10277）（魯）	侯母壺（集成9657）（魯）	侯母壺（集成9657）（魯）	魯侯簠（新收1068）（魯）
侯母壺（集成9657）（魯）	魯仲齊甗（集成939）（魯）	齊趫父鬲（集成686）（齊）	齊趫父鬲（集成685）（齊）
陳侯鼎（集成2650）（陳）	陳侯鬲（集成705）（陳）	陳侯簠器（集成4603）（陳）	陳侯簠器（集成4603）（陳）
陳侯簠蓋（集成4604）（陳）	陳侯簠蓋（集成4604）（陳）	陳侯簠器（集成4604）（陳）	陳侯簠器（集成4604）（陳）
陳侯簠（集成4606）（陳）	陳侯簠（集成4606）（陳）	原氏仲簠（新收935）（陳）	原氏仲簠（新收936）（陳）

陳侯壺蓋（集成 9633）（陳）	陳侯壺器（集成 9633）（陳）	陳侯壺蓋（集成 9634）（陳）	陳侯壺器（集成 9634）（陳）
陳公孫寣父瓶（集成 9979）（陳）	陳公孫寣父瓶（集成 9979）（陳）	陳侯盤（集成 10157）（陳）	陳侯盤（集成 10157）（陳）
陳侯盤（集成 10157）（陳）	陳子匜（集成 10279）（陳）	陳子匜（集成 10279）（陳）	陳侯鬲（集成 706）（陳）
曾子倝鼎（集成 2757）（曾）	曾子倝鼎（集成 2757）（曾）	曾伯從寵鼎（集成 2550）（曾）	曾侯簠（集成 4598）
鄩仲盤（集成 10135）（鄩）	鄩仲匜（集成 10266）（鄩）	魯伯悆盨蓋（集成 4458）（魯）	魯伯悆盨蓋（集成 4458）（魯）
楚大師登鐘己（通鑑 15510）（楚）	楚大師登鐘己（通鑑 15510）（楚）	楚大師登鐘庚（通鑑 15511）（楚）	鄀公諴簠（集成 4600）
鄀公諴簠（集成 4600）	鄁公伯韭簋（集成 4016）（鄁）	鄁公伯韭簋（集成 4016）（鄁）	鄀公諴簠（集成 4600）
鄁公伯韭簋（集成 4016）（鄁）	鄁公伯韭簋蓋（集成 4017）（鄁）	鄁公伯韭簋蓋（集成 4017）（鄁）	鄀公簠蓋（集成 4569）（鄀）
鄁公伯韭簋器（集成 4017）（鄁）	鄁公伯韭簋器（集成 4017）（鄁）	鄁公伯韭簋器（集成 4017）（鄁）	江君婦和壺（集成 9639）（江）
鄧公孫無嬰鼎（新收 1231）（鄧）	鄧公孫無嬰鼎（新收 1231）（鄧）	鄧公孫無嬰鼎（新收 1231）（鄧）	鄧公孫無嬰鼎（新收 1231）（鄧）
蔡侯鼎（通鑑 2372）	蔡大善夫趣簠器（新收 1236）（蔡）	蔡公子壺（集成 9701）	薛子仲安簠蓋（集成 4546）（薛）
薛子仲安簠器（集成 4546）（薛）	薛子仲安簠（集成 4547）（薛）	番君𨠋伯鬲（集成 732）（番）	番君𨠋伯鬲（集成 734）（番）

番君酟伯鬲（集成733）（番）
番叔壺（新收297）（番）
番伯酓匜（集成10259）（番）
番昶伯者君匜（集成10268）（番）

番昶伯者君盤（集成10139）（番）
番昶伯者君盤（集成10140）（番）
番昶伯者君盤（集成10140）（番）
番君伯歡盤（集成10136）（番）

黃太子伯克盤（集成10162）（黃）
黃太子伯克盤（集成10162）（黃）
黃太子伯克盤（集成10162）（黃）
番君伯歡盤（集成10136）（番）

上曾太子般殷鼎（集成2750）（曾）
上曾太子般殷鼎（集成2750）（曾）
曾子斿鼎（集成2757）（曾）
鄭大內史叔上匜（集成10281）（鄭）

戎生鐘乙（新收1614）（晉）
戎生鐘乙（新收1614）（晉）
戎生鐘丙（新收1615）（晉）
戎生鐘丁（新收1616）（晉）

戎生鐘辛（新收1620）（晉）
戎生鐘己（新收1618）（晉）
秦子戈（集成11353）（秦）
秦子戈（新收1350）（秦）

秦公簋甲（通鑑4903）
秦公簋乙（通鑑4904）
秦公簋丙（通鑑4905）
秦子戈（集成11353）（秦）

秦公簋（新收1342）（秦）
邿譴簋乙（通鑑5277）
邿譴簋乙（通鑑5277）
秦公鼎乙（新收1339）（秦）

秦公鼎丙（通鑑2373）（秦）
秦公鼎丁（通鑑2374）（秦）
秦公鼎戊（通鑑2375）（秦）
曾仲子敔鼎（集成2564）（曾）

秦公鼎A（新收1340）（秦）
秦公鼎（新收1337）（秦）
曾仲子敔鼎（集成2564）（曾）
曾仲子敔鼎（集成2564）（曾）

宗婦鄁嬰簋蓋（集成4076）
宗婦鄁嬰簋（集成4077）
宗婦鄁嬰簋蓋（集成4078）
宗婦鄁嬰簋器（集成4078）

宗婦鄁嬰簋蓋（集成4079）
宗婦鄁嬰簋（集成4080）
宗婦鄁嬰簋（集成4081）
宗婦鄁嬰簋（集成4084）

宗婦鄁嫛簋蓋（集成4084）（鄁）	宗婦鄁嫛簋（通鑑4576）（鄁）	青仲之孫簋（集成4120）	鑄叔皮父簋（集成4127）（鑄）
宗婦鄁嫛鼎（集成2684）（鄁）	宗婦鄁嫛鼎（集成2685）（鄁）	宗婦鄁嫛鼎（集成2686）（鄁）	宗婦鄁嫛鼎（集成2687）（鄁）
宗婦鄁嫛鼎（集成2683）（鄁）	宗婦鄁嫛壺器（集成9698）（鄁）	蘇公子癸父甲簋（集成4014）（蘇）	蘇公子癸父甲簋（集成4015）（蘇）
虢季鬲（新收24）（虢）	虢季鬲（新收27）（虢）	虢季鬲（新收25）（虢）	虢季鬲（新收26）（虢）
虢季鬲（新收22）（虢）	虢季鬲（新收29）（虢）	虢季鬲（新收23）（虢）	國子碩父鬲（新收48）
國子碩父鬲（新收49）	虢宮父鬲（新收50）（虢）	虢宮父鬲（通鑑2937）	衛夫人鬲（新收1700）（衛）
虢季簋蓋（新收16）（虢）	虢季簋蓋（新收17）（虢）	虢季簋器（新收17）（虢）	虢季簋蓋（新收18）（虢）
虢季簋器（新收18）（虢）	虢季簋器（新收20）（虢）	虢季簋蓋（新收21）（虢）	虢季盨器（新收31）（虢）
虢季盨蓋（新收32）（虢）	虢季盨器（新收32）（虢）	虢季盨器（新收33）（虢）	虢季盨蓋（新收31）（虢）
虢季盨器（新收34）（虢）	虢季鋪（新收36）（虢）	虢季鋪（新收37）（虢）	虢季盤（新收40）（虢）
芮太子白鼎（集成2496）	芮公鼎（集成2387）（芮）	芮公鼎（集成2389）（芮）	芮公鼎（集成2475）（芮）
芮太子鬲（通鑑2991）	芮公鬲（通鑑2992）	芮太子白鬲（通鑑3005）	芮太子白鬲（通鑑3007）

芮公簋（集成3707）
芮公簋（集成3708）
芮太子白簠（集成4538）
芮太子白簠（集成4537）

芮公壺（集成9596）
芮公壺（集成9597）
芮公壺（集成9598）
芮太子鼎（集成2448）

芮太子白壺蓋（集成9645）
芮太子白壺器（集成9645）
芮太子白壺（集成9644）
㝬魯宰兩鼎（集成2591）（魯）

曾者子𩰫鼎（集成2563）（曾）
曾者子𩰫鼎（集成2563）（曾）
郳友父鬲（新收1094）（郳）
郳友父鬲（新收1094）（郳）

鼄友父鬲（通鑑3008）
鼄友父鬲（通鑑3010）
鼄𠭯父鬲（集成717）（郳）
郳太宰欉子䢅簠（集成4623）（郳）

郳公子害簠蓋（通鑑5964）
郳公子害簠器（通鑑5964）
郜造𧬊鼎（集成2422）（郜）
郳討鼎（集成2426）（郳）

卓林父簋蓋（集成4018）（衛）
卓林父簋蓋（集成4018）（衛）
卓林父簋蓋（集成4018）（衛）
郜𧬊簋甲蓋（集成4040）（郜）

郜𧬊簋甲蓋（集成4040）（郜）
郜𧬊簋甲蓋（集成4040）（郜）
郜𧬊簋甲器（集成4040）（郜）
郜𧬊簋甲器（集成4040）（郜）

郜𧬊簋甲器（集成4040）（郜）
上鄀公敄人簋蓋（集成4183）（鄀）
上鄀公敄人簋蓋（集成4183）（鄀）
繁伯武君鬲（新收1319）

樊夫人龍嬴鬲（集成675）（樊）
司工單鬲（集成678）
伯其父慶簠（集成4581）
伯其父慶簠（集成4581）

衛夫人鬲（新收1701）（衛）
爲甫人鼎（通鑑2376）
爲甫人鼎（通鑑2376）
爲甫人盨（集成4406）

京叔姬簠（集成4504）
伯旟魚父簠（集成4525）
冑簠（集成4532）
姅仲簠（集成4534）

魯山奢虒簋蓋（集成4539）	魯山奢虒簋器（集成4539）	魯山旅虎簋（集成4540）	魯山旅虎簋蓋（集成4541）
魯山旅虎簋器（集成4541）	走馬薛仲赤簋（集成4556）（薛）	𡨦侯簋（集成4561）	𡨦侯簋（集成4562）
商丘叔簋（集成4557）（宋）	商丘叔簋（集成4558）（宋）	商丘叔簋蓋（集成4559）（宋）	商丘叔簋器（集成4559）（宋）
寶登鼎（通鑑2277）	叔朕簋（集成4621）（戴）	郜召簋器（新收1042）	召叔山父簋（集成4601）（鄭）
召叔山父簋（集成4601）（鄭）	召叔山父簋（集成4601）（鄭）	召叔山父簋（集成4602）（鄭）	召叔山父簋（集成4602）（鄭）
召叔山父簋（集成4601）（鄭）	叔家父簋（集成4615）	叔家父簋（集成4615）	叔家父簋（集成4615）
召叔山父簋（集成4602）（鄭）	郜召簋蓋（新收1042）	郜召簋蓋（新收1042）	己侯壺（集成9632）（紀）
蘇冶妊鼎（集成2526）（蘇）	考叔㫚父簋蓋（集成4608）（楚）	考叔㫚父簋器（集成4608）	考叔㫚父簋蓋（集成4609）（楚）
郜伯祀鼎（集成2602）（郜）	鄦奓魯生鼎（集成2605）（許）	黃季鼎（集成2565）（黃）	郜伯鼎（集成2601）（郜）
伯氏鼎（集成2444）	伯氏鼎（集成2446）	伯氏鼎（集成2447）	曾子奠伯鬲（集成742）（曾）
吳買鼎（集成2452）	𨊨司寇獸鼎（集成2474）	鄭師𠭰父鬲（集成731）（鄭）	鄭饔原父鼎（集成2493）（鄭）
杞伯每刃鼎（集成2495）	邾伯御戎鼎（集成2525）（邾）	鄭戚句父鼎（集成2520）（鄭）	戴叔朕鼎（集成2692）（戴）

武生毁鼎（集成2522）
武生毁鼎（集成2523）
甯夰生鼎（集成2524）
伯氏鼎（集成2443）

封仲甗（集成933）
申五氏孫矩甗（新收970）（申）
王孫壽甗（集成946）
封仲甗（集成933）

上鄀公敄人簋蓋（集成4183）（鄀）
皇與匜（通鑑14976）
蘇公匜（新收1465）
鄭子石鼎（集成2421）（鄭）

郜譴簋乙（通鑑5277）
爲甫人盨（集成4406）
叔穀匜（集成10219）
昔父匜（集成10236）（郳）

樊君夔盆蓋（集成10329）（樊）
樊君夔盆器（集成10329）（樊）
郥子行盆器（集成10330）（郥）
圓君婦媿霝盉（集成9434）

子叔嬴内君盆（集成10331）
鄴子宿車盆（集成10337）（黄）
僉父瓶蓋（通鑑14036）
曩甫人匜（集成10261）（紀）

彭伯壺蓋（新收315）（彭）
彭伯壺器（新收315）（彭）
伯亞臣鐳（集成9974）（黄）
伯亞臣鐳（集成9974）（黄）

仲姜壺（通鑑12333）
圓君婦媿霝壺（通鑑12349）
甫朋鐳（集成9972）
甫伯官曾鐳（集成9971）

僉父瓶器（通鑑14036）
賭金氏孫盤（集成10098）
鄴季寬車盤（集成10109）（黄）
蘇冶妊盤（集成10118）（蘇）

楚季𡦏盤（集成10125）（楚）
祖伯墉盤（集成10130）
干氏叔子盤（集成10131）
夆叔盤（集成10163）（滕）

曹公盤（集成10144）（曹）
曹公盤（集成10144）（曹）
毛叔盤（集成10145）（毛）
楚嬴盤（集成10148）（楚）

大師盤（新收1464）
大師盤（新收1464）
長湯伯茬匜（集成10208）
緐君單匜（集成10235）（黄）

荀侯稽匜（集成 10232）	陽飤生匜（集成 10227）	陽飤生匜（集成 10227）	鄧季寬車匜（集成 10234）（黃）
用戈（新收 990）	楚嬴匜（集成 10273）（楚）	塞公孫𣄬父匜（集成 10276）	元用戈（集成 11013）
元用戈（集成 10891）	伯歸臺鼎（集成 2645）（曾）	曾子單鬲（集成 625）（曾）	番昶伯者君匜（集成 10269）（番）
昶仲匜（通鑑 14973）	昶仲無龍鬲（集成 713）	昶仲無龍鬲（集成 714）	魯伯大父簋（集成 3989）（魯）
緊子丙車鼎器（集成 2603）（黃）	緊子丙車鼎器（集成 2604）（黃）	曾伯鬲（新收 1217）	焆臣戈（集成 11334）
虢季簋器（新收 19）	陳侯簠蓋（集成 4604）（陳）	陳侯簠蓋（集成 4604）（陳）	陳侯簠（集成 4607）（陳）
陳侯簠（集成 4607）（陳）	虢碩父簠蓋（新收 52）	虢碩父簠器（新收 52）	綏君單盤（集成 10132）（黃）
叔原父甗（集成 947）（陳）	叔原父甗（集成 947）（陳）	叔原父甗（集成 947）（陳）	昶仲無龍匜（集成 10249）
秦子矛（集成 11547）（秦）	叔原父甗（集成 947）（陳）	**【春秋中期】**	子犯鐘甲 G（新收 1014）（晉）
子犯鐘乙 G（新收 1018）（晉）	子犯鐘甲 E（新收 1012）（晉）	子犯鐘乙 G（新收 1018）（晉）	子犯鐘乙 G（新收 1018）（晉）
子犯鐘甲 G（新收 1014）（晉）	𪒠鎛（集成 271）（齊）	𪒠鎛（集成 271）（齊）	𪒠鎛（集成 271）（齊）
𪒠鎛（集成 271）（齊）	𪒠鎛（集成 271）（齊）	國差𦉜（集成 10361）（齊）	國差𦉜（集成 10361）（齊）

陳大喪史仲高鐘（集成353）（陳）	陳大喪史仲高鐘（集成355）（陳）	陳大喪史仲高鐘（集成355）（陳）	陳大喪史仲高鐘（集成353）（陳）
陳公子仲慶簠（集成4597）（陳）	陳公子仲慶簠（集成4597）（陳）	陳大喪史仲高鐘（集成354）（陳）	陳大喪史仲高鐘（集成354）（陳）
陳大喪史仲高鐘（集成350）（陳）	魯大司徒厚氏元簠器（集成4690）（魯）	魯大司徒厚氏元簠蓋（集成4691）（魯）	魯大司徒厚氏元簠器（集成4691）（魯）
魯大司徒元盂（集成10316）（魯）	魯少司寇封孫宅盤（集成10154）（魯）	魯大司徒厚氏元簠（集成4689）（魯）	魯大左司徒元鼎（集成2592）（魯）
魯大司徒厚氏元簠蓋（集成4690）（魯）	何此簠器（新收404）	何次簠器（新收403）	蚩鼎（集成2356）（曾）
鄧公乘鼎器（集成2573）（鄧）	趣亥鼎（集成2588）（宋）	宜桐盂（集成10320）（徐）	子諆盆器（集成10335）（黃）
余子汆鼎（集成2390）（徐）	鄧公乘鼎蓋（集成2573）（鄧）	者瀘鐘一（集成193）（吳）	者瀘鐘四（集成196）（吳）
者瀘鐘七（集成199）（吳）	者瀘鐘八（集成200）（吳）	庚兒鼎（集成2715）（徐）	庚兒鼎（集成2715）（徐）
庚兒鼎（集成2715）（徐）	庚兒鼎（集成2715）（徐）	伯遊父盤（通鑑14501）	伯遊父壺（通鑑12305）
庚兒鼎（集成2716）（徐）	庚兒鼎（集成2716）（徐）	庚兒鼎（集成2716）（徐）	以鄧鼎器（新收406）（楚）
鄬伯受簠蓋（集成4599）（鄬）	鄬伯受簠器（集成4599）（鄬）	鄬伯受簠器（集成4599）（鄬）	江叔螽鬲（集成677）（江）
上鄀府簠蓋（集成4613）（鄀）	上鄀府簠器（集成4613）（鄀）	上鄀公簠蓋（新收401）（楚）	上鄀公簠器（新收401）（楚）

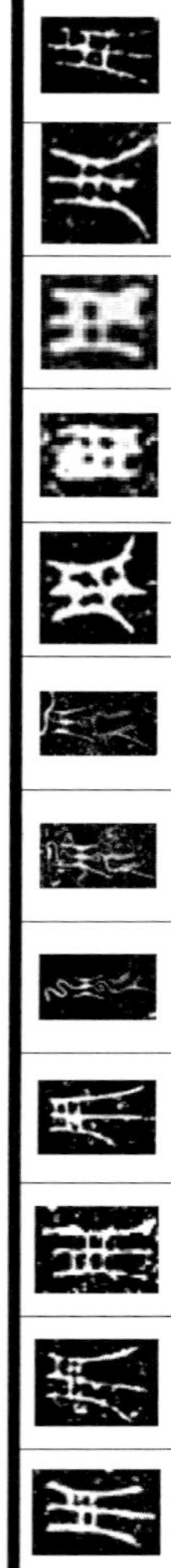

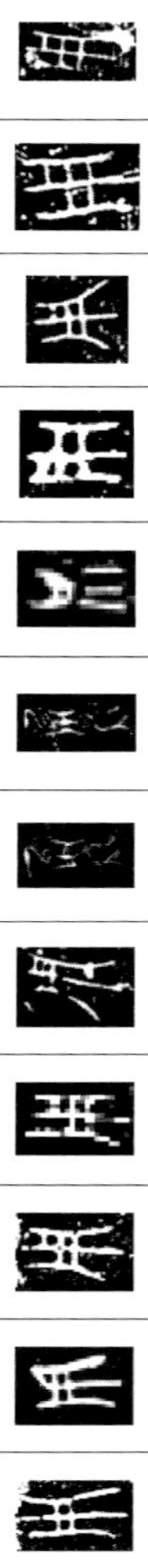

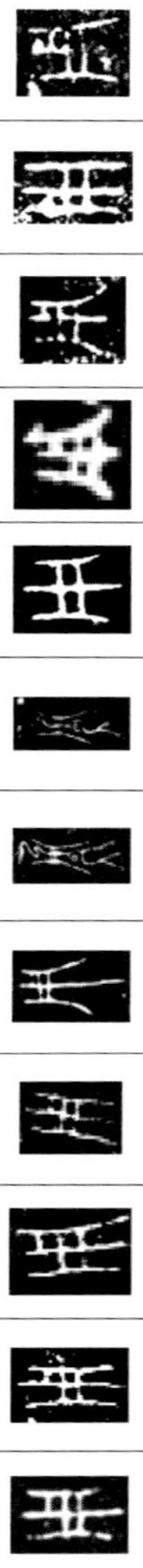

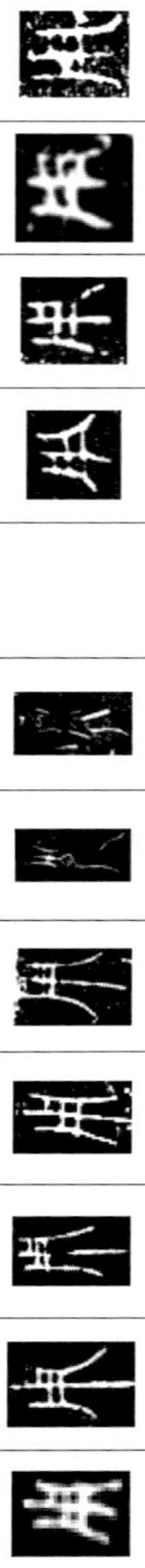

鄬子受戟（新收 524）（楚）
鄬子受戟（新收 525）（楚）
仲改衛簠（新收 399）
仲改衛簠（新收 400）
遙叔壺（集成 9625）（曾）
叔師父壺（集成 9706）
伯遊父壺（通鑑 12304）
伯遊父𦉜（通鑑 14009）
周王孫季紉戈（集成 11309）（周）
公英盤（新收 1043）
公英盤（新收 1043）
公英盤（新收 1043）
楚屈叔佗戈（集成 11198）（楚）
以鄧匜（新收 405）
曾大工尹季鯀戈（集成 11365）（曾）
洤叔鼎（集成 2355）（曾）
長子𩕊臣簠蓋（集成 4625）（晉）
𨛭子妝戈（新收 409）（楚）
者𣸈鐘三（集成 195）（吳）

【春秋晚期】

王子午鼎（新收 444）（楚）
王子午鼎（集成 2811）（楚）
王子午鼎（集成 2811）（楚）
王子午鼎（新收 447）（楚）
王子午鼎（新收 444）（楚）
王子午鼎（新收 446）（楚）
王子午鼎（新收 449）（楚）
王子午鼎（新收 445）（楚）
王子午鼎（新收 446）（楚）
王孫遺者鐘（集成 261）（楚）
王孫遺者鐘（集成 261）（楚）
王孫遺者鐘（集成 261）（楚）
王孫遺者鐘（集成 261）（楚）
王孫誥鐘一（新收 418）（楚）
王孫誥鐘三（新收 420）（楚）
王孫誥鐘四（新收 421）（楚）
王孫誥鐘五（新收 422）（楚）
王孫誥鐘七（新收 424）（楚）
王孫誥鐘八（新收 425）（楚）
王孫誥鐘十（新收 427）（楚）
王孫誥鐘十一（新收 428）（楚）
王孫誥鐘十二（新收 429）（楚）
王孫誥鐘十四（新收 431）（楚）
王孫誥鐘十六（新收 436）（楚）
王孫誥鐘十九（新收 437）（楚）
王孫誥鐘二十五（新收 441）（楚）
無所簠（通鑑 5952）
孟縢姬缶器（新收 417）（楚）

孟滕姬缶蓋（新收417）（楚）
孟滕姬缶（新收416）（楚）
孟滕姬缶（集成10005）（楚）
番君召簠（集成4582）（番）

王子午鼎（新收447）（楚）
番君召簠（集成4582）（番）
番君召簠（集成4582）（番）
番君召簠（集成4583）（番）

番君召簠（集成4583）（番）
番君召簠（集成4583）（番）
番君召簠（集成4583）（番）
番君召簠（集成4582）（番）

番君召簠（集成4584）（番）
番君召簠（集成4584）（番）
番君召簠（集成4584）（番）
番君召簠（集成4584）（番）

番君召簠蓋（集成4585）（番）
番君召簠蓋（集成4585）（番）
番君召簠蓋（集成4585）（番）
番君召簠（集成4586）（番）

番君召簠（集成4586）（番）
番君召簠（集成4586）（番）
番君召簠（集成4586）（番）
蔡大師腆鼎（集成2738）（蔡）

蔡侯𪒠尊（集成6010）（蔡）
蔡侯𪒠盤（集成10171）（蔡）
蔡侯盤（新收471）（蔡）
蔡侯盤（新收471）（蔡）

蔡大師腆鼎（集成2738）（蔡）
蔡侯簠甲蓋（新收1896）（蔡）
蔡侯簠甲器（新收1896）（蔡）
蔡大司馬燮盤（通鑑14498）

蔡叔季之孫䝿匜（集成10284）（蔡）
蔡侯𪒠用戈（集成11141）（蔡）
蔡加子戈（集成11149）（蔡）
蔡太史卮（集成10356）（蔡）

蔡公子果戈（集成11145）（蔡）
蔡公子果戈（集成11147）（蔡）
蔡公子加戈（集成11148）（蔡）
蔡公子頒戈（通鑑16877）

吳王光鑑甲（集成10298）（吳）
吳王光鑑甲（集成10298）（吳）
吳王光鑑乙（集成10299）（吳）
吳王光鑑乙（集成10299）（吳）

玄翏之用戈（新收741）（吳）
玄鏐赤鏞戈（新收1289）（吳）
攻敔工差戟（集成11258）（吳）
邗王是埜戈（集成11263）（吳）

攻敔王夫差劍（集成11636）（吳）	攻敔王夫差劍（集成11637）（吳）	工𫉷太子姑發𦖽反劍（集成11718）（吳）	攻敔王夫差劍（新收1868）（吳）
攻敔王夫差劍（集成11639）（吳）	曹𩵦尋員劍（新收1241）（吳）	攻敔王夫差劍（新收1523）（吳）	攻敔王夫差劍（新收1116）（吳）
子璋鐘甲（集成113）（許）	子璋鐘甲（集成113）（許）	子璋鐘乙（集成114）（許）	子璋鐘乙（集成114）（許）
子璋鐘丙（集成115）（許）	子璋鐘丙（集成115）（許）	子璋鐘丁（集成116）（許）	子璋鐘丁（集成116）（許）
子璋鐘己（集成118）（許）	子璋鐘庚（集成119）（許）	許公買簠器（集成4617）（許）	許公買簠器（通鑑5950）
許子妝簠蓋（集成4616）（許）	許子妝簠蓋（集成4616）（許）	許子妝簠蓋（集成4616）（許）	許公寍戈（通鑑17219）
倗矛（新收470）（楚）	攻敔王光劍（集成11666）（吳）	姑發者反之子通劍（新收1111）（吳）	攻盧王叡戗此郐劍（新收1188）（吳）
楚屈子赤目簠器（新收1230）（楚）	楚屈子赤目簠蓋（集成4612）（楚）	王子申盞（集成4643）（楚）	婁君盂（集成10319）
王子申盞（集成4643）（楚）	婁君盂（集成10319）	曾孫無𣔌鼎（集成2606）（曾）	曾孫無𣔌鼎（集成2606）（曾）
曹公簠（集成4593）（曹）	子季嬴青簠蓋（集成4594）（楚）	嘉子伯昜臚簠器（集成4605）	復公仲簋蓋（集成4128）
嘉子伯昜臚簠器（集成4605）	嘉子伯昜臚簠蓋（集成4605）	嘉子伯昜臚簠蓋（集成4605）	復公仲簋蓋（集成4128）
喬君鉦鋮（集成423）（許）	喬君鉦鋮（集成423）（許）	喬君鉦鋮（集成423）（許）	喬君鉦鋮（集成423）（許）

攻敔王者彶叡虘劍（通鑑18065）
攻敔王虘戕此邻劍（通鑑18066）
工吳王叡䣄工吳劍（通鑑18067）
工吳王叡䣄工吳劍（通鑑18067）

攻獻王劍（集成11665）
吳王光劍（通鑑18070）
姑馮昏同之子句鑃（集成424）（越）
其次句鑃（集成421）（越）

其次句鑃（集成421）（越）
其次句鑃（集成422）（越）
其次句鑃（集成422）（越）
工盧大叔戈（通鑑17258）

申文王之孫州𠭯簠（通鑑5960）
遷邟鐘三（新收1253）（舒）
遷邟鎛丙（通鑑15794）（舒）
沇兒鎛（集成203）（徐）

少虡劍（集成11696）（晉）
少虡劍（集成17697）（晉）
遷邟鐘六（新收56）（舒）
遷邟鎛丁（通鑑15795）（舒）

余贎逐兒鐘甲（集成183）（徐）
余贎逐兒鐘乙（集成184）（徐）
䑓子斨戈（通鑑17227）
䑓子斨戈（通鑑17228）

陳樂君歌甗（新收1073）（陳）
陳樂君歌甗（新收1073）（陳）
鄺侯少子簋（集成4152）（莒）
襄腫子湯鼎（新收1310）（楚）

鄢子𧻓簠（集成4545）
篖叔之仲子平鐘甲（集成172）（莒）
篖叔之仲子平鐘丙（集成174）（莒）
鵙公圃劍（集成11651）（應）

徐王義楚之元子柴劍（集成11668）（徐）
吉用車軎乙（通鑑19004）
吉用車軎甲（通鑑19003）
秦景公石磬（通鑑19787）（秦）

秦景公石磬（通鑑19788）（秦）
秦景公石磬（通鑑19789）（秦）
石鼓（獵碣·吳人）（通鑑19825）（秦）
鄭太子之孫與兵壺蓋（新收1980）

𨜒公胄敦（集成4641）（鄀）
拍敦（集成4644）
徐王義楚觶（集成6513）（徐）
復公仲壺（集成9681）

鄭太子之孫與兵壺蓋（新收1980）
徐王義楚劍（通鑑17981）
蔡劍（通鑑17986）
攻吾王光劍（新收1478）（吳）

鞷子鼎(通鑑2382)(齊)	齊侯敦(集成4638)(齊)	齊侯敦蓋(集成4639)(齊)	齊侯敦器(集成4639)(齊)
齊侯敦(集成4645)(齊)	齊侯盂(集成10318)(齊)	公子土斧壺(集成9709)(齊)	洹子孟姜壺(集成9729)(齊)
洹子孟姜壺(集成9730)(齊)	洹子孟姜壺(集成9730)(齊)	洹子孟姜壺(集成9729)(齊)	洹子孟姜壺(集成9729)(齊)
洹子孟姜壺(集成9729)(齊)	洹子孟姜壺(集成9729)(齊)	洹子孟姜壺(集成9729)(齊)	洹子孟姜壺(集成9729)(齊)
洹子孟姜壺(集成9730)(齊)	洹子孟姜壺(集成9730)(齊)	洹子孟姜壺(集成9730)(齊)	洹子孟姜壺(集成9730)(齊)
洹子孟姜壺(集成9730)(齊)	洹子孟姜壺(集成9730)(齊)	洹子孟姜壺(集成9730)(齊)	齊侯盤(集成10159)(齊)
齊鞷氏鐘(集成142)(齊)	齊鞷氏鐘(集成142)(齊)	齊鞷氏鐘(集成142)(齊)	邾太宰簠蓋(集成4624)(邾)
邾君鐘(集成50)(邾)	邾君鐘(集成50)(邾)	邾公釛鐘(集成102)(邾)	邾公釛鐘(集成102)(邾)
鼄公華鐘(集成245)(邾)	鼄公華鐘(集成245)(邾)	邾公孫班鎛(集成140)(邾)	邾公孫班鎛(集成140)(邾)
鄝子蒷臺鼎蓋(集成2498)	鄝子蒷臺鼎器(集成2498)	王子吳鼎(集成2717)(楚)	尊父鼎(通鑑2296)
乙鼎(集成2607)	寬兒鼎(集成2722)(蘇)	篖太史申鼎(集成2732)(莒)	宋君夫人鼎(通鑑2343)
曾孫史夷簠(集成4591)	曹公簠(集成4593)(曹)	哀成叔鼎(集成2782)(鄭)	鄭莊公之孫盧鼎(通鑑2326)

是鄱戈（集成10899）

右買戈（集成11075）

無伯彪戈（集成11134）（許）

王子□戈（通鑑17318）

徐王之子叚戈（集成11282）（徐）

元用戈（新收318）

楚屈喜戈（通鑑17186）

發孫虜簠（新收1773）

簷叔之仲子平鐘丁（集成175）（莒）

簷叔之仲子平鐘己（集成177）（莒）

夆叔匜（集成10282）（滕）

嘉賓鐘（集成00051）

蕬兒缶（新收1187）（鄀）

寬兒缶甲（通鑑14091）

唐子仲瀕兒盤（新收1210）（唐）

邵子裁盤（新收1372）（羅）

文公之母弟鐘（新收1479）

樂子嚷豧簠（集成4618）（宋）

飤簠器（新收476）（楚）

叔姜簠蓋（新收1212）（楚）

飤簠蓋（新收478）（楚）

飤簠器（新收478）（楚）

越王劍（通鑑18052）

郘子劍（集成11678）

玄翏夫睸戈（集成11163）（蔡）

王子玧戈（集成11207）（吳）

王子玧戈（集成11208）（吳）

用戈（集成10819）

自作用戈（集成11028）

子可期戈（集成11072）

玄鏐敕鋁戈（集成11136）（蔡）

玄鏐夫鋁戈（集成11137）（蔡）

大王光逭戈（集成11255）（吳）

大王光逭戈（集成11257）（吳）

玄膚之用戈（通鑑16870）

玄鏐戈（通鑑17238）

楚王孫漁矛（通鑑17689）

蔡侯□叔劍（集成11601）

【春秋中後期】

東姬匜（新收398）（楚）

【春秋後期】

齊縈姬盤（集成10147）（齊）

【春秋時期】

蘇貉豆（集成4659）

鐘伯侵鼎（集成2668）

曹伯狄簋殘蓋（集成4019）（曹）

申公彭宇簠（集成4611）（鄀）

匹君壺（集成9680）

用

曾孟嬭諫盆蓋（集成10332）（曾）

曾孟嬭諫盆器（集成10332）（曾）

黃太子伯克盆（集成10338）（黃）

彭子仲盆蓋（集成10340）

齊皇壺（集成9659）（齊）

鄧伯吉射盤（集成10121）（鄧）

取膚上子商盤（集成10126）（魯）

取膚上子商盤（集成10126）（魯）

中子化盤（集成10137）（楚）

中子化盤（集成10137）（楚）

公父宅匜（集成10278）

般仲柔盤（集成10143）

黃韋俞父盤（集成10146）（黃）

中子化盤（集成10137）（楚）

𣄰右盤（集成10150）

𣄰右盤（集成10150）

𣄰右盤（集成10150）

番仲𡚱匜（集成10258）（番）

薛侯匜（集成10263）（薛）

匽公匜（集成10229）（燕）

大孟姜匜（集成10274）

大孟姜匜（集成10274）

大孟姜匜（集成10274）

大孟姜匜（集成10274）

陳伯元匜（集成10267）（陳）

鼄叔之伯鐘（集成87）（邾）

鼄叔之伯鐘（集成87）（邾）

𠂤用十𡈼戈（集成11071）

史孔卮（集成10352）

之用戈（集成11030）

玄鏐戈（通鑑16885）

交君子叕鼎（集成2572）

師麻孝叔鼎（集成2552）

㾊鼎（集成2569）

申公彭宇簠（集成4610）（鄀）

𥁰余敦（新收1627）

彔片䄏䅶鼎（集成2570）

彔片䄏䅶鼎（集成2571）

【春秋晚到戰國早期】

越王勾踐劍（集成11621）

【春秋或戰國時期】

自用命劍（集成11610）

【春秋早期】

虢季鋪（新收37）（虢）

虢季鋪（新收36）（虢）

甫伯官曾鐳（集成9971）

甫 棥

甫睸鐳（集成9972）

黃子鼎（集成2566）（黃）

黃子鼎（集成2567）（黃）

爲甫人鼎（通鑑2376）

黃子鬲（集成624）（黃）

黃子鬲（集成687）（黃）

爲甫人盨（集成4406）

黃子豆（集成4687）（黃）

黃子鐳（新收94）

黃子盉（集成9445）（黃）

曩甫人匜（集成10261）（紀）

黃子器座（集成10355）（黃）

妦仲簠（集成4534）

曾仲斿父鋪（集成4673）（曾）

曾仲斿父鋪（集成4674）（曾）

【春秋晚期】

夫跌申鼎（新收1250）（舒）

【春秋早期】

樊君夔盆器（集成10329）（樊）

【春秋早期】

曾子伯誩鼎（集成2450）（曾）

曾亘嫚鼎（新收1201）（曾）

曾亘嫚鼎（新收1201）（曾）

曾亘嫚鼎（新收1202）（曾）

【春秋晚期】

晉公盆（集成10342）（晉）

洹子孟姜壺（集成9729）（齊）

洹子孟姜壺（集成9730）（齊）

洹子孟姜壺（集成9730）（齊）

洹子孟姜壺（集成9729）（齊）

洹子孟姜壺（集成9729）（齊）

洹子孟姜壺（集成9729）（齊）

洹子孟姜壺（集成9729）（齊）

洹子孟姜壺（集成9729）（齊）

洹子孟姜壺（集成9730）（齊）

洹子孟姜壺（集成9730）（齊）

洹子孟姜壺（集成9730）（齊）

目

【春秋晚期】

楚屈子赤目簠蓋（集成4612）（楚）

楚屈子赤目簠器（新收1230）（楚）

盱 旱

【春秋晚期】

杕氏壺（集成9715）

相

【春秋晚期】

庚壺（集成9733）（齊）

睗

【春秋早期】

曾伯霥簠蓋（集成4632）

曾伯霥簠（集成4631）

眚

【春秋早期】

眚仲之孫簋（集成4120）

【春秋晚期】

石鼓（獵碣・鑾車）（通鑑19819）（秦）

省

【春秋早期】

黃子器座（集成10355）（黃）

眉

【春秋早期】

甫睸鐳（集成9972）

自

【春秋早期】

曾子單鬲（集成625）（曾）

曾子仲謱甗（集成943）（曾）

曾伯從寵鼎（集成2550）（曾）

曾伯霥簠蓋（集成4632）（曾）

曾伯霥簠（集成4631）（曾）

曾孟嬴削簠（新收1199）（曾）

曾仲斿父鋪（集成4674）（曾）

曾仲斿父方壺蓋（集成9628）（曾）

曾仲斿父方壺器（集成9628）（曾）

曾子仲宣鼎（集成2737）（曾）

曾仲斿父鋪（集成4673）（曾）

曾伯陭壺蓋（集成9712）（曾）

曾伯陭壺器（集成9712）（曾）

曾伯文鐳（集成9961）（曾）

曾子伯窞盤（集成10156）（曾）

曾侯子鎛乙（通鑑15763）
曾侯子鎛甲（通鑑15762）
曾侯子鎛丙（通鑑15764）
曾侯子鎛丁（通鑑15765）

曾太保𪒠叔亟盆（集成10336）（曾）
曾子仲謱鼎（集成2620）（曾）
番昶伯者君鼎（集成2617）（番）
樊夫人龍嬴鬲（集成675）（樊）

郳公子害簠蓋（通鑑5964）
郳公子害簠器（通鑑5964）
史宋鼎（集成2203）
江小仲母生鼎（集成2391）（江）

曾侯仲子遊父鼎（集成2423）（曾）
曾侯仲子遊父鼎（集成2424）（曾）
黃君孟鼎（集成2497）（黃）
黃君孟豆（集成4686）（黃）

黃君孟盤（集成10104）（黃）
黃君孟匜（集成10230）（黃）
鄭戠句父鼎（集成2520）（鄭）
番昶伯者君鼎（集成2618）（番）

伯歸臺鼎（集成2644）（曾）
伯歸臺鼎（集成2645）（曾）
昶伯業鼎（集成2622）
伯殼鬲（集成592）（曾）

戴叔朕鼎（集成2692）（戴）
鄁公湯鼎（集成2714）（鄁）
叔單鼎（集成2657）（黃）
王孫壽甗（集成946）

上曾太子般殷鼎（集成2750）（曾）
鄀公平侯鼎（集成2771）（鄀）
鄀公平侯鼎（集成2772）（鄀）
樊夫人龍嬴鬲（集成676）（樊）

葬子緻盞蓋（新收1235）
葬子緻盞蓋（新收1235）
樊君夒盆蓋（集成10329）（樊）
樊君夒盆器（集成10329）（樊）

大司馬孛朮簠蓋（集成4505）
大司馬孛朮簠器（集成4505）
冑簠（集成4532）
叔朕簠（集成4621）（戴）

走馬薛仲赤簠（集成4556）（薛）
考叔㝬父簠蓋（集成4608）（楚）
考叔㝬父簠器（集成4608）（楚）
𢦏伯匜（集成10246）（戴）

考叔㝬父簠蓋（集成4609）（楚）
考叔㝬父簠器（集成4609）（楚）
叔朕簠（集成4620）（戴）
囂仲之子伯剌戈（集成11400）

郿子行盆蓋（集成10330）（郿）
郿子行盆器（集成10330）（郿）
右走馬嘉壺（集成9588）
樊夫人龍嬴壺（集成9637）（樊）

郊子宿車盆（集成10337）（黃）
華母壺（集成9638）
番叔壺（新收297）（番）
彭伯壺蓋（新收315）（彭）

郊季寬車盤（集成10109）（黃）
昶伯墉盤（集成10130）
綏君單盤（集成10132）（黃）
楚大師登鐘壬（通鑑15513）（楚）

樊夫人龍嬴匜（集成10209）（樊）
叔𣪕匜（集成10219）
伯歸臺盤（通鑑14512）
番昶伯者君盤（集成10140）（番）

陽飤生匜（集成10227）
郊季寬車匜（集成10234）（黃）
綏君單匜（集成10235）（黃）
塞公孫瘖父匜（集成10276）

樊君夔匜器（集成10256）（樊）
樊君夔匜蓋（集成10256）（樊）
【春秋中期】
𧽊亥鼎（集成2588）（宋）

鄧公乘鼎器（集成2573）（鄧）
鄧公乘鼎蓋（集成2573）（鄧）
庚兒鼎（集成2715）（徐）
庚兒鼎（集成2716）（徐）

曾子屎簠蓋（集成4528）
曾子屎簠器（集成4528）
曾子屎簠蓋（集成4529）（曾）
陳公子仲慶簠（集成4597）（陳）

何此簠（新收402）
何此簠蓋（新收403）
何此簠器（新收403）
何此簠蓋（新收404）

者瀊鐘二（集成194）（吳）
者瀊鐘四（集成196）（吳）
者瀊鐘七（集成199）（吳）
者瀊鐘九（集成201）（吳）

者瀊鐘十（集成202）（吳）
【春秋前期】
郐諧尹征城（集成425）（徐）
【春秋中後期】

東姬匜（新收398）（楚）
【春秋後期】
蔡子佗匜（集成10196）（蔡）
【春秋晚期】

王孫誥鐘一（新收418）（楚）

王孫誥鐘三（新收420）（楚）

王孫誥鐘四（新收421）（楚）

王孫誥鐘六（新收423）（楚）

王孫誥鐘十（新收427）（楚）

王孫誥鐘十一（新收428）（楚）

王孫誥鐘十二（新收429）（楚）

王孫誥鐘十三（新收430）（楚）

王孫誥鐘十五（新收434）（楚）

王孫誥鐘十七（新收435）（楚）

王孫誥鐘二十（新收433）（楚）

王孫誥鐘二十三（新收443）（楚）

王孫遺者鐘（集成261）（楚）

𪒠鎛丙（新收491）（楚）

𪒠鎛己（新收494）（楚）

孟縢姬缶（集成10005）（楚）

配兒鉤鑃甲（集成426）（吳）

配兒鉤鑃乙（集成427）（吳）

工盧矛（新收1263）（吳）

攻敔王夫差劍（集成11639）（吳）

攻敔王夫差劍（集成11636）（吳）

攻敔王夫差劍（集成11637）（吳）

攻敔王夫差劍（集成11638）（吳）

攻敔王光劍（集成11654）（吳）

工獻太子姑發𦣻反劍（集成11718）（吳）

曹鱍尋員劍（新收1241）（吳）

攻敔王夫差劍（通鑑18021）（吳）

攻敔王夫差劍（新收1734）（吳）

越邾盟辭鎛乙（集成156）（越）

姑馮昏同之子句鑃（集成424）（越）

蔡侯𩡢歌鐘丁（集成218）（蔡）

蔡侯𩡢鎛丁（集成222）（蔡）

盅子𢦏鼎蓋（集成2286）

何台君党鼎（集成2477）

乙鼎（集成2607）

寬兒鼎（集成2722）（蘇）

丁兒鼎蓋（新收1712）（應）

義子曰鼎（通鑑2179）

宋君夫人鼎（通鑑2343）

曾子□簠（集成4588）（曾）

子季嬴青簠蓋（集成4594）（楚）

子季嬴青簠器（集成4594）（楚）

嘉子伯昜臚簠器（集成4605）

許公買簠器（集成4617）（許）

樂子嚷豧簠（集成4618）（宋）

飤簠器（新收475）（楚）

飤簠器（新收476）（楚）

飤簠蓋（新收478）（楚）

飤簠器（新收478）（楚）	叔姜簠蓋（新收1212）（楚）	曾子義行簠器（新收1265）（曾）	許公買簠蓋（通鑑5950）
許公買簠器（通鑑5950）	無所簠（通鑑5952）	申文王之孫州孝簠（通鑑5960）	慍兒盞器（新收1374）
襄王孫盞（新收1771）	徐王義楚觶（集成6513）（徐）	王子啓疆尊（通鑑11733）	鄭太子之孫與兵壺蓋（新收1980）
鄭太子之孫與兵壺器（新收1980）	寬兒缶甲（通鑑14091）	徐王義楚盤（集成10099）（徐）	者尚余卑盤（集成10165）
楚王領鐘（集成53）（楚）	王子嬰次鐘（集成52）（楚）	羅兒匜（新收1266）	次尸祭缶（新收1249）（徐）
吳王夫差鑑（集成10294）（吳）	吳王夫差鑑（新收1477）（吳）	吳王夫差鑑（集成10296）（吳）	攻敔王光戈（集成11029）（吳）
臧孫鐘甲（集成93）（吳）	臧孫鐘乙（集成94）（吳）	臧孫鐘丁（集成96）（吳）	臧孫鐘戊（集成97）（吳）
臧孫鐘己（集成98）（吳）	臧孫鐘壬（集成101）（吳）	孟縢姬缶器（新收417）（楚）	孟縢姬缶（新收416）（楚）
子璋鐘甲（集成113）（許）	子璋鐘乙（集成114）（許）	子璋鐘丁（集成116）（許）	沇兒鎛（集成203）（徐）
子璋鐘己（集成118）（許）	足利次留元子鐘（通鑑15361）（徐）	鼄公𢼸鐘甲（集成149）（邾）	邾君鐘（集成50）（邾）
䈞叔之仲子平鐘丙（集成174）	䈞叔之仲子平鐘甲（集成172）	䈞叔之仲子平鐘壬（集成180）	徐王義楚之元子柴劍（集成11668）（徐）
郙王𥴼劍（集成11611）	吳王夫差矛（集成11534）（吳）	鴋公圃劍（集成11651）（應）	攻敔王光劍（集成11666）（吳）

𦣻

攻盧王歔戗此邻劍（新收1188）（吳）
攻敔王夫差劍（新收317）（吳）
姑發者反之子通劍（新收1111）（吳）
攻敔王者彶歔虘劍（通鑑18065）

攻敔王虘戕此郐劍（通鑑18066）
吳王光劍（通鑑18070）
郐令尹者旨䜌爐（集成10391）（徐）
聖靡公漿鼓座（集成429）

秦景公石磬（通鑑19797）（秦）
石鼓（獵碣・霝雨）（通鑑19820）（秦）
攻敔王光戈（集成11029）（吳）
攻吾王光劍（新收1478）（吳）

攻敔王光戈（集成11151）（吳）
大王光逗戈（集成11257）（吳）
大王光逗戈（集成11255）（吳）
侯古堆鎛甲（新收276）

【春秋時期】

鄦鐘甲（新收482）（楚）
鄦鐘丁（新收483）（楚）
鄦鐘庚（新收487）（楚）

仲義君鼎（集成2279）
鐘伯侵鼎（集成2668）
申公彭宇簠（集成4610）（鄀）
自鐘（集成7）

申公彭宇簠（集成4611）（鄀）
彭子仲盆蓋（集成10340）
鄧伯吉射盤（集成10121）（鄧）
自用命劍（集成11610）

中子化盤（集成10137）（楚）
黃韋俞父盤（集成10146）（黃）
㳄右盤（集成10150）
越王勾踐劍（集成11621）

【春秋晚期】

薦鬲（新收458）（楚）
王子午鼎（集成2811）（楚）
王子午鼎（新收447）（楚）

王子午鼎（新收444）（楚）
王子午鼎（新收446）（楚）
王子午鼎（新收449）（楚）
敬事天王鐘甲（集成73）（楚）

敬事天王鐘丙（集成75）（楚）
敬事天王鐘丁（集成76）（楚）
敬事天王鐘己（集成78）（楚）
敬事天王鐘辛（集成80）（楚）

鄱子成周鐘甲（新收283）
蔡侯䪝歌鐘乙（集成211）（蔡）

《說文》：「𦣻，古文自。」

自

【春秋早期】

- 番伯酓匜（集成10259）（番）

【春秋早期】

- 緐子丙車鼎器（集成2603）（黃）
- 緐子丙車鼎器（集成2604）（黃）
- 叔液鼎（集成2669）
- 番君酟伯鬲（集成732）（番）
- 番君酟伯鬲（集成733）（番）
- 番君酟伯鬲（集成734）（番）
- 楚大師登鐘己（通鑑15510）（楚）
- 甫睸鐳（集成9972）
- 甫伯官曾鐳（集成9971）
- 楚大師登鐘庚（通鑑15511）（楚）
- 番昶伯者君匜（集成10269）（番）
- 番昶伯者君盤（集成10139）（番）
- 番昶伯者君匜（集成10268）（番）

【春秋中期】

- 仲改衛簠（新收399）

【春秋晚期】

- 王子吳鼎（集成2717）（楚）
- 婁君盂（集成10319）
- 孟縢姬缶蓋（新收417）（楚）

【春秋時期】

- 番仲[illegible]匜（集成10258）（番）

魯

【春秋早期】

- 魯侯鼎（新收1067）（魯）
- 魯伯厚父盤（通鑑14505）
- 魯伯愈父鬲（集成690）（魯）
- 魯伯愈父鬲（集成691）（魯）
- 魯伯愈父鬲（集成692）（魯）
- 魯伯愈父鬲（集成693）（魯）
- 魯伯愈父鬲（集成694）（魯）
- 魯伯愈父鬲（集成695）（魯）
- 魯仲齊甗（集成939）（魯）
- 魯伯大父簋（集成3989）（魯）
- 魯司徒仲齊盨甲蓋（集成4440）（魯）
- 魯司徒仲齊盨甲器（集成4440）（魯）
- 魯司徒仲齊盨乙蓋（集成4441）（魯）
- 魯司徒仲齊盨乙器（集成4441）（魯）
- 魯士浮父簠（集成4518）（魯）
- 魯伯悆盨蓋（集成4458）（魯）
- 魯伯悆盨器（集成4458）（魯）
- 魯士浮父簠蓋（集成4517）（魯）
- 魯士浮父簠器（集成4517）（魯）

魯

魯士俘父簠（集成4519）（魯）
魯士俘父簠（集成4520）（魯） 
魯伯俞父簠（集成4566）（魯） 
魯伯俞父簠（集成4567）（魯） 

魯伯俞父簠（集成4568）（魯）
魯侯簠（新收1068）（魯） 
魯侯壺（通鑑12323） 
魯伯厚父盤（集成10086）（魯） 

魯伯愈父盤（集成10114）
魯司徒仲齊盤（集成10116）（魯） 
魯伯敢匜（集成10222）（魯） 
魯大司徒子仲白匜（集成10277）（魯） 

魯伯愈父匜（集成10244）
鄦奓魯生鼎（集成2605）（許） 
秦公簋器（集成4315）（秦） 
秦公鎛丙（集成269）（秦） 

秦公鐘乙（集成263）
秦公鐘戊（集成266） 
秦公鎛甲（集成267） 
秦公鎛乙（集成268）（秦） 

【春秋中期】
魯少司寇封孫宅盤（集成10154）（魯） 
魯大司徒厚氏元簠（集成4689）（魯） 
魯大司徒厚氏元簠蓋（集成4690）（魯） 

魯大左司徒元鼎（集成2593）（魯）
魯大司徒厚氏元簠器（集成4690）（魯） 
魯大司徒厚氏元簠蓋（集成4691）（魯） 
魯大司徒元盂（集成10316）（魯） 

【春秋晚期】
秦景公石磬（通鑑19799）（秦） 

【春秋早期】
魯司徒仲齊匜（集成10275）（魯） 
魯伯大父簋（集成3988）（魯） 
魯伯大父簋（集成3974）（魯） 

魯仲齊鼎（集成2639）（魯）
魯內小臣床生鼎（集成2354） 
㝨魯宰兩鼎（集成2591）（魯）

魯太宰原父簋（集成3987）（魯）

【春秋晚期】
歸父敦（集成4640）（齊） 

【春秋早期】
曾者子𩰫鼎（集成2563）（曾） 
魯伯者父盤（集成10087）（魯） 

【春秋晚期】

者

郤令尹者旨摺爐（集成10391）（徐）

【春秋早期】

曾子仲宣鼎（集成2737）（曾）

叔家父簠（集成4615）

邿召簠蓋（新收1042）

邿召簠蓋（新收1042）

邿召簠器（新收1042）

邿召簠器（新收1042）

曾子仲宣鼎（集成2737）（曾）

番昶伯者君盤（集成10139）（番）

番昶伯者君盤（集成10140）（番）

番昶伯者君匜（集成10268）（番）

番昶伯者君匜（集成10269）（番）

番昶伯者君鼎（集成2618）（番）

番昶伯者君鼎（集成2617）（番）

【春秋中期】

子犯鐘乙A（新收1020）（晉）

子犯鐘乙C（新收1022）（晉）

子犯鐘乙D（新收1023）（晉）

者𣻗鐘一（集成193）（吳）

者𣻗鐘二（集成194）（吳）

者𣻗鐘四（集成196）（吳）

者𣻗鐘七（集成199）（吳）

者𣻗鐘八（集成201）（吳）

者𣻗鐘十（集成202）（吳）

子犯鐘甲C（新收1010）（晉）

子犯鐘甲D（新收1011）（晉）

【春秋晚期】

王孫誥鐘三（新收420）（楚）

王孫誥鐘四（新收421）（楚）

王孫誥鐘四（新收421）（楚）

王孫誥鐘五（新收422）（楚）

王孫誥鐘五（新收422）（楚）

王孫誥鐘七（新收424）（楚）

王孫誥鐘七（新收424）（楚）

王孫誥鐘八（新收425）（楚）

王孫誥鐘九（新收426）（楚）

王孫誥鐘十（新收427）（楚）

王孫誥鐘十（新收427）（楚）

王孫誥鐘十一（新收428）（楚）

王孫誥鐘十一（新收428）（楚）

王孫誥鐘十二（新收429）（楚）

王孫誥鐘十二（新收429）（楚）

王孫誥鐘十四（新收431）（楚）

王孫誥鐘十四（新收431）（楚）

王孫誥鐘十六（新收436）（楚）
王孫誥鐘十六（新收436）（楚）
王孫誥鐘十九（新收437）（楚）
王孫誥鐘十九（新收437）（楚）

王孫誥鐘二十二（新收438）（楚）
王孫誥鐘二十二（新收438）（楚）
王孫誥鐘二十五（新收441）（楚）
王孫誥鐘二十六（新收442）（楚）

王孫誥鐘一（新收418）（楚）
王孫誥鐘二（新收419）（楚）
黬鎛乙（新收490）（楚）
黬鎛乙（新收490）（楚）

黬鎛丙（新收491）（楚）
黬鎛丙（新收491）（楚）
黬鎛丁（新收492）（楚）
黬鎛丁（新收492）（楚）

黬鎛己（新收494）（楚）
黬鎛己（新收494）（楚）
黬鎛辛（新收496）（楚）
黬鎛辛（新收496）（楚）

黬鐘甲（新收482）（楚）
黬鐘甲（新收482）（楚）
黬鐘丙（新收486）（楚）
黬鐘丙（新收486）（楚）

黬鐘己（新收484）（楚）
黬鐘庚（新收487）（楚）
越邾盟辭鎛甲（集成155）（越）
越邾盟辭鎛甲（集成155）（越）

黬鎛甲（新收489）（楚）
黬鎛甲（新收489）（楚）
越邾盟辭鎛乙（集成156）（越）
配兒鉤鑃乙（集成427）（吳）

子璋鐘甲（集成113）（許）
子璋鐘乙（集成114）（許）
子璋鐘丙（集成115）（許）
子璋鐘丙（集成115）（許）

鼄公牼鐘甲（集成149）（邾）
鼄公牼鐘乙（集成150）（邾）
鼄公牼鐘丙（集成151）（邾）
鼄公牼鐘丁（集成152）（邾）

子璋鐘戊（集成117）（許）
文公之母弟鐘（新收1479）
喬君鉦鋮（集成423）（許）
公子土斧壺（集成9709）（齊）

越邾盟辭鎛甲（集成155）（越）
越邾盟辭鎛乙（集成156）（越）
晉公盆（集成10342）（晉）
攻敔王者彶戱虝劍（通鑑18065）

者　智

者尚余卑盤（集成10165）

【春秋前期】

郐諮尹征城（集成425）（徐）

𠫑君壺（集成9680）（春秋時期）

【春秋晚期】

王孫遺者鐘（集成261）（楚）

【春秋晚期】

智君子鑑（集成10288）（晉）

智君子鑑（集成10289）（晉）

篖叔之仲子平鐘丙（集成174）（莒）

篖叔之仲子平鐘丁（集成175）（莒）

篖叔之仲子平鐘己（集成177）（莒）

篖叔之仲子平鐘庚（集成178）（莒）

篖叔之仲子平鐘壬（集成180）（莒）

工吳王叡夠工吳劍（通鑑18067）

【春秋早期】

曾子䢅鼎（集成2757）（曾）

秦公鐘甲（集成262）（秦）

秦公鐘丁（集成265）（秦）

秦公鎛甲（集成267）（秦）

秦公鎛乙（集成268）（秦）

秦公鎛丙（集成269）（秦）

御侯戈（集成11202）

【春秋中期】

余子氽鼎（集成2390）（徐）

【春秋晚期】

敬事天王鐘庚（集成79）（楚）

晉公盆（集成10342）（晉）

敬事天王鐘乙（集成74）（楚）

敬事天王鐘戊（集成77）（楚）

敬事天王鐘壬（集成81）（楚）

侯古堆鎛甲（新收276）

沇兒鎛（集成203）（徐）

陞公蘇戈（集成11209）

秦景公石磬（通鑑19778）（秦）

【春秋早期】

魯侯鼎（新收1067）（魯）

魯侯簋（新收1068）（魯）

玄鏐戈（集成10970）

玄翏夫甽戈（集成11163）（蔡）

【春秋晚期】

翏金戈（集成11262）

玄鏐夫鋁戈（集成11138）（蔡）

翔 ⿰羊黽

⿰召羽 萬

隺

玄鏐夫鋁戈（集成11137）（蔡）

玄翏之用戈（新收741）（吳）

【春秋時期】

益余敦（新收1627）

【春秋早期】

鼄⿰羊黽白鼎（集成2640）（邾）

【春秋早期】

鼄⿰羊黽白鼎（集成2641）（邾）

【春秋晚期】

君子⿰召羽戟（集成11088）

【春秋早期】

衵伯業鼎（集成2622）

陳侯鼎（集成2650）（陳）

伯辰鼎（集成2652）（徐）

叔液鼎（集成2669）

戴叔朕鼎（集成2692）（戴）

鄁公湯鼎（集成2714）（鄁）

鄀公平侯鼎（集成2771）（鄀）

鄀公平侯鼎（集成2772）（鄀）

鄧公孫無嬰鼎（新收1231）（鄧）

邾來隹鬲（集成670）（邾）

鄭師邍父鬲（集成731）（鄭）

番君酟伯鬲（集成732）（番）

番君酟伯鬲（集成733）（番）

曾子仲謱甗（集成943）（曾）

王孫壽甗（集成946）

叔原父甗（集成947）（陳）

鑄叔皮父簋（集成4127）（鑄）

上鄀公敄人簋蓋（集成4183）（鄀）

陳侯簠蓋（集成4603）（陳）

陳侯簠器（集成4603）（陳）

陳侯簠蓋（集成4604）（陳）

陳侯簠器（集成4604）（陳）

陳侯簠（集成4606）（陳）

陳侯簠（集成4607）（陳）

考叔𢍰父簠蓋（集成4608）（楚）

考叔𢍰父簠蓋（集成4609）（楚）

考叔𢍰父簠器（集成4609）（楚）

叔朕簠（集成4620）（戴）

邾太宰欉子掛簠（集成4623）（邾）

曾伯霥簠蓋（集成4632）（曾）

曾子仲謱鼎（集成2620）（曾）

蔡大善夫趣簠蓋（新收1236）（蔡）	蔡大善夫趣簠器（新收1236）（蔡）	原氏仲簠（新收395）（陳）	原氏仲簠（新收396）（陳）
原氏仲簠（新收397）（陳）	𦰡子𩰫盞蓋（新收1235）	𦰡子𩰫盞器（新收1235）	華母壺（集成9638）
蔡公子壺（集成9701）	曾伯陭壺蓋（集成9712）（曾）	曾伯陭壺器（集成9712）（曾）	幻伯隹壺（新收1200）（曾）
曾伯霥簠（集成4631）（曾）	番君伯歡盤（集成10136）（番）	番昶伯者君盤（集成10139）（番）	番昶伯者君盤（集成10140）
曾子伯𥎦盤（集成10156）（曾）	陳侯盤（集成10157）（陳）	黃太子伯克盤（集成10162）（黃）	夆叔盤（集成10163）（滕）
大師盤（新收1464）	曾子白𥎦匜（集成10207）（曾）	戈伯匜（集成10246）（戴）	番伯酓匜（集成10259）（番）
番昶伯者君匜（集成10268）（番）	番昶伯者君匜（集成10269）（番）	楚嬴匜（集成10273）（楚）	塞公孫𢍰父匜（集成10276）
陳子匜（集成10279）（陳）	鄭大內史叔上匜（集成10281）（鄭）	戎生鐘甲（新收1613）（晉）	楚大師登鐘甲（通鑑15505）（楚）
伯亞臣鐳（集成9974）（黃）	楚嬴盤（集成10148）（楚）	楚大師登鐘己（通鑑15510）（楚）	楚大師登鐘辛（通鑑15512）（楚）
楚大師登鐘乙（通鑑15506）（楚）	楚大師登鐘丙（通鑑15507）（楚）	楚大師登鐘丁（通鑑15508）（楚）	曾伯從寵鼎（集成2550）（曾）
番昶伯者君鼎（集成2617）（番）	番昶伯者君鼎（集成2618）（番）	緊子丙車鼎蓋（集成2604）（黃）	緊子丙車鼎器（集成2603）（黃）
緊子丙車鼎器（集成2604）（黃）	緊子丙車鼎蓋（集成2603）（黃）	曾侯子鎛甲（通鑑15762）	曾侯子鎛乙（通鑑15763）

曾侯子鎛丁（通鑑15765）

曾侯子鎛丙（通鑑15764）

【春秋中期】

童麗君柏鐘（通鑑15186）

何此簠（新收402）

何此簠蓋（新收403）

何此簠器（新收403）

何此簠蓋（新收404）

何此簠器（新收404）

仲改衛簠（新收399）

仲改衛簠（新收400）

宜桐盂（集成10320）（徐）

子諆盆器（集成10335）（黃）

叔師父壺（集成9706）

伯遊父壺（通鑑12304）

子諆盆蓋（集成10335）（黃）

伯遊父鐳（通鑑14009）

伯遊父盤（通鑑14501）

以鄧匜（新收405）

上鄀公簠器（新收401）（楚）

鄬子受鐘丙（新收506）（楚）

鄬子受鐘丙（新收506）（楚）

鄬子受鐘己（新收509）（楚）

鄬子受鐘己（新收509）（楚）

者減鐘三（集成195）（吳）

者減鐘四（集成196）（吳）

者減鐘五（集成197）（吳）

者減鐘七（集成199）（吳）

者減鐘八（集成200）（吳）

者減鐘九（集成201）（吳）

者減鐘十（集成202）（吳）

者減鐘二（集成194）（吳）

者減鐘一（集成193）（吳）

鄬子受鎛乙（新收514）（楚）

鄬子受鎛乙（新收514）（楚）

鄬子受鎛丙（新收515）（楚）

鄬子受鎛丙（新收515）（楚）

鄬子受鎛丁（新收516）（楚）

鄬子受鎛戊（新收517）（楚）

鄬子受鎛庚（新收519）（楚）

鄬子受鎛庚（新收519）（楚）

鄬子受鎛甲（新收513）（楚）

鄬子受鎛甲（新收513）（楚）

季子康鎛甲（通鑑15785）

季子康鎛丙（通鑑15787）

季子康鎛丁（通鑑15788）

䋎鎛（集成271）（齊）

伯遊父卮（通鑑19234）

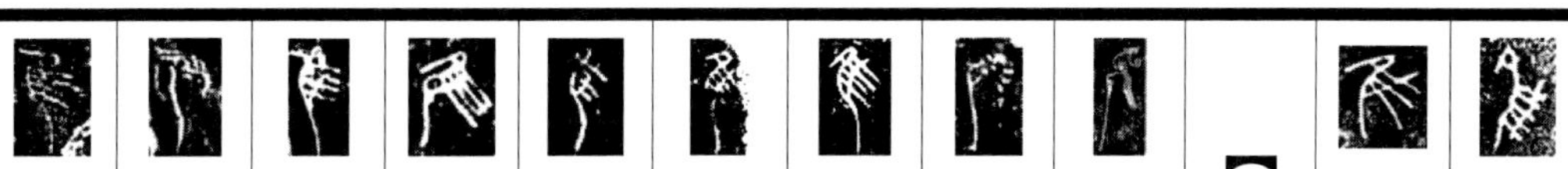

上鄀府簠蓋（集成4613）（鄀）	上鄀府簠器（集成4613）（鄀）	長子𩓟臣簠蓋（集成4625）（晉）	長子𩓟臣簠器（集成4625）（晉）
庚兒鼎（集成2715）（徐）	庚兒鼎（集成2716）（徐）	以鄧鼎蓋（新收406）（楚）	以鄧鼎器（新收406）（楚）
【春秋中後期】	東姬匜（新收398）（楚）	【春秋晚期】	王子午鼎（集成2811）（楚）
王子午鼎（新收444）（楚）	王子午鼎（新收449）（楚）	王子午鼎（新收447）（楚）	王子午鼎（新收445）（楚）
王孫遺者鐘（集成261）（楚）	王孫誥鐘一（新收418）（楚）	王孫誥鐘二（新收419）（楚）	王孫誥鐘三（新收420）（楚）
王孫誥鐘四（新收421）（楚）	王孫誥鐘五（新收422）（楚）	王孫誥鐘八（新收425）（楚）	王孫誥鐘九（新收426）（楚）
王孫誥鐘十（新收427）（楚）	王孫誥鐘十一（新收428）（楚）	王孫誥鐘十二（新收429）（楚）	王孫誥鐘十三（新收430）（楚）
王孫誥鐘十五（新收434）（楚）	王孫誥鐘十七（新收435）（楚）	王孫誥鐘二十（新收433）（楚）	王孫誥鐘二十三（新收443）（楚）
孟縢姬缶蓋（新收417）（楚）	孟縢姬缶器（新收417）（楚）	孟縢姬缶（集成10005）（楚）	孟縢姬缶（新收416）（楚）
蔡侯𪒠歌鐘乙（集成211）（蔡）	蔡侯𪒠歌鐘丁（集成218）（蔡）	蔡侯簠甲蓋（新收1896）（蔡）	蔡侯簠甲器（新收1896）（蔡）
蔡侯𪒠歌鐘甲（集成210）（蔡）	蔡侯𪒠鎛丁（集成222）（蔡）	蔡侯簠乙（新收1897）（蔡）	丁兒鼎蓋（新收1712）（應）
蔡侯𪒠鎛甲（集成219）（蔡）	蔡侯盤（新收471）（蔡）	蔡大司馬燮盤（通鑑14498）	姑馮昏同之子句鑃（集成424）（越）

黿公牼鐘乙（集成 150）（邾）	黿公牼鐘丙（集成 151）（邾）	黿公牼鐘丁（集成 152）（邾）	黿公華鐘（集成 245）（邾）
王子吳鼎（集成 2717）（楚）	寬兒鼎（集成 2722）（蘇）	簷太史申鼎（集成 2732）（莒）	蔡大師腆鼎（集成 2738）（蔡）
哀成叔鼎（集成 2782）（鄭）	義子曰鼎（通鑑 2179）	鄭莊公之孫盧鼎（通鑑 2326）	鄭莊公之孫盧鼎（通鑑 2326）
競之定鬲甲（通鑑 2997）	競之定鬲丙（通鑑 2999）	競之定鬲丁（通鑑 3000）	競之定簋甲（通鑑 5226）
競之定簋乙（通鑑 5227）	競之定豆乙（通鑑 6147）	曾子原彝簠（集成 4573）（曾）	曾子□簠（集成 4588）（曾）
嘉子伯昜臚簠蓋（集成 4605）	嘉子伯昜臚簠器（集成 4605）	楚屈子赤目簠蓋（集成 4612）（楚）	楚屈子赤目簠器（新收 1230）（楚）
許子妝簠蓋（集成 4616）（許）	許公買簠器（集成 4617）（許）	樂子嚷豧簠（集成 4618）（宋）	邾太宰簠蓋（集成 4624）（邾）
許公買簠蓋（通鑑 5950）	許公買簠器（通鑑 5950）	拍敦（集成 4644）	競之定豆甲（通鑑 6146）
婁君盂（集成 10319）	晉公盆（集成 10342）（晉）	鄬侯少子簋（集成 4152）（莒）	徐王義楚觶（集成 6513）（徐）
鄭太子之孫與兵壺蓋（新收 1980）	唐子仲瀕兒瓶（新收 1211）（唐）	蠶兒缶（新收 1187）（鄀）	寬兒缶甲（通鑑 14091）
者尚余卑盤（集成 10165）	齊太宰歸父盤（集成 10151）（齊）	唐子仲瀕兒盤（新收 1210）（唐）	唐子仲瀕兒匜（新收 1209）（唐）
夆叔匜（集成 10282）（滕）	蔡叔季之孫君匜（集成 10284）（蔡）	𪒠篙鐘（集成 38）（楚）	楚王領鐘（集成 53）（楚）

敬事天王鐘甲（集成 73）（楚）
敬事天王鐘丙（集成 75）（楚）
敬事天王鐘丁（集成 76）（楚）
敬事天王鐘己（集成 78）（楚）

敬事天王鐘辛（集成 80）（楚）
鄱子成周鐘乙（新收 284）
臧孫鐘甲（集成 93）（吳）
臧孫鐘丙（集成 95）（吳）

臧孫鐘戊（集成 97）（吳）
臧孫鐘己（集成 98）（吳）
臧孫鐘庚（集成 99）（吳）
臧孫鐘辛（集成 100）（吳）

臧孫鐘壬（集成 101）（吳）
子璋鐘甲（集成 113）（許）
子璋鐘乙（集成 114）（許）
子璋鐘丙（集成 115）（許）

子璋鐘丁（集成 116）（許）
子璋鐘戊（集成 117）（許）
子璋鐘己（集成 118）（許）
鼄公牼鐘甲（集成 149）（邾）

足利次留元子鐘（通鑑 15361）（徐）
齊鞄氏鐘（集成 142）（齊）
篖叔之仲子平鐘甲（集成 172）
篖叔之仲子平鐘乙（集成 173）

篖叔之仲子平鐘丙（集成 174）
篖叔之仲子平鐘丁（集成 175）
余贎逐兒鐘甲（集成 183）（徐）
余贎逐兒鐘丙（集成 185）（徐）

郘黛鐘二（集成 226）（晉）
郘黛鐘四（集成 228）（晉）
郘黛鐘十（集成 234）（晉）
侯古堆鎛丙（新收 278）

邾公孫班鎛（集成 140）（邾）
侯古堆鎛甲（新收 276）
侯古堆鎛乙（新收 277）
侯古堆鎛戊（新收 279）

侯古堆鎛庚（新收 281）
侯古堆鎛己（新收 280）
沇兒鎛（集成 203）（徐）
其次句鑃（集成 421）（越）

越邾盟辭鎛甲（集成 155）
蔡太史卮（集成 10356）（蔡）
聖靡公漿鼓座（集成 429）
夫跌申鼎（新收 1250）（舒）

吳王光鑑乙（集成 10299）（吳）
吳王光鑑甲（集成 10298）（吳）
石鼓（獵碣·汧沔）（通鑑 19817）（秦）
石鼓（獵碣·汧沔）（通鑑 19817）（秦）

雒

石鼓（獵碣・霝雨）（通鑑 19820）（秦）

石鼓（獵碣・吾水）（通鑑 19824）（秦）

秦景公石磬（通鑑 19784）（秦）

石鼓（獵碣・汧沔）（通鑑 19817）（秦）

石鼓（獵碣・汧沔）（通鑑 19817）（秦）

【春秋時期】

般仲柔盤（集成 10143）

黃韋俞父盤（集成 10146）（黃）

童麗君柏簠（通鑑 5966）

黃太子伯克盆（集成 10338）（黃）

彭子仲盆蓋（集成 10340）

鄧公匜（集成 10228）（鄧）

鼄叔之伯鐘（集成 87）（邾）

[疒余]鼎（集成 2569）

鐘伯侵鼎（集成 2668）

申公彭宇簠（集成 4611）（鄀）

【春秋晚期】

𦉢子鼎（通鑑 2382）（齊）

工𠭯太子姑發𦣻反劍（集成 11718）（吳）

【春秋晚期】

晉公盆（集成 10342）（晉）

石鼓（獵碣・吾水）（通鑑 19824）（秦）

【春秋晚期】

石鼓（獵碣・田車）（通鑑 19818）（秦）

石鼓（獵碣・馬薦）（通鑑 19823）（秦）

【春秋早期】

秦公鐘乙（集成 263）（秦）

秦公鎛甲（集成 267）（秦）

秦公鎛乙（集成 268）（秦）

秦公鎛丙（集成 269）（秦）

【春秋晚期】

倗戟（新收 469）（楚）

丁兒鼎蓋（新收 1712）（應）

【春秋早期】

戎生鐘丁（新收 1616）（晉）

秦公鐘乙（集成 263）（秦）

秦公鐘戊（集成 266）（秦）

秦子鎛（通鑑 15770）

秦公鎛甲（集成 267）（秦）

秦公鎛乙（集成 268）（秦）

秦公鎛丙（集成 269）（秦）

徐王𦢊鼎（集成 2675）（徐）

【春秋晚期】

簷叔之仲子平鐘甲（集成 172）（莒）

簷叔之仲子平鐘丙（集成 174）（莒）

羊 舊 蒦 惟 雉 雋 雝

隻 ⿰⿱隹吕水 ⿰⿱水攵⿱隹吕 ⿰⿱水口隻 ⿰⿱隹吕阝

𥎦叔之仲子平鐘丁（集成 175）（莒）

𥎦叔之仲子平鐘庚（集成 178）（莒）

𥎦叔之仲子平鐘壬（集成 180）（莒）

雍之田戈（集成 11019）（春秋時期）

【春秋時期】

十八年鄉左庫戈（集成 11264）（晉）

【春秋晚期】

秦景公石磬（通鑑 19787）（秦）

秦景公石磬（通鑑 19789）（秦）

【春秋早期】

晉姜鼎（集成 2826）（晉）

【春秋中后期】

東姬匜（新收 398）

【春秋早期】

吳買鼎（集成 2452）

【春秋晚期】

聖靡公嬎鼓座（集成 429）

【春秋早期】

戎生鐘戊（新收 1617）（晉）

【春秋晚期】

晉公盆（集成 10342）（晉）

晉公盆（集成 10342）（晉）

【春秋晚期】

哀成叔鼎（集成 2782）（鄭）

【春秋晚期】

鼄公華鐘（集成 245）（邾）

【春秋晚期】

羊子戈（集成 11089）（魯）

羊子戈（集成 11090）（魯）

【春秋晚期】
子璋鐘甲（集成113）（許）
子璋鐘乙（集成114）（許）
子璋鐘丙（集成115）（許）

子璋鐘丁（集成116）（許）
子璋鐘戊（集成117）（許）
子璋鐘己（集成118）（許）

集

【春秋早期】
叔黑臣匜（集成10217）

【春秋早期】
衛夫人鬲（新收1701）（衛）
【春秋晚期】
子之弄鳥尊（集成5761）

朋

【春秋晚期】
文公之母弟鐘（新收1479）
《說文》：「朋，古文鳳。」

難

【春秋中期】
公典盤（新收1043）
【春秋晚期】
齊太宰歸父盤（集成10151）（齊）

鸒鎛甲（新收489）（楚）
鸒鎛乙（新收490）（楚）
鸒鎛丙（新收491）（楚）
鸒鎛戊（新收493）（楚）

鸒鎛庚（新收495）（楚）
鸒鐘癸（新收498）（楚）
鸒鐘戊（新收485）（楚）

鵌

【春秋早期】
衛夫人鬲（新收1700）（衛）
【春秋中期】
者減鐘七（集成199）（吳）

者減鐘十（集成202）（吳）

鳫

【春秋時期】
陳伯元匜（集成10267）（陳）

【春秋早期】
楚大師登鐘丁（通鑑15508）（楚）
楚大師登鐘己（通鑑15510）（楚）
楚大師登鐘壬（通鑑15513）（楚）

䳟 於 舃

【春秋中期】	子犯鐘乙F（新收1017）（晉）	【春秋晚期】	蔡侯𪒠歌鐘甲（集成210）（蔡）
蔡侯𪒠歌鐘乙（集成211）（蔡）	蔡侯𪒠歌鐘丙（集成217）（蔡）	蔡侯𪒠歌鐘丁（集成218）（蔡）	蔡侯𪒠歌鐘辛（集成216）（蔡）
吳王光鐘殘片之五（集成224.20）（吳）	吳王光鐘殘片之十八（集成224.27）（吳）	吳王光鐘殘片之三十五（集成224.21）（吳）	蔡侯𪒠鎛丁（集成222）（蔡）
王孫誥鐘一（新收418）（楚）	王孫誥鐘二（新收419）（楚）	王孫誥鐘三（新收420）（楚）	王孫誥鐘四（集成421）（楚）
王孫誥鐘五（新收422）（楚）	王孫誥鐘十二（新收429）（楚）	王孫誥鐘十五（新收434）（楚）	王孫誥鐘十七（新收435）（楚）
王孫誥鐘二十（新收433）（楚）	王孫誥鐘二十三（新收443）（楚）	王孫遺者鐘（集成261）（楚）	徐王子旃鐘（集成182）（徐）
石鼓（獵碣・作原）（通鑑19821）（秦）			
【春秋晚期】	蘧邟鐘三（新收1253）（舒）	蘧邟鐘六（新收56）（舒）	蘧邟鎛甲（通鑑15792）（舒）
蘧邟鎛丙（通鑑15794）（舒）	蘧邟鎛丁（通鑑15795）（舒）		
【春秋晚期】	𨶹丘虞䳟戈（集成11073）（莒）		
【春秋中期】	𬭚鎛（集成271）（齊）	【春秋晚期】	鄭莊公之孫盧鼎（新收1237）（鄭）
鄭莊公之孫盧鼎（通鑑2326）	晉公盆（集成10342）（晉）	者尚余卑盤（集成10165）	於字殘鐘（集成1）（越）

巽

𠭯篙鐘（集成 38）（楚）
余贎逐兒鐘丙（集成 185）（徐） 
越邾盟辭鎛乙（集成 156）（越） 
《說文》：「於，象古文烏省。」

【春秋早期】
曾子𣄰鼎（集成 2757）（曾） 

【春秋早期】
陳侯鬲（集成 705）（陳） 
陳侯鬲（集成 706）（陳） 

【春秋中期】
何此簠蓋（新收 403） 
何此簠器（新收 403） 
何此簠蓋（新收 404） 
何此簠器（新收 404） 
何此簠（新收 402） 

【春秋晚期】
郘黛鐘二（集成 226）（晉） 
郘黛鐘四（集成 228）（晉） 
郘黛鐘六（集成 230）（晉） 
郘黛鐘七（集成 231）（晉） 
郘黛鐘八（集成 232）（晉） 
郘黛鐘九（集成 233）（晉） 
郘黛鐘十（集成 234）（晉） 
鼄公華鐘（集成 245）（邾） 
鼄公牼鐘丙（集成 151）（邾） 

【春秋晚期】
楚子棄疾簠（新收 314） 

【春秋中期】
戎生鐘甲（新收 1613）（晉） 

【春秋晚期】

【春秋晚期】
鼄公華鐘（集成 245）（邾） 
鼄公牼鐘甲（集成 149）（邾） 
鼄公牼鐘乙（集成 150）（邾） 
鼄公牼鐘丙（集成 151）（邾）
鼄公牼鐘丁（集成 152）（邾） 
簷叔之仲子平鐘甲（集成 172）（莒）
簷叔之仲子平鐘丙（集成 174）（莒）
簷叔之仲子平鐘丁（集成 175）（莒）
簷叔之仲子平鐘辛（集成 179）（莒）
簷叔之仲子平鐘壬（集成 180）（莒）
聖靡公𤔲鼓座（集成 429）

𢆶　叀　惠

郘黛鐘二（集成 226）（晉）
郘黛鐘四（集成 228）（晉）
郘黛鐘五（集成 229）（晉）
郘黛鐘六（集成 230）（晉）

郘黛鐘七（集成 231）（晉）
郘黛鐘九（集成 233）（晉）
郘黛鐘十（集成 234）（晉）
郘黛鐘十一（集成 235）（晉）

郘黛鐘十三（集成 237）（晉）
少虡劍（集成 11696）（晉）
少虡劍（集成 17697）（晉）
丁兒鼎蓋（新收 1712）（應）

吳王光鑑甲（集成 10298）（吳）
吳王光鑑乙（集成 10299）（吳）
越郳盟辭鎛乙（集成 156）（越）
玄翏之用戈（新收 741）（吳）

玄夫戈（集成 11091）（蔡）
玄鏐夫鋁戈（集成 11138）（蔡）
玄翏夫睸戈（集成 11163）（蔡）
玄鏐赤鏞戈（新收 1289）（吳）

玄膚之用戈（通鑑 16870）
【春秋時期】
玄鏐戈（通鑑 16884）
玄鏐戈（通鑑 16885）

【春秋早期】
㠱姬鬲（新收 1070）
㠱甫人匜（集成 10261）（紀）
戎生鐘乙（新收 1614）（晉）

鄭太子之孫與兵壺蓋（新收 1980）（春秋晚期）
余贎逐兒鐘甲（集成 183）（春秋晚期）（徐）
余贎逐兒鐘丙（集成 185）（春秋晚期）（徐）
叵君壺（集成 9680）（春秋時期）

【春秋早期】
甫睸鐳（集成 9972）
哀成叔鼎（集成 2782）（春秋晚期）（鄭）
燕車軎（通鑑 19015）（春秋時期）

【春秋早期】
曾子斿鼎（集成 2757）（曾）
郳太宰欉子斟簠（集成 4623）（郳）
【春秋中期】

⿰麥命鎛（集成 271）（齊）
【春秋晚期】
王子午鼎（集成 2811）（楚）
王子午鼎（新收 444）（楚）

王子午鼎（新收 446）（楚）
王子午鼎（新收 449）（楚）
王孫誥鐘一（新收 418）（楚）
王孫誥鐘四（新收 421）（楚）

王孫誥鐘六（新收 423）（楚）
王孫誥鐘八（新收 425）（楚）
王孫誥鐘十（新收 427）（楚）
王孫誥鐘十二（新收 429）（楚）

王孫誥鐘十三（新收 430）（楚）
王孫誥鐘十五（新收 434）（楚）
王孫誥鐘十七（新收 435）（楚）
王孫誥鐘二十（新收 433）（楚）

王孫誥鐘二十四（新收 440）（楚）
王孫遺者鐘（集成 261）（楚）
沇兒鎛（集成 203）（徐）
郲太宰簠蓋（集成 4624）（郲）

【春秋早期】

秦公簋器（集成 4315）（秦）

【春秋晚期】

秦景公石磬（通鑑 19787）（秦）

參見幺字　《說文》：「𢆯，古文玄。」

【春秋晚期】

石鼓（通鑑 19816）（秦）

【春秋早期】

幻伯隹壺（新收 1200）（曾）

【春秋早期】

秦公鐘甲（集成 262）（秦）
秦公鐘甲（集成 262）（秦）
秦公鐘甲（集成 262）（秦）

秦公鐘乙（集成 263）（秦）
秦公鐘乙（集成 263）（秦）
秦公鐘丙（集成 264）（秦）
秦公鐘丙（集成 264）（秦）

秦公鐘丁（集成 265）（秦）
秦公鐘丁（集成 265）（秦）
秦公鐘戊（集成 266）（秦）
秦公鎛甲（集成 267）（秦）

秦公鎛甲（集成 267）（秦）
秦公鎛甲（集成 267）（秦）
秦公鎛甲（集成 267）（秦）
秦公鎛甲（集成 267）（秦）

秦公鎛乙（集成 268）（秦）
秦公鎛乙（集成 268）（秦）
秦公鎛乙（集成 268）（秦）
秦公鎛乙（集成 268）（秦）

秦公鎛乙（集成 268）（秦）
秦公鎛乙（集成 268）（秦）
秦公鎛丙（集成 269）（秦）
秦公鎛丙（集成 269）（秦）

秦公鎛丙（集成 269）（秦）
秦公鎛丙（集成 269）（秦）
秦公鎛丙（集成 269）（秦）
秦公簋蓋（集成 4315）（秦）

秦公簋器（集成 4315）（秦）
秦子簋蓋（通鑑 5166）（秦）
邿召簠蓋（新收 1042）
邿召簠器（新收 1042）

曾伯陭壺蓋（集成 9712）（曾）
曾伯陭壺器（集成 9712）（曾）
虢季鐘丙（新收 3）

【春秋中期】

鄬子受鐘乙（新收 505）（楚）
鄬子受鐘丁（新收 507）（楚）
鄬子受鐘辛（新收 511）（楚）
鄬子受鎛甲（新收 513）（楚）

鄬子受鎛乙（新收 514）（楚）
鄬子受鎛丙（新收 515）（楚）
鄬子受鎛丁（新收 516）（楚）
鄬子受鎛己（新收 518）（楚）

鄬子受鎛辛（新收 520）（楚）
鄬子受戟（新收 525）（楚）
國差罎（集成 10361）（齊）
鄬子受鼎（新收 527）（楚）

鄬子受鼎（新收 528）（楚）
鄴伯受簠器（集成 4599）（鄴）
鄴伯受簠蓋（集成 4599）（鄴）

【春秋晚期】

王子午鼎（集成 2811）（楚）
王子午鼎（新收 447）（楚）
王子午鼎（新收 446）（楚）
王子午鼎（新收 449）（楚）

王孫誥鐘一（新收 418）（楚）
王孫誥鐘二（新收 419）（楚）
王孫誥鐘三（新收 420）（楚）
王孫誥鐘四（新收 421）（楚）

王孫誥鐘五（新收 422）（楚）
王孫誥鐘六（新收 423）（楚）
王孫誥鐘七（新收 424）（楚）
王孫誥鐘八（新收 425）（楚）

王孫誥鐘十（新收 427）（楚）
王孫誥鐘十一（新收 428）（楚）
王孫誥鐘十二（新收 429）（楚）
王孫誥鐘十六（新收 436）（楚）

腸

 王孫誥鐘二十一（新收439）（楚）

 王孫誥鐘二十五（新收441）（楚）

 倗戟（新收469）（楚）

 鄬子受鬲（新收529）（楚）

 蔡侯䜌盤（集成10171）（蔡）

 簷叔之仲子平鐘乙（集成173）（莒）

 簷叔之仲子平鐘己（集成177）（莒）

 簷叔之仲子平鐘丁（集成175）（莒）

 洹子孟姜壺（集成9730）（齊）

 洹子孟姜壺（集成9730）（齊）

 洹子孟姜壺（集成9729）（齊）

 受戈（集成11157）

 郳子白鐸（新收393）（郳）

 秦景公石磬（通鑑19799）（秦）

 秦景公石磬（通鑑19800）（秦）

 石鼓（獵碣・吳人）（通鑑19825）（秦）

【春秋早期】

 魯伯敢匜（集成10222）（魯）

【春秋晚期】

 郘黛鐘二（集成226）（晉）

 郘黛鐘四（集成228）（晉）

 郘黛鐘五（集成229）（晉）

 郘黛鐘六（集成230）（晉）

 郘黛鐘七（集成231）（晉）

 郘黛鐘九（集成233）（晉）

 郘黛鐘十一（集成235）（晉）

 蔡侯䜌歌鐘甲（集成210）（蔡）

 蔡侯䜌歌鐘乙（集成211）（蔡）

 蔡侯䜌歌鐘丁（集成218）（蔡）

 蔡侯䜌鎛甲（集成219）（蔡）

 蔡侯䜌鎛丙（集成221）（蔡）

 配兒鉤鑃乙（集成427）（吳）

 工𫊸太子姑發𦚦反劍（集成11718）（吳）

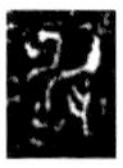 晉公盆（集成10342）（晉）

 文公之母弟鐘（新收1479）

【春秋中期】

 𬴤鎛（集成271）（齊）

【春秋晚期】

 哀成叔鼎（集成2782）（鄭）

 䢼子鼎（通鑑2382）（齊）

【春秋早期】

 鄀公平侯鼎（集成2771）（鄀）

 鄀公平侯鼎（集成2772）（鄀）

 曾伯陭壺蓋（集成9712）（曾）

臚 膚

曾伯陭壺器（集成9712）（曾）

上鄀公敄人簋蓋（集成4183）（鄀）

【春秋晚期】

嘉子伯昜臚簠器（集成4605）

鼄公牼鐘甲（集成149）（邾）

鼄公牼鐘乙（集成150）（邾）

鼄公牼鐘丙（集成151）（邾）

越邾盟辭鎛乙（集成156）（越）

徐王元子柴爐（集成10390）（徐）

【春秋時期】

取膚上子商盤（集成10126）（魯）

《說文》：「膚，籀文臚。」

【春秋晚期】

少虡劍（集成11697）（晉）

少虡劍（集成11696）（晉）

柴

【春秋晚期】

徐王元子柴爐（集成10390）（徐）

鵑

【春秋晚期】

鵑公圃劍（集成11651）（應）

鵑戈（集成10818）（應）

【春秋早期】

秦公鐘甲（集成262）（秦）

秦公鐘丁（集成265）（秦）

秦公鎛甲（集成267）（秦）

秦公鎛乙（集成268）（秦）

秦公鎛丙（集成269）（秦）

秦公簋器（集成4315）（秦）

【春秋晚期】

晉公盆（集成10342）（晉）

【春秋早期】

胄簠（集成4532）

【春秋晚期】

隮公胄敦（集成4641）（鄀）

【春秋晚期】

石鼓（獵碣・汧沔）（通鑑19817）（秦）

膌 瘠

【春秋晚期】

邵之瘠夫戈（通鑑17214）（楚）

《說文》：「𤷍，古文膌。从疒，从朿，朿亦聲」。

胙 𠣞

【春秋早期】

鼄𠣞父鬲（集成717）（邾）

邾友父鬲（新收1094）（邾）

邾友父鬲（通鑑2993）

鼄友父鬲（通鑑3008）

鼄友父鬲（通鑑3010）

膳

【春秋晚期】

齊侯敦（集成4645）（齊）

【春秋時期】

𥁰余敦（新收1627）

胡 [illegible]

【春秋晚期】

晉公盆（集成10342）（晉）

腝 臡

【春秋晚期】

郘夫人𡢁鼎（通鑑2386）

《說文》：「臡，腝或从難。」

散

【春秋早期】

器渒侯戈（集成11065）

【春秋晚期】

侯散戈（新收1168）

陳散戈（集成10963）

膞 腄

【春秋晚期】

襄腄子湯鼎（新收1310）（楚）

𦞠

【春秋晚期】

黝鎛甲（新收489）（楚）

黝鎛乙（新收490）（楚）

黝鎛丙（新收491）（楚）

黝鎛辛（新收496）（楚）

黝鐘甲（新收482）（楚）

黝鐘丙（新收486）（楚）

黝鐘己（新收484）（楚）

肝

【春秋晚期】

石鼓（獵碣・而師）（通鑑19822）（秦）

䑜

【春秋晚期】

蔡大師䑜鼎（集成2738）（蔡）

【春秋早期】

上曾太子般殷鼎（集成2750）（曾）

【春秋晚期】

足利次留元子鐘（通鑑15361）（徐）

越郳盟辭鎛乙（集成156）（越）

越郳盟辭鎛乙（集成156）（越）

越郳盟辭鎛甲（集成155）（越）

越郳盟辭鎛甲（集成155）（越）

倗戟（新收469）（楚）

利戈（集成10812）

次尸祭缶（新收1249）（徐）

【春秋早期】

陳侯鼎（集成2650）（陳）

叔原父甗（集成947）（陳）

陳侯簠蓋（集成4603）（陳）

陳侯簠器（集成4603）（陳）

陳侯簠蓋（集成4604）（陳）

陳侯簠器（集成4604）（陳）

陳侯簠（集成4606）（陳）

陳侯簠（集成4607）（陳）

陳子匜（集成10279）（陳）

伯氏始氏鼎（集成2643）

伯辰鼎（集成2652）（徐）

戴叔朕鼎（集成2692）（戴）

鄧公孫無嬰鼎（新收1231）（鄧）

鄭師邍父鬲（集成731）（鄭）

上鄀公敄人簋蓋（集成4183）（鄀）

鑄叔皮父簋（集成4127）（鑄）

考叔指父簠蓋（集成4608）（楚）

考叔指父簠蓋（集成4609）（楚）

叔朕簠（集成4620）（戴）

叔朕簠（集成4621）（戴）

郳太宰欉子掛簠（集成4623）（郳）

曾伯霥簠蓋（集成4632）（曾）

曾伯霥簠（集成4631）（曾）

蔡大善夫趣簠蓋（新收1236）（蔡）

蔡大善夫趣簠器（新收1236）（蔡）

原氏仲簠（新收395）（陳）

原氏仲簠（新收396）（陳）

𦿷子𩰫盞蓋（新收1235）

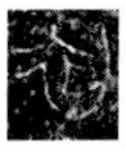

𦿷子𩰫盞蓋（新收1235）

華母壺（集成9638）

蔡公子壺（集成9701）

楚嬴盤（集成 10148）	陳侯盤（集成 10157）（陳）	夆叔盤（集成 10163）（滕）	大師盤（新收 1464）
鄭大内史叔上匜（集成 10281）（鄭）	虢季鐘丙（新收 3）	楚大師登鐘甲（通鑑 15505）（楚）	曾侯子鎛甲（通鑑 15762）
曾侯子鎛乙（通鑑 15763）	曾侯子鎛丙（通鑑 15764）	曾侯子鎛丁（通鑑 15765）	王孫壽甗（集成 946）
鄀公平侯鼎（集成 2772）（鄀）	黃太子伯克盤（集成 10162）（黃）	楚大師登鐘己（通鑑 15510）（楚）	楚大師登鐘辛（通鑑 15512）（楚）
【春秋中期】	長子䭾臣簠器（集成 4625）（晉）	上鄀公簠蓋（新收 401）（楚）	何此簠（新收 402）
何此簠蓋（新收 403）	何此簠器（新收 403）	何此簠器（新收 404）	仲改衛簠（新收 399）
仲改衛簠（新收 400）	宜桐盂（集成 10320）（徐）	叔師父壺（集成 9706）	伯遊父壺（通鑑 12304）
伯遊父鐳（通鑑 14009）	伯遊父盤（通鑑 14501）	庚兒鼎（集成 2716）（徐）	子犯鐘甲 A（新收 1008）（晉）
子犯鐘乙 A（新收 1020）（晉）	庚兒鼎（集成 2715）（徐）	者𣿬鐘一（集成 193）（吳）	者𣿬鐘三（集成 195）（吳）
者𣿬鐘五（集成 197）（吳）	者𣿬鐘十（集成 202）（吳）	季子康鎛丙（通鑑 15787）	季子康鎛丁（通鑑 15788）
𦅫鎛（集成 271）（齊）	上鄀府簠蓋（集成 4613）（鄀）	上鄀府簠器（集成 4613）（鄀）	長子䭾臣簠蓋（集成 4625）（晉）
【春秋前期】	郘諧尹征城（集成 425）（徐）	【春秋晚期】	王子午鼎（新收 444）（楚）

王子午鼎（新收446）（楚）
王子午鼎（新收445）（楚）
王子午鼎（集成2811）（楚）
孟縢姬缶（集成10005）（楚）

孟縢姬缶器（新收417）（楚）
孟縢姬缶（新收416）（楚）
王孫誥鐘二（新收419）（楚）
王孫誥鐘三（新收420）（楚）

王孫誥鐘四（新收421）（楚）
王孫誥鐘五（新收422）（楚）
王孫誥鐘六（新收423）（楚）
王孫誥鐘八（新收425）（楚）

王孫誥鐘九（新收426）（楚）
王孫誥鐘十（新收427）（楚）
王孫誥鐘十一（新收428）（楚）
王孫誥鐘十二（新收429）（楚）

王孫誥鐘十三（新收430）（楚）
王孫誥鐘十五（新收434）（楚）
王孫誥鐘十七（新收435）（楚）
王孫誥鐘二十（新收433）（楚）

王孫誥鐘二十三（新收443）（楚）
王孫遺者鐘（集成261）（楚）
蔡侯龖盤（集成10171）（蔡）
吳王光鑑甲（集成10298）（吳）

蔡侯龖歌鐘甲（集成210）（蔡）
蔡侯龖歌鐘乙（集成211）（蔡）
蔡侯龖歌鐘丁（集成218）（蔡）
吳王光鑑乙（集成10299）（吳）

沇兒鎛（集成203）（徐）
蔡侯龖鎛丁（集成222）（蔡）
余贎逨兒鐘甲（集成183）（徐）
蔡太史卮（集成10356）（蔡）

余贎逨兒鐘丙（集成185）（徐）
徐王子旃鐘（集成182）（徐）
遷邟鐘三（新收1253）（舒）
遷邟鎛丁（通鑑15795）（舒）

侯古堆鎛甲（新收276）
侯古堆鎛乙（新收277）
侯古堆鎛丙（新收278）
侯古堆鎛戊（新收279）

侯古堆鎛庚（新收281）
其次句鑃（集成421）（越）
其次句鑃（集成422）（越）
秦景公石磬（通鑑19784）（秦）

齊鞷氏鐘（集成142）（齊）
鼄公牼鐘甲（集成149）（邾）
鼄公華鐘（集成245）（邾）
鼄公牼鐘乙（集成150）（邾）

鼄公牼鐘丙（集成151）（邾）
鼄公牼鐘丁（集成152）（邾）
邵黛鐘二（集成226）（晉）
邵黛鐘四（集成228）（晉）

邵黛鐘五（集成229）（晉）
邵黛鐘六（集成230）（晉）
邵黛鐘七（集成231）（晉）
邵黛鐘八（集成232）（晉）

邵黛鐘九（集成233）（晉）
邵黛鐘十（集成234）（晉）
篖叔之仲子平鐘乙（集成173）（莒）
王子嬰次鐘（集成52）（楚）

蠚兒缶（新收1187）（鄀）
蔡大師腆鼎（集成2738）（蔡）
夫跌申鼎（新收1250）（舒）
伯怡父鼎乙（新收1966）

倗夫人嫘鼎（通鑑2386）
曾子原彝簠（集成4573）（曾）
許子妝簠蓋（集成4616）（許）
許公買簠器（集成4617）（許）

樂子嚷豧簠（集成4618）（宋）
許公買簠器（通鑑5950）
蔡侯簠甲蓋（新收1896）（蔡）
蔡侯簠甲器（新收1896）（蔡）

蔡侯簠乙（新收1897）（蔡）
申文王之孫州桒簠（通鑑5960）
晉公盆（集成10342）（晉）
鄭太子之孫與兵壺（新收1980）

唐子仲瀕兒瓶（新收1211）（唐）
王子吳鼎（集成2717）（楚）
寬兒鼎（集成2722）（蘇）
篖太史申鼎（集成2732）（莒）

寬兒缶甲（通鑑14091）
者尚余卑盤（集成10165）
蔡侯盤（新收471）（蔡）
蔡大司馬燮盤（通鑑14498）

夆叔匜（集成10282）（滕）
蔡叔季之孫君匜（集成10284）（蔡）
楚王領鐘（集成53）（楚）
宿父匜（通鑑14992）

敬事天王鐘甲（集成73）（楚）
敬事天王鐘丙（集成75）（楚）
敬事天王鐘丁（集成76）（楚）
敬事天王鐘己（集成78）（楚）

敬事天王鐘辛（集成80）（楚）
鄱子成周鐘乙（新收284）
子璋鐘乙（集成114）（許）
子璋鐘丙（集成115）（許）

子璋鐘丁（集成116）（許）
子璋鐘戊（集成117）（許）
子璋鐘己（集成118）（許）
𪒠孫鐘甲（集成93）（吳）
𪒠孫鐘乙（集成94）（吳）
𪒠孫鐘丙（集成95）（吳）
𪒠孫鐘丁（集成96）（吳）
𪒠孫鐘戊（集成97）（吳）
𪒠孫鐘己（集成98）（吳）
𪒠孫鐘辛（集成100）（吳）
𪒠孫鐘壬（集成101）（吳）
姑馮昏同之子句鑃（集成424）（越）
𪒠孫鐘庚（集成99）（吳）

【春秋時期】

痃鼎（集成2569）
童麗君柏簠（通鑑5966）
彭子仲盆蓋（集成10340）
公父宅匜（集成10278）
鼄叔之伯鐘（集成87）（邾）
黃太子伯克盆（集成10338）（黃）
黃太子伯克盆（集成10338）（黃）

依

【春秋早期】

楚嬴匜（集成10273）（楚）
鄀公平侯鼎（集成2771）（鄀）

【春秋中期】

以鄧匜（新收405）
以鄧鼎蓋（新收406）（楚）
以鄧鼎器（新收406）（楚）
伯遊父壺（通鑑12305）

【春秋晚期】

許公買簠蓋（通鑑5950）
婁君盂（集成10319）
鄧子盤（通鑑14518）
嘉子伯昜臚簠蓋（集成4605）
嘉子伯昜臚簠器（集成4605）
邾太宰簠蓋（集成4624）（邾）
楚屈子赤目簠蓋（集成4612）（楚）
楚屈子赤目簠器（新收1230）（楚）

【春秋時期】

黃韋俞父盤（集成10146）（黃）

衣

【春秋早期】

伯亞臣鐳（集成9974）（黃）
塞公孫𡶋父匜（集成10276）

【春秋早期】

黃君孟鼎（集成 2497）（黃）

黃子鬲（集成 624）（黃）

曾孟嬴削簠（新收 1199）（曾）

黃君孟豆（集成 4686）（黃）

黃子罐（集成 9987）（黃）

黃子鼎（集成 2567）（黃）

黃君孟壺（集成 9636）（黃）

黃君孟鑘（集成 9963）（黃）

黃子鑘（集成 9966）（黃）

黃君孟盤（集成 10104）（黃）

黃子盤（集成 10122）（黃）

黃君孟匜（集成 10230）（黃）

【春秋中期】

曾子㞷簠器（集成 4528）

曾子㞷簠蓋（集成 4528）

【春秋晚期】

𪒠鐘丙（新收 486）（楚）

𪒠鐘己（新收 484）（楚）

𪒠鐘甲（新收 482）（楚）

洹子孟姜壺（集成 9730）（齊）

洹子孟姜壺（集成 9729）（齊）

𪒠鎛丙（新收 491）（楚）

𪒠鎛己（新收 494）（楚）

𪒠鎛辛（新收 496）（楚）

越邾盟辭鎛乙（集成 156）（越）

石鼓（獵碣・吾水）（通鑑 19824）（秦）

《說文》：「[illegible]，籀文則，从鼎。」

【春秋早期】

黃子壺（集成 9663）（黃）

黃子豆（集成 4687）（黃）

黃子盉（集成 9445）（黃）

黃子壺（集成 9664）（黃）

黃子鼎（集成 2566）（黃）

黃子鬲（集成 687）（黃）

【春秋中期】

曾子㞷簠蓋（集成 4529）（曾）

【春秋晚期】

競孫不欲壺（通鑑 12344）（楚）

【春秋早期】

㠱伯子宼父盨蓋（集成 4443）（紀）

㠱伯子宼父盨器（集成 4443）（紀）

㠱伯子宼父盨蓋（集成 4445）（紀）

【春秋早期】

㠱伯子宼父盨器（集成 4444）（紀）

【春秋早期】 曾孟嬴剈簠（新收 1199）（曾）

【春秋晚期】 晉公盆（集成 10342）（晉）

【春秋晚期】 庚壺（集成 9733）（齊）

【春秋晚期】 王子午鼎（集成 2811）（楚） 王子午鼎（新收 447）（楚） 王子午鼎（新收 444）（楚）

王子午鼎（新收 446）（楚） 王子午鼎（新收 447）（楚） 《說文》：「㓞，古文制如此。」

【春秋早期】 杞子每刃鼎（集成 2428）（杞） 杞伯每刃鼎盖（集成 2494）（杞） 杞伯每刃簋（集成 3901）（杞）

杞伯每刃簋蓋（集成 3899.2）（杞） 杞伯每刃壺（集成 9688）（杞） 杞伯每刃盆（集成 10334）（杞） 杞伯每刃壺（集成 9687）（杞）

杞伯每刃鼎器（集成 2494） 杞伯每刃鼎（集成 2495） 杞伯每刃鼎（集成 2642）（杞） 杞伯每刃簋（集成 3899.1）（杞）

杞伯每刃簋蓋（集成 3898）（杞） 杞伯每刃簋器（集成 3898）（杞） 杞伯每刃簋（集成 3897）（杞） 杞伯每刃簋蓋（集成 3900）（杞）

鐱

【春秋中期】 耳鑄公劍（新收 1981）

【春秋晚期】 攻盧王叡戗此郐劍（新收 1188）（吳）

吳季子之子逞劍（集成 11640）（吳）

【春秋晚期】 鵙公圃劍（集成 11651）（應）

鐐			畱	㽙	畱		衡	
【春秋前期】 郐諮尹征城（集成425）（徐） 【春秋晚期】 攻敔王者彶叡虘劍（通鑑18065）	吳王光劍（通鑑18070） 攻敔王光劍（集成11654）（吳） 攻敔王光劍（集成11666）（吳） 【春秋晚到戰國早期】	越王勾踐劍（集成11621）	【春秋晚期】 郐令尹者旨畱爐（集成10391）（徐）	【春秋早期】 鄀太宰欉子畱簠（集成4623）（鄀） 【春秋晚期】 鄀太宰簠蓋（集成4624）（鄀）	【春秋晚期】 京亶鐘（集成38）（楚）	【春秋晚期】 石鼓（通鑑19816）（秦）	【春秋早期】 戈伯匜（集成10246）	【春秋中期】 伯遊父卮（通鑑19234）

笱

【春秋早期】

荀侯稽匜（集成 10232）

##

【春秋晚期】

石鼓（獵碣・作原）（通鑑 1821）（秦）

##

【春秋晚期】

石鼓（獵碣・田車）（通鑑 1818）（秦）

簷

【春秋晚期】

簷太史申鼎（集成 2732）（莒）

簷叔之仲子平鐘丙（集成 174）（莒）

簷叔之仲子平鐘壬（集成 180）（莒）

毀

【春秋早期】

鄧公牧簋盖（集成 3590）（鄧）

鄧公牧簋器（集成 3590）（鄧）

鄧公牧簋（集成 3591）（鄧）

蘇公子癸父甲簋（集成 4014）（蘇）

蘇公子癸父甲簋（集成 4015）（蘇）

鄁公伯韭簋（集成 4016）（鄁）

鄁公伯韭簋蓋（集成 4017）（鄁）

鄁公伯韭簋器（集成 4017）（鄁）

卓林父簋蓋（集成 4018）（衛）

邿譴簋甲蓋（集成 4040）（邿）

邿譴簋甲器（集成 4040）（邿）

鑄叔皮父簋（集成 4127）（鑄）

上鄀公敄人簋蓋（集成 4183）（鄀）

虢季簋器（新收 19）（虢）

虢季簋器（新收 20）（虢）

魯司徒仲齊盨甲蓋（集成 4440）（魯）

魯司徒仲齊盨甲器（集成 4440）（魯）

魯司徒仲齊盨乙蓋（集成 4441）（魯）

魯司徒仲齊盨乙器（集成 4441）（魯）

魯伯悆盨蓋（集成 4458）（魯）

魯伯悆盨器（集成 4458）（魯）

仲姜簋（通鑑 4056）

邿譴簋乙（通鑑 5277）

秦公簋器（集成 4315）（秦）

秦公簋甲（通鑑 4903）

秦公簋乙（通鑑 4904）

秦公簋丙（通鑑 4905）

秦公簋（新收 1342）（秦）

【春秋晚期】

洹子孟姜壺（集成 9729）（齊）

【春秋晚期】

復公仲簋蓋（集成 4128）

【春秋時期】

曹伯狄簋殘蓋（集成 4019）（曹）

⿰殳皀

【春秋早期】

虢季簋蓋（新收 19）（虢）

虢季簋蓋（新收 21）（虢）

虢季簋蓋（新收 18）（虢）

虢季簋蓋（新收 17）（虢）

虢季簋器（新收 17）（虢）

芮公簋（通鑑 5218）

虢季簋器（新收 18）（虢）

皀

【春秋早期】

虢季簋器（新收 16）（虢）

虢季簋蓋（新收 16）（虢）

⿰飠殳

【春秋早期】

秦公簋 A 器（新收 1343）（秦）

秦公簋 B（新收 1344）（秦）

秦公簋 B（通鑑 5250）

秦公簋 A 蓋（通鑑 5249）

秦公簋（通鑑 5267）

杞伯每刃簋蓋（集成 3900）（杞）

杞伯每刃簋蓋（集成 3902）（杞）

杞伯每刃簋（集成 3899.1）（杞）

杞伯每刃簋（集成 3897）（杞）

魯伯大父簋（集成 3989）（魯）

魯伯大父簋（集成 3974）（魯）

魯太宰原父簋（集成 3987）（魯）

靑仲之孫簋（集成 4120）

【春秋晚期】

鄬侯少子簋（集成 4152）（莒）

⿰殳食

【春秋早期】

芮公簋（集成 3707）

芮公簋（集成 3708）

芮公簋（集成 3709）

杞伯每刃簋蓋（集成 3899.2）（杞）

杞伯每刃簋器（集成 3902）（杞）

杞伯每刃簋蓋（集成 3898）（杞）

杞伯每刃簋（集成 3901）（杞）

【春秋時期】

公豆（集成 4657）（莒）

公豆（集成 4654）（莒）

盤

【春秋晚期】

- 蔡侯䜌簋（集成 3599）（蔡）
- 蔡侯䜌簋器（集成 3597）（蔡）
- 蔡侯䜌簋蓋（集成 3598）（蔡）
- 蔡侯䜌簋器（集成 3595）（蔡）

簠

【春秋中期】

- 魯大司徒厚氏元簠（集成 4689）（魯）
- 魯大司徒厚氏元簠蓋（集成 4690）（魯）
- 魯大司徒厚氏元簠器（集成 4690）（魯）
- 魯大司徒厚氏元簠器（集成 4691）（魯）
- 魯大司徒厚氏元簠蓋（集成 4691）（魯）

笭

【春秋早期】

- 笭戈（集成 10820）

竽 釪

【春秋晚期】

- 黬鎛甲（新收 489）（楚）
- 黬鎛丙（新收 491）（楚）
- 黬鎛丁（新收 492）（楚）
- 黬鎛己（新收 494）（楚）
- 黬鎛辛（新收 496）（楚）
- 黬鐘甲（新收 482）（楚）
- 黬鐘丁（新收 483）（楚）

笙

【春秋早期】

- 楚屈叔沱戈（集成 11393）（楚）

簫 箾

【春秋中期】

- [illegible]鎛（集成 271）（齊）

【春秋晚期】

- 叔尸鎛（集成 285）（齊）

篣

【春秋晚或戰國早期】

- 篣府宅戈（通鑑 17300）

篙

【春秋晚期】

- 㨨篙鐘（集成 38）（楚）

箕 𠀠

【春秋早期】

- 甬弃生鼎（集成 2524）
- 黃季鼎（集成 2565）（黃）
- 鑄子叔黑臣鼎（集成 2587）（鑄）

魯仲齊鼎（集成 2639）（魯）	鼄𦅫白鼎鼎（集成 2640）（邾）	鼄𦅫白鼎鼎（集成 2641）（邾）	杞伯每刃鼎（集成 2642）（杞）
伯歸臺鼎（集成 2644）（曾）	伯歸臺鼎（集成 2645）（曾）	伯辰鼎（集成 2652）（徐）	叔單鼎（集成 2657）（黄）
戴叔朕鼎（集成 2692）（戴）	鄁公湯鼎（集成 2714）（鄁）	鄁公湯鼎（集成 2714）（鄁）	曾子仲宣鼎（集成 2737）（曾）
曾子䟆鼎（集成 2757）（曾）	兒慶鼎（新收 1095）（小邾）	魯侯鼎（新收 1067）（魯）	虢季鼎（新收 9）（虢）
虢季鼎（新收 10）（虢）	虢季鼎（新收 12）（虢）	虢季鼎（新收 13）（虢）	虢季鼎（新收 14）（虢）
虢季鼎（新收 15）（虢）	子耳鼎（通鑑 2276）	芮子仲𣪘鼎（通鑑 2363）	郳來隹鬲（集成 670）（郳）
樊夫人龍嬴鬲（集成 676）（樊）	魯伯愈父鬲（集成 690）（魯）	樊夫人龍嬴鬲（集成 675）（樊）	魯伯愈父鬲（集成 691）（魯）
魯伯愈父鬲（集成 692）（魯）	魯伯愈父鬲（集成 693）（魯）	魯伯愈父鬲（集成 694）（魯）	魯伯愈父鬲（集成 695）（魯）
陳侯鬲（集成 705）（陳）	鼄[illegible]父鬲（集成 717）（邾）	鼄[illegible]父鬲（集成 717）（邾）	郳友父鬲（新收 1094）（郳）
郳友父鬲（新收 1094）（郳）	曾伯鬲（新收 1217）	國子碩父鬲（新收 48）	國子碩父鬲（新收 49）
郳友父鬲（通鑑 2993）	郳友父鬲（通鑑 2993）	鼄友父鬲（通鑑 3010）	鼄友父鬲（通鑑 3008）
鼄友父鬲（通鑑 3010）	魯仲齊甗（集成 939）（魯）	魯伯大父簋（集成 3974）（魯）	魯伯大父簋（集成 3989）（魯）

卓林父簋蓋（集成4018）（衛）
魯司徒仲齊盨甲蓋（集成4440）（魯）
魯司徒仲齊盨甲器（集成4440）（魯）
魯司徒仲齊盨乙蓋（集成4441）（魯）

魯司徒仲齊盨乙器（集成4441）（魯）
㠱伯子庭父盨蓋（集成4442）（紀）
㠱伯子庭父盨蓋（集成4443）（紀）
㠱伯子庭父盨蓋（集成4443）（紀）

㠱伯子庭父盨蓋（集成4443）（紀）
㠱伯子庭父盨蓋（集成4443）（紀）
㠱伯子庭父盨器（集成4443）（紀）
㠱伯子庭父盨器（集成4443）（紀）

㠱伯子庭父盨器（集成4443）（紀）
㠱伯子庭父盨器（集成4443）（紀）
㠱伯子庭父盨蓋（集成4444）（紀）
㠱伯子庭父盨蓋（集成4444）（紀）

㠱伯子庭父盨蓋（集成4444）（紀）
㠱伯子庭父盨器（集成4444）（紀）
㠱伯子庭父盨器（集成4444）（紀）
㠱伯子庭父盨器（集成4444）（紀）

㠱伯子庭父盨器（集成4444）（紀）
㠱伯子庭父盨器（集成4445）（紀）
㠱伯子庭父盨器（集成4445）（紀）
㠱伯子庭父盨器（集成4445）（紀）

㠱伯子庭父盨蓋（集成4445）（紀）
魯伯悆盨蓋（集成4458）（魯）
魯伯悆盨蓋（集成4458）（魯）
魯伯悆盨蓋（集成4458）（魯）

魯伯悆盨器（集成4458）（魯）
魯伯悆盨器（集成4458）（魯）
魯伯悆盨器（集成4458）（魯）
鑄子叔黑臣盨（通鑑5666）

京叔姬簠（集成4504）
冑簠（集成4532）
曩山奢淲簠蓋（集成4539）
曩山奢淲簠器（集成4539）

曩山旅虎簠（集成4540）
曩山旅虎簠蓋（集成4541）
曩山旅虎簠器（集成4541）
走馬薛仲赤簠（集成4556）（薛）

商丘叔簠（集成4557）（宋）
商丘叔簠（集成4558）（宋）
商丘叔簠蓋（集成4559）（宋）
商丘叔簠器（集成4559）（宋）

鑄叔簠蓋（集成4560）（鑄）
鑄叔簠器（集成4560）（鑄）
魯伯俞父簠（集成4566）（魯）
魯伯俞父簠（集成4567）（魯）

魯伯俞父簠（集成 4568）（魯）

鑄子叔黑𦣞簠蓋（集成 4570）（鑄）

鑄子叔黑𦣞簠器（集成 4570）（鑄）

鑄子叔黑𦣞簠器（集成 4571）（鑄）

鑄公簠蓋（集成 4574）（鑄）

伯其父慶簠（集成 4581）

叔朕簠（集成 4620）（戴）

叔朕簠（集成 4621）（戴）

魯侯簠（新收 1068）（魯）

郳公子害簠蓋（通鑑 5964）

郳公子害簠器（通鑑 5964）

樊君夔盆器（集成 10329）（樊）

曾太保𪓐叔亟盆（集成 10336）（曾）

陳侯壺蓋（集成 9633）（陳）

陳侯壺器（集成 9633）（陳）

陳侯壺蓋（集成 9634）（陳）

陳侯壺器（集成 9634）（陳）

江君婦和壺（集成 9639）（江）

蔡公子壺（集成 9701）

彭伯壺蓋（新收 315）（彭）

園君婦媿霝壺（通鑑 12349）

僉父瓶蓋（通鑑 14036）

魯伯愈父盤（集成 10114）

魯司徒仲齊盤（集成 10116）（魯）

番君伯歠盤（集成 10136）（番）

番昶伯者君盤（集成 10140）（番）

楚嬴盤（集成 10148）（楚）

楚嬴盤（集成 10148）（楚）

曾子伯誩盤（集成 10156）（曾）

曾子伯誩盤（集成 10156）（曾）

鑄子撫匜（集成 10210）（鑄）

叔黑𦣞匜（集成 10217）

魯伯敢匜（集成 10222）（魯）

魯伯愈父匜（集成 10244）

樊君夔匜器（集成 10256）（樊）

楚嬴匜（集成 10273）（楚）

楚嬴匜（集成 10273）（楚）

魯大司徒子仲白匜（集成 10277）（魯）

魯大司徒子仲白匜（集成 10277）（魯）

鄭大内史叔上匜（集成 10281）（鄭）

𤎩臣戈（集成 11334）

昶仲匜（通鑑 14973）

鑄侯求鐘（集成 47）（鑄）

戎生鐘己（新收 1618）（晉）

囂仲之子伯剌戈（集成 11400）

囂仲之子伯剌戈（集成 11400）

樊夫人龍嬴壺（集成 9637）（樊）

[illegible]魯宰兩鼎（集成 2591）（魯）

[illegible]魯宰兩鼎（集成 2591）（魯）

喬夫人鼎（集成 2284）

邾討鼎（集成 2426）（邾）

杞子每刃鼎（集成 2428）

郜伯鼎（集成 2601）（郜）

郜伯祀鼎（集成 2602）（郜）

伯[illegible]朩林鼎（集成 2621）

䢅伯業鼎（集成 2622）

[illegible]司寇獸鼎（集成 2474）

【春秋中期】

魯大司徒厚氏元簠蓋（集成 4691）（魯）

魯少司寇封孫宅盤（集成 10154）（魯）

魯大司徒厚氏元簠器（集成 4691）（魯）

魯少司寇封孫宅盤（集成 10154）（魯）

伯遊父壺（通鑑 12304）

伯遊父壺（通鑑 12304）

伯遊父盤（通鑑 14501）

伯遊父盤（通鑑 14501）

仲改衛簠（新收 399）

仲改衛簠（新收 400）

章子鄭戈（集成 11295）

魯大左司徒元鼎（集成 2593）（魯）

鄧公乘鼎蓋（集成 2573）（鄧）

魯大左司徒元鼎（集成 2592）（魯）

以鄧鼎蓋（新收 406）（楚）

何此簠蓋（新收 403）

魯大司徒厚氏元簠蓋（集成 4690）（魯）

魯大司徒厚氏元簠器（集成 4690）（魯）

魯大司徒厚氏元簠（集成 4689）（魯）

【春秋晚期】

許子妝簠蓋（集成 4616）（許）

齊侯敦（集成 4638）（齊）

齊侯敦蓋（集成 4639）（齊）

齊侯敦器（集成 4639）（齊）

歸父敦（集成 4640）（齊）

者尚余卑盤（集成 10165）

邵子栽盤（新收 1372）（羅）

邵子栽盤（新收 1372）（羅）

簷叔之仲子平鐘甲（集成 172）（莒）

簷叔之仲子平鐘甲（集成 172）（莒）

簷叔之仲子平鐘乙（集成 173）（莒）

簷叔之仲子平鐘乙（集成 173）（莒）

簷叔之仲子平鐘丙（集成 174）（莒）

簷叔之仲子平鐘丙（集成 174）（莒）

簷叔之仲子平鐘丁（集成 175）（莒）

簷叔之仲子平鐘丁（集成 175）（莒）

簷叔之仲子平鐘丁（集成 175）（莒）

簷叔之仲子平鐘己（集成 177）（莒）

簷叔之仲子平鐘己（集成177）（莒）	簷叔之仲子平鐘己（集成177）（莒）	簷叔之仲子平鐘己（集成177）（莒）	簷叔之仲子平鐘辛（集成179）（莒）
簷叔之仲子平鐘辛（集成179）（莒）	簷叔之仲子平鐘壬（集成180）（莒）	簷叔之仲子平鐘壬（集成180）（莒）	郘黛鐘一（集成225）（晉）
郘黛鐘一（集成225）（晉）	郘黛鐘二（集成226）（晉）	郘黛鐘二（集成226）（晉）	郘黛鐘四（集成228）（晉）
郘黛鐘四（集成228）（晉）	郘黛鐘五（集成229）（晉）	郘黛鐘六（集成230）（晉）	郘黛鐘六（集成230）（晉）
郘黛鐘七（集成231）（晉）	郘黛鐘七（集成231）（晉）	郘黛鐘九（集成233）（晉）	郘黛鐘十一（集成235）（晉）
郘黛鐘十三（集成237）（晉）	攻敔工差戟（集成11258）（吳）	工盧矛（新收1263）（吳）	攻敔王夫差劍（集成11636）（吳）
工盧王姑發瑉反之弟劍（新收988）（吳）	攻敔王虘戉此邻劍（通鑑18066）	攻敔王夫差劍（通鑑18071）（吳）	蔡太史卮（集成10356）（蔡）
何訇君党鼎（集成2477）	乙鼎（集成2607）	陳樂君歌甗（新收1073）（陳）	鄝子叀簠（集成4545）
鄝子蒖叀鼎器（集成2498）	鄝子蒖叀鼎蓋（集成2498）	許子妝簠蓋（集成4616）（許）	許子妝簠蓋（集成4616）（許）
鄝子蒖叀鼎蓋（集成2498）	尊父鼎（通鑑2296）	復公仲簋蓋（集成4128）	【春秋時期】
黃太子伯克盆（集成10338）（黃）	彭子仲盆蓋（集成10340）	般仲柔盤（集成10143）	中子化盤（集成10137）（楚）
般仲柔盤（集成10143）	師麻孝叔鼎（集成2552）	曹伯狄簋殘蓋（集成4019）	童麗君柏簠（通鑑5966）

其

【春秋早期】

伯氏鼎（集成2446）
伯氏鼎（集成2447）
專車季鼎（集成2476）
鄭𩞁原父鼎（集成2493）（鄭）
芮太子白鼎（集成2496）
圓君鼎（集成2502）
伯氏鼎（集成2444）
武生毀鼎（集成2522）
武生毀鼎（集成2522）
鄭戩句父鼎（集成2520）（鄭）
番昶伯者君鼎（集成2617）（番）
番昶伯者君鼎（集成2618）（番）
曾子仲謱鼎（集成2620）（曾）
曾子仲謱鼎（集成2620）（曾）
戒偖生鼎（集成2632）
鄭伯氏士叔皇父鼎（集成2667）（鄭）
伯氏始氏鼎（集成2643）
陳侯鼎（集成2650）（陳）
徐王糧鼎（集成2675）（徐）
徐王糧鼎（集成2675）（徐）
虢季鼎（新收11）（虢）
衛夫人鬲（集成595）（衛）
邸始逕母鬲（集成596）（邸）
昶仲無龍鬲（集成713）
昶仲無龍鬲（集成714）
𨿌子奠伯鬲（集成742）（曾）
虢季鬲（新收23）（虢）
虢季鬲（新收22）（虢）
虢季鬲（新收26）（虢）
虢季鬲（新收25）（虢）
虢季鬲（新收27）（虢）
虢季鬲（新收24）（虢）
衛夫人鬲（新收1700）（衛）
衛夫人鬲（新收1701）（衛）
曾子仲謱甗（集成943）（曾）
曾子仲謱甗（集成943）（曾）
邕子良人甗（集成945）
王孫壽甗（集成946）
王孫壽甗（集成946）
申五氏孫矩甗（新收970）（申）
魯太宰原父簋（集成3987）（魯）
蘇公子癸父甲簋（集成4014）（蘇）
蘇公子癸父甲簋（集成4015）（蘇）
郜譴簋甲蓋（集成4040）（郜）
郜譴簋甲器（集成4040）（郜）
𪒠仲之孫簋（集成4120）
鑄叔皮父簋（集成4127）（鑄）

秦子簋蓋（通鑑 5166）	郜譴簋乙（通鑑 5277）	芮太子白簠（集成 4537）	芮太子白簠（集成 4538）
薛子仲安簠蓋（集成 4546）（薛）	薛子仲安簠器（集成 4546）（薛）	薛子仲安簠（集成 4547）（薛）	微乘簠（集成 4486）
商丘叔簠（集成 4557）（宋）	商丘叔簠蓋（集成 4559）（宋）	商丘叔簠器（集成 4559）（宋）	曾侯簠（集成 4598）
考叔𣄰父簠蓋（集成 4608）（楚）	考叔𣄰父簠蓋（集成 4609）（楚）	郳太宰欉子掛簠（集成 4623）（郳）	郳太宰欉子掛簠（集成 4623）（郳）
曾伯霥簠蓋（集成 4632）（曾）	曾伯霥簠（集成 4631）（曾）	虢碩父簠器（新收 52）	郜召簠蓋（新收 1042）
郜召簠器（新收 1042）	蔡大善夫趣簠蓋（新收 1236）（蔡）	蔡大善夫趣簠器（新收 1236）（蔡）	蔡大善夫趣簠器（新收 1236）（蔡）
蒹子𪒠盞器（新收 1235）	杞伯每刃壺（集成 9688）（杞）	彭伯壺器（新收 315）（彭）	甫𣅀鐳（集成 9972）
甫伯官曾鐳（集成 9971）	侖父瓶器（通鑑 14036）	鄭伯盤（集成 10090）（鄭）	楚季㝬盤（集成 10125）（楚）
昶伯墉盤（集成 10130）	綏君單盤（集成 10132）（黄）	鄩仲盤（集成 10135）（尋）	番昶伯者君盤（集成 10139）（番）
毛叔盤（集成 10145）（毛）	夆叔盤（集成 10163）（滕）	夆叔盤（集成 10163）（滕）	圓君婦媿需盉（集成 9434）
齊侯子行匜（集成 10233）（齊）	昶仲無龍匜（集成 10249）	蔓子匜（集成 10245）	尋仲匜（集成 10266）（尋）
番昶伯者君匜（集成 10268）（番）	番昶伯者君匜（集成 10269）（番）	塞公孫𣄰父匜（集成 10276）	曾侯子鐘甲（通鑑 15142）

秦公鎛甲（集成 267）（秦）
秦公鎛乙（集成 268）（秦） 
秦公鎛丙（集成 269）（秦） 
秦子鎛（通鑑 15770）（秦） 

秦公鐘甲（集成 262）（秦）
秦公鐘丁（集成 265）（秦） 
戎生鐘辛（新收 1620）（晉） 
伯氏鼎（集成 2443） 

邕子良人甗（集成 945）
鼄大宰欉子敊鐘（集成 86）（邾） 
虢季鐘乙（新收 2）（虢） 
虢季鐘丙（新收 3）（虢） 

楚大師登鐘己（通鑑 15510）（楚）
楚大師登鐘庚（通鑑 15511）（楚） 
楚大師登鐘辛（通鑑 15512）（楚） 
邕子良人甗（集成 945） 

戎生鐘甲（新收 1613）（晉）
戎生鐘丙（新收 1615）（晉） 
戎生鐘丙（新收 1615）（晉） 

【春秋中期】

欒書缶器（集成 10008）（晉）
伯遊父卮（通鑑 19234） 
蛊鼎（集成 2356）（曾）
鄧公乘鼎器（集成 2573）（鄧） 

以鄧鼎蓋（新收 406）（楚）
以鄧鼎器（新收 406）（楚） 
以鄧鼎器（新收 406）（楚） 
江叔螽鬲（集成 677）（江） 

郳伯受簠蓋（集成 4599）（郳）
郳伯受簠蓋（集成 4599）（郳）
郳伯受簠器（集成 4599）（郳）
郳伯受簠器（集成 4599）（郳）

郳伯受簠器（集成 4599）（郳）
上鄀府簠蓋（集成 4613）（鄀）
上鄀府簠蓋（集成 4613）（鄀） 
上鄀府簠器（集成 4613）（鄀） 

上鄀府簠器（集成 4613）（鄀）
長子䵼臣簠蓋（集成 4625）（晉） 
長子䵼臣簠蓋（集成 4625）（晉） 
長子䵼臣簠蓋（集成 4625）（晉） 

長子䵼臣簠器（集成 4625）（晉）
長子䵼臣簠器（集成 4625）（晉）
長子䵼臣簠器（集成 4625）（晉）
上鄀公簠蓋（新收 401）（楚）

上鄀公簠器（新收 401）（楚）
何此簠（新收 402）
何此簠（新收 402）
何此簠器（新收 403）

何此簠蓋（新收 404）	何此簠器（新收 404）	伯遊父壺（通鑑 12304）	伯遊父壺（通鑑 12305）
伯遊父鐳（通鑑 14009）	公英盤（新收 1043）	公英盤（新收 1043）	以鄧匜（新收 405）
以鄧匜（新收 405）	鄬子受鐘乙（新收 505）（楚）	鄬子受鐘戊（新收 508）（楚）	鄬子受鐘壬（新收 512）（楚）
童麗君柏鐘（通鑑 15186）	子犯鐘甲 A（新收 1008）（晉）	子犯鐘乙 A（新收 1020）（晉）	季子康鎛丁（通鑑 15788）
者瀘鐘一（集成 193）（吳）	者瀘鐘二（集成 194）（吳）	者瀘鐘二（集成 194）（吳）	者瀘鐘二（集成 194）（吳）
者瀘鐘三（集成 195）（吳）	者瀘鐘三（集成 195）（吳）	者瀘鐘三（集成 195）（吳）	者瀘鐘四（集成 196）（吳）
者瀘鐘四（集成 196）（吳）	【春秋晚期】	寬兒鼎（集成 2722）（蘇）	哀成叔鼎（集成 2782）（鄭）
簷太史申鼎（集成 2732）（莒）	王子午鼎（新收 447）（楚）	王子午鼎（新收 444）（楚）	王子午鼎（集成 2811）（楚）
王子午鼎（新收 446）（楚）	王子午鼎（新收 445）（楚）	王子午鼎（新收 449）（楚）	王子午鼎（新收 447）（楚）
王子午鼎（新收 449）（楚）	王子午鼎（新收 446）（楚）	王子午鼎（新收 444）（楚）	王子午鼎（集成 2811）（楚）
王孫誥鐘一（新收 418）（楚）	王孫誥鐘一（新收 418）（楚）	王孫誥鐘二（新收 419）（楚）	王孫誥鐘四（新收 421）（楚）
王孫誥鐘三（新收 420）（楚）	王孫誥鐘三（新收 420）（楚）	王孫誥鐘四（新收 421）（楚）	王孫誥鐘五（新收 422）（楚）

王孫誥鐘五（新收422）（楚）	王孫誥鐘六（新收423）（楚）	王孫誥鐘七（新收424）（楚）	王孫誥鐘七（新收424）（楚）
王孫誥鐘八（新收425）（楚）	王孫誥鐘九（新收426）（楚）	王孫誥鐘十（新收427）（楚）	王孫誥鐘十（新收427）（楚）
王孫誥鐘十一（新收428）（楚）	王孫誥鐘十二（新收429）（楚）	王孫誥鐘十二（新收429）（楚）	王孫誥鐘十三（新收430）（楚）
王孫誥鐘十三（新收430）（楚）	王孫誥鐘十五（新收434）（楚）	王孫誥鐘十六（新收436）（楚）	王孫誥鐘二十（新收433）（楚）
王孫誥鐘二十一（新收439）（楚）	王孫誥鐘二十三（新收443）（楚）	王孫誥鐘二十五（新收441）（楚）	黝鎛甲（新收489）（楚）
黝鎛乙（新收490）（楚）	黝鎛丙（新收491）（楚）	黝鎛丙（新收491）（楚）	黝鎛己（新收494）（楚）
黝鎛辛（新收496）（楚）	黝鎛辛（新收496）（楚）	黝鎛己（新收494）（楚）	黝鐘甲（新收482）（楚）
黝鐘甲（新收482）（楚）	黝鐘丙（新收486）（楚）	黝鐘己（新收484）（楚）	黝鐘丙（新收486）（楚）
王孫遺者鐘（集成261）（楚）	孟縢姬缶（新收416）（楚）	孟縢姬缶器（新收417）（楚）	孟縢姬缶（集成10005）（楚）
[illegible]子鼎（通鑑2382）（齊）	[illegible]子鼎（通鑑2382）（齊）	王子吳鼎（集成2717）（楚）	王子吳鼎（集成2717）（楚）
曾孫史夷簠（集成4591）	子季嬴青簠蓋（集成4594）（楚）	嘉子伯昜臚簠器（集成4605）	楚屈子赤目簠蓋（集成4612）（楚）
楚屈子赤目簠器（新收1230）（楚）	曾簠（集成4614）	樂子嚷豧簠（集成4618）（宋）	樂子嚷豧簠（集成4618）（宋）

- 郳太宰簠蓋（集成 4624）（郳）
- 郳太宰簠蓋（集成 4624）（郳）
- 發孫虜簠（新收 1773）
- 叔姜簠蓋（新收 1212）（楚）
- 蔡侯簠甲蓋（新收 1896）（蔡）
- 蔡侯簠甲器（新收 1896）（蔡）
- 申文王之孫州奉簠（通鑑 5960）
- 隮公胄敦（集成 4641）（鄀）
- 齊侯盂（集成 10318）（齊）
- 齊侯盂（集成 10318）（齊）
- 洹子孟姜壺（集成 9729）（齊）
- 洹子孟姜壺（集成 9730）（齊）
- 洹子孟姜壺（集成 9729）（齊）
- 洹子孟姜壺（集成 9730）（齊）
- 洹子孟姜壺（集成 9729）（齊）
- 洹子孟姜壺（集成 9730）（齊）
- 洹子孟姜壺（集成 9729）（齊）
- 洹子孟姜壺（集成 9729）（齊）
- 洹子孟姜壺（集成 9730）（齊）
- 鄭太子之孫與兵壺蓋（新收 1980）
- 鼄公牼鐘甲（集成 149）（郳）
- 鼄公牼鐘丙（集成 151）（郳）
- 鼄公華鐘（集成 245）（郳）
- 鼄公華鐘（集成 245）（郳）
- 鼄公華鐘（集成 245）（郳）
- 鼄公華鐘（集成 245）（郳）
- 鼄公華鐘（集成 245）（郳）
- 襄王孫盞（新收 1771）
- 荊公孫敦（集成 4642）
- 荊公孫敦（通鑑 6070）
- 王子申盞（集成 4643）（楚）
- 復公仲壺（集成 9681）
- 公子土斧壺（集成 9709）（齊）
- 寬兒缶甲（通鑑 14091）
- 徐王義楚盤（集成 10099）（徐）
- 者尚余卑盤（集成 10165）
- 唐子仲瀕兒盤（新收 1210）（唐）
- 唐子仲瀕兒盤（新收 1210）（唐）
- 賈孫叔子屖盤（通鑑 14516）
- 工𫊸季生匜（集成 10212）
- 唐子仲瀕兒匜（新收 1209）（唐）
- 唐子仲瀕兒匜（新收 1209）（唐）
- 吳王光鑑甲（集成 10298）（吳）
- 吳王光鑑乙（集成 10299）（吳）
- 楚王領鐘（集成 53）（楚）
- 楚王領鐘（集成 53）（楚）
- 敬事天王鐘甲（集成 73）（楚）
- 敬事天王鐘丁（集成 76）（楚）

敬事天王鐘己（集成78）（楚）	敬事天王鐘辛（集成80）（楚）	鄱子成周鐘甲（新收283）	鄱子成周鐘乙（新收284）
子璋鐘甲（集成113）（許）	子璋鐘乙（集成114）（許）	子璋鐘乙（集成114）（許）	子璋鐘丙（集成115）（許）
子璋鐘丙（集成115）（許）	子璋鐘丁（集成116）（許）	子璋鐘丙（集成115）（許）	子璋鐘戊（集成117）（許）
子璋鐘戊（集成117）（許）	子璋鐘己（集成118）（許）	子璋鐘庚（集成119）（許）	子璋鐘庚（集成119）（許）
邾公孫班鎛（集成140）（邾）	邾公孫班鎛（集成140）（邾）	邾公孫班鎛（集成140）（邾）	邾公孫班鎛（集成140）（邾）
侯古堆鎛乙（新收277）	侯古堆鎛丙（新收278）	侯古堆鎛庚（新收281）	沇兒鎛（集成203）（徐）
其次句鑃（集成421）（越）	其次句鑃（集成421）（越）	其次句鑃（集成422）（越）	其次句鑃（集成422）（越）
喬君鉦鋮（集成423）（許）	攻敔王夫差劍（集成11637）（吳）	攻敔王夫差劍（集成11639）（吳）	攻敔王夫差劍（新收1868）（吳）
攻敔王夫差劍（新收1116）（吳）	攻敔王夫差劍（新收1523）（吳）	攻敔王夫差劍（新收1734）（吳）	工吳王叡矪工吳劍（通鑑18067）
工吳王叡矪工吳劍（通鑑18067）	郤令尹者旨𦓜爐（集成10391）（徐）	石鼓（獵碣·遊車）（通鑑19816）（秦）	石鼓（獵碣·遊車）（通鑑19816）（秦）
石鼓（獵碣·遊車）（通鑑19816）（秦）	石鼓（獵碣·遊車）（通鑑19816）（秦）	石鼓（獵碣·遊車）（通鑑19816）（秦）	石鼓（獵碣·遊車）（通鑑19816）（秦）
石鼓（獵碣·遊車）（通鑑19816）（秦）	石鼓（獵碣·汧沔）（通鑑19817）（秦）	石鼓（獵碣·汧沔）（通鑑19817）（秦）	石鼓（獵碣·汧沔）（通鑑19817）（秦）

甘

【春秋時期】

石鼓（獵碣・吳人）（通鑑 19825）（秦）

丁兒鼎蓋（新收 1712）（應）

復公仲簋蓋（集成 4128）

□右盤（集成 10150）

番仲艾匜（集成 10258）（番）

公父宅匜（集成 10278）

鐘伯侵鼎（集成 2668）

鎬鼎（集成 2478）

𤻮鼎（集成 2569）

嗌余敦（新收 1627）

曾孟嬶諫盆蓋（集成 10332）（曾）

曾孟嬶諫盆器（集成 10332）（曾）

黃太子伯克盆（集成 10338）（黃）

彭子仲盆蓋（集成 10340）

齊皇壺（集成 9659）（齊）

㕢君壺（集成 9680）

黃韋俞父盤（集成 10146）（黃）

公父宅匜（集成 10278）

自鐘（集成 7）

【春秋後期】

齊縈姬盤（集成 10147）（齊）

【春秋中後期】

東姬匜（新收 398）（楚）

《說文》：「𠀠，籀文箕。」

【春秋早期】

商丘叔簠（集成 4558）

虢碩父簠蓋（新收 52）

【春秋晚期】

鄭莊公之孫盧鼎（通鑑 2326）

王孫遺者鐘（集成 261）（楚）

宋公䜌簠（集成 4590）

唐子仲瀕兒瓶（新收 1211）（唐）

唐子仲瀕兒瓶（新收 1211）（唐）

宋君夫人鼎（通鑑 2343）

宋公䜌簠（集成 4589）（宋）

其台鐘（集成 3）

徐王子旃鐘（集成 182）（徐）

徐王子旃鐘（集成 182）（徐）

侯古堆鎛甲（新收 276）

⿰其几

攻敔王夫差戈（集成11288）（吳）
攻敔王夫差劍（集成11638）（吳） 
次尸祭缶（新收1249）（徐） 

【春秋時期】
齊侯盤（集成10123）（齊） 

【春秋晚期】
王子午鼎（集成2811）（楚） 
王子午鼎（新收449）（楚） 
王子午鼎（新收445）（楚） 
王子午鼎（新收446）（楚） 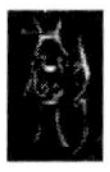
王子午鼎（新收444）（楚） 
王子午鼎（新收447）（楚） 

⿰其殳

【春秋早期】
秦公簋器（集成4315）（秦） 
秦公鐘乙（集成263）（秦） 
秦公鐘乙（集成263）（秦） 
秦公鎛甲（集成267）（秦） 
秦公鎛甲（集成267）（秦） 
秦公鎛乙（集成268）（秦） 
秦公鎛乙（集成268）（秦） 
秦公鎛丙（集成269）（秦） 
秦公鎛丙（集成269）（秦） 
鄧公孫無⿱⿰其几女鼎（新收1231）（鄧）

【春秋晚期】
乙鼎（集成2607）

⿱⿰其几女

【春秋中期】
上鄀府簠蓋（集成4613）（鄀） 
上鄀公簠器（新收401）（楚） 
上鄀府簠器（集成4613）（鄀） 
上鄀公簠蓋（新收401）（楚） 

【春秋晚期】
王孫遺者鐘（集成261）（楚） 
子可期戈（集成11072） 
配兒鉤鑃甲（集成426）（吳） 

⿱目丌

【春秋早期】
番叔壺（新收297）（番）

丌

【春秋晚期】

郘夫人嬦鼎（通鑑2386）

郘夫人嬦鼎（通鑑2386）

越邾盟辭鎛乙（集成156）（越）

典 典

【春秋中期】

公典盤（新收1043）

《說文》：「𥫗，古文典。从竹。」

奠

【春秋早期】

秦公鐘甲（集成262）（秦）

秦公鐘丁（集成265）（秦）

秦公鎛甲（集成267）（秦）

秦公鎛乙（集成268）（秦）

秦公鎛丙（集成269）（秦）

鄭子石鼎（集成2421）（鄭）

鄭饔原父鼎（集成2493）（鄭）

鄭戚句父鼎（集成2520）（鄭）

鄭伯氏士叔皇父鼎（集成2667）（鄭）

曾子䡅鼎（集成2757）（曾）

子耳鼎（通鑑2276）

寶登鼎（通鑑2277）

鄭叔猷父鬲（集成579）（鄭）

鄭井叔猷父鬲（集成580）（鄭）

鄭井叔𢼸父鬲（集成581）（鄭）

鄭師遵父鬲（集成731）（鄭）

𤔲子奠伯鬲（集成742）（曾）

伯高父甗（集成938）

召叔山父簠（集成4601）（鄭）

召叔山父簠（集成4602）（鄭）

鄭伯盤（集成10090）（鄭）

鄭大内史叔上匜（集成10281）（鄭）

【春秋中期】

子犯鐘甲D（新收1011）（晉）

子犯鐘乙D（新收1023）（晉）

【春秋晚期】

鄭莊公之孫盧鼎（通鑑2326）

曾大師奠鼎（新收501）（曾）

左

【春秋早期】

秦公鐘甲（集成262）（秦）

秦公鐘丁（集成265）（秦）

秦公鎛甲（集成267）（秦）

右

秦公鎛乙（集成 268）（秦）
秦公鎛丙（集成 269）（秦） 
欒左庫戈（集成 10959） 
秦子戈（集成 11352）（秦） 

秦子戈（集成 11353）（秦）
秦子戈（新收 1350）（秦） 
淳于戈（新收 1110）（齊） 

【春秋中期】

魯大左司徒元鼎（集成 2592）（魯）
魯大左司徒元鼎（集成 2593）（魯） 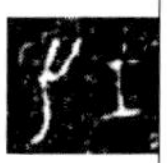
子犯鐘甲 A（新收 1008）（晉） 
子犯鐘甲 C（新收 1010）（晉） 

子犯鐘乙 A（新收 1020）（晉）
子犯鐘乙 C（新收 1022）（晉） 

【春秋晚期】

晉公盆（集成 10342）（晉）

鄜左庫戈（集成 11022）
平阿左戈（新收 1496） 
秦景公石磬（通鑑 19792）（秦） 
石鼓（獵碣・田車）（通鑑 19818）（秦） 

石鼓（獵碣・而師）（通鑑 19822）（秦）
石鼓（獵碣・吾水）（通鑑 19824）（秦） 

【春秋時期】

左徒戈（集成 10971）

平陽左庫戈（集成 11017）（齊）
十八年鄉左庫戈（集成 11264）（晉） 

【春秋晚期】

宋左太師睪鼎（通鑑 2364）
宋左太師睪鼎（通鑑 2364） 

【春秋時期】

郳左戹戈（集成 10969）（郳）

砉

【春秋中期】

國差鑪（集成 10361）（齊）

【春秋晚期】

宋公差戈（集成 11289）（宋）
吳王夫差矛（集成 11534）（吳） 

【春秋晚期】

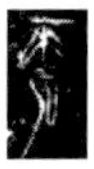

王子午鼎（集成 2811）（楚）
王子午鼎（新收 449）（楚） 
王子午鼎（新收 446）（楚）

工

䡨

王子午鼎（新收444）（楚）
王子午鼎（新收447）（楚）
吳王夫差鑑（新收1477）（吳）
吳王夫差盉（新收1475）（吳）

攻敔王夫差劍（集成11636）（吳）
攻敔王夫差劍（集成11637）（吳）
攻敔王夫差劍（集成11638）（吳）
吳王夫差鑑（集成10294）（吳）

攻敔王夫差劍（集成11639）（吳）
攻敔王夫差劍（新收317）（吳）
攻敔王夫差劍（新收1523）（吳）
吳王夫差鑑（集成10295）（吳）

攻敔王夫差劍（新收1734）（吳）
吳王夫差鑑（集成10296）（吳）
攻敔工差戟（集成11258）（吳）
宋公差戈（集成11281）（宋）

宋公差戈（集成11204）（宋）

【春秋晚期】

蔡侯𪓕尊（集成6010）（蔡）
蔡侯𪓕歌鐘乙（集成211）（蔡）

【春秋早期】

召叔山父簠（集成4601）（鄭）
召叔山父簠（集成4602）（鄭）
楚大師登鐘丁（通鑑15508）（楚）
楚大師登鐘己（通鑑15510）（楚）
楚大師登鐘庚（通鑑15511）（楚）
楚大師登鐘辛（通鑑15512）（楚）
楚大師登鐘壬（通鑑15513）（楚）

【春秋中期】

子犯鐘乙C（新收1022）（晉）
者減鐘一（集成193）（吳）
者減鐘三（集成195）（吳）
者減鐘四（集成196）（吳）
者減鐘五（集成197）（吳）
者減鐘七（集成199）（吳）
者減鐘八（集成200）（吳）
者減鐘九（集成201）（吳）
子犯鐘甲C（新收1010）（晉）

【春秋晚期】

蔡公子義工簠（集成4500）（蔡）
攻吳大叔盤（新收1264）（吳）
工盧王之孫鎣（新收1283）（吳）
工𠭯季生匜（集成10212）
攻敔工差戟（集成11258）（吳）

是立事歲戈（集成11259）（齊）

攻敔王劍（集成11665）

工敔太子姑發𦣞反劍（集成11718）（吳）

工盧王姑發𦣞反之弟劍（新收988）（吳）

工盧大矢鈹（新收1625）（吳）

工盧大矢鈹（新收1625）（吳）

工吳王䱷𤞷工吳劍（通鑑18067）

石鼓（獵碣・遊車）（通鑑19816）（秦）

【春秋時期】

工劍（集成11575）

【春秋晚期】

工尹坡盞（通鑑6060）

《說文》：「𢒄，古文工。从彡。」

【春秋晚期】

鄬侯少子簋（集成4152）（莒）

【春秋早期】

申五氏孫矩甗（新收970）（申）

【春秋早期】

塞公孫𦡵父匜（集成10276）

【春秋中期】

塞公屈顙戈（通鑑16920）（楚）

【春秋早期】

鄁甘𦎫鼎（新收1091）

【春秋晚期】

叔尸鐘一（集成272）（齊）

【春秋晚期】

夫欧申鼎（新收1250）（舒）

越邾盟辭鎛乙（集成156）（越）

【春秋早期】

秦公鐘甲（集成262）（秦）

秦公鐘甲（集成262）（秦）

秦公鐘丙（集成264）（秦）

秦公鐘丙（集成264）（秦）

秦公鎛甲（集成267）（秦）

秦公鎛甲（集成267）（秦）

秦公鎛乙（集成268）（秦）

- 秦公鎛乙（集成 268）（秦）
- 秦公鎛丙（集成 269）（秦）
- 秦公鎛丙（集成 269）（秦）
- 戎生鐘甲（新收 1613）（晉）
- 郳太宰欉子斟簠（集成 4623）（郳）

【春秋中期】

- 𪎕鎛（集成 271）（齊）
- 𪎕鎛（集成 271）（齊）

【春秋晚期】

- 哀成叔鼎（集成 2782）（鄭）
- 義子曰鼎（通鑑 2179）
- 鄭莊公之孫盧鼎（通鑑 2326）
- 復公仲簋蓋（集成 4128）
- 叔牀父簠蓋（集成 4544）
- 郳太宰簠蓋（集成 4624）（郳）
- 晉公盆（集成 10342）（晉）
- 洹子孟姜壺（集成 9730）（齊）
- 洹子孟姜壺（集成 9729）（齊）
- 庚壺（集成 9733）（齊）
- 鼄公牼鐘丙（集成 151）（邾）
- 余贎逨兒鐘丙（集成 185）（徐）
- 蔡侯𪒠歌鐘甲（集成 210）（蔡）
- 蔡侯𪒠歌鐘乙（集成 211）（蔡）
- 郘黛鐘二（集成 226）（晉）
- 郘黛鐘四（集成 228）（晉）
- 郘黛鐘六（集成 230）（晉）
- 郘黛鐘七（集成 231）（晉）
- 郘黛鐘九（集成 233）（晉）
- 鼄公華鐘（集成 245）（邾）
- 蔡侯𪒠鎛丁（集成 222）（蔡）
- 配兒鉤鑃乙（集成 427）（吳）
- 越邾盟辭鎛乙（集成 156）（越）
- 越邾盟辭鎛乙（集成 156）（越）
- 越邾盟辭鎛乙（集成 156）（越）
- 越邾盟辭鎛乙（集成 156）（越）
- 越邾盟辭鎛甲（集成 155）
- 越邾盟辭鎛甲（集成 155）
- 秦景公石磬（通鑑 19781）（秦）

【春秋晚或戰國早期】

- 中央勇矛（集成 11566）

朁

【春秋早期】

- 戎生鐘丙（新收 1615）（晉）

曹

【春秋早期】

- 曹公盤（集成 10144）（曹）
- 曹公子沱戈（集成 11120）（曹）

【春秋晚期】

曹公簠（集成 4593）（曹）

䏉公蘇戈（集成 11209）

【春秋時期】

曹右庭戈（集成 11070）（曹）

曹伯狄簋殘蓋（集成 4019）

【春秋早期】

上曾太子般殷鼎（集成 2750）（曾）

【春秋晚期】

𥲨叔之仲子平鐘甲（集成 172）（莒）

鄘侯少子簋（集成 4152）（莒）

吳王光鑑甲（集成 10298）（吳）

𥲨叔之仲子平鐘丙（集成 174）（莒）

𥲨叔之仲子平鐘壬（集成 180）（莒）

【春秋早期】

曾伯陭壺蓋（集成 9712）（曾）

曾伯陭壺器（集成 9712）（曾）

【春秋時期】

㭬右盤（集成 10150）

【春秋早期】

上鄀公敄人簋蓋（集成 4183）（鄀）

【春秋中期】

𬭚鎛（集成 271）（齊）

【春秋中期】

子犯鐘甲 G（新收 1014）（晉）

【春秋中期】

𬭚鎛（集成 271）（齊）

【春秋晚期】

蔡大師腆鼎（集成 2738）（蔡）

可簠（通鑑 5959）

杕氏壺（集成 9715）（燕）

可方壺（通鑑 12331）（曾）

可盤（通鑑 14511）（曾）

子可期戈（集成 11072）

工吳王叡矦工吳劍（通鑑 18067）

石鼓（獵碣・汧沔）（通鑑 19817）（秦）

石鼓（獵碣・汧沔）（通鑑 19817）（秦）

【春秋早期】

秦公鐘甲（集成 262）（秦）

秦公鐘丙（集成 264）（秦）

秦公鎛甲（集成 267）（秦）

秦公鎛乙（集成 268）（秦）
秦公鎛丙（集成 269）（秦）
曾者子𨭜鼎（集成 2563）（曾）
伯辰鼎（集成 2652）（徐）

曾子𣪘鼎（集成 2757）（曾）
曾子𣪘鼎（集成 2757）（曾）
鄀公平侯鼎（集成 2771）（鄀）
鄀公平侯鼎（集成 2772）（鄀）

鄀公平侯鼎（集成 2771）（鄀）
鄀公平侯鼎（集成 2772）（鄀）
邿譴簋甲蓋（集成 4040）（邿）
邿譴簋甲器（集成 4040）（邿）

鑄叔皮父簋（集成 4127）（鑄）
上鄀公敄人簋蓋（集成 4183）（鄀）
上鄀公敄人簋蓋（集成 4183）（鄀）
秦子簋蓋（通鑑 5166）

邿譴簋乙（通鑑 5277）
鄀公諴簠（集成 4600）
曾伯霥簠蓋（集成 4632）（曾）
曾伯霥簠（集成 4631）（曾）

淳于戈（新收 1110）（齊）
戎生鐘乙（新收 1614）（晉）
戎生鐘乙（新收 1614）（晉）
戎生鐘戊（新收 1617）（晉）

虢季鐘乙（新收 2）（虢）
虢季鐘丙（新收 3）（虢）
淳于公戈（新收 1109）

【春秋中期】

𬶍鎛（集成 271）（齊）
𬶍鎛（集成 271）（齊）
𬶍鎛（集成 271）（齊）
子犯鐘甲 E（新收 1012）（晉）

子犯鐘乙 B（新收 1021）（晉）
子犯鐘乙 E（新收 1016）（晉）
者𣶃鐘一（集成 193）（吳）
者𣶃鐘一（集成 193）（吳）

者𣶃鐘二（集成 194）（吳）
者𣶃鐘二（集成 194）（吳）
者𣶃鐘三（集成 195）（吳）
者𣶃鐘三（集成 195）（吳）

者𣶃鐘四（集成 196）（吳）
者𣶃鐘四（集成 196）（吳）
季子康鎛丙（通鑑 15787）
季子康鎛丁（通鑑 15788）

公英盤（新收 1043）

【春秋晚期】

哀成叔鼎（集成 2782）（鄭）
王孫誥鐘八（新收 425）（楚）

王孫誥鐘一（新收418）（楚）

王孫誥鐘一（新收418）（楚）

王孫誥鐘一（新收418）（楚）

王孫誥鐘二（新收419）（楚）

王孫誥鐘二（新收419）（楚）

王孫誥鐘二（新收419）（楚）

王孫誥鐘三（新收420）（楚）

王孫誥鐘三（新收420）（楚）

王孫誥鐘三（新收420）（楚）

王孫誥鐘四（集成421）（楚）

王孫誥鐘四（集成421）（楚）

王孫誥鐘四（新收421）（楚）

王孫誥鐘四（新收421）（楚）

王孫誥鐘五（新收422）（楚）

王孫誥鐘五（新收422）（楚）

王孫誥鐘五（新收422）（楚）

王孫誥鐘六（新收423）（楚）

王孫誥鐘六（新收423）（楚）

王孫誥鐘六（新收423）（楚）

王孫誥鐘六（新收423）（楚）

王孫誥鐘七（新收424）（楚）

王孫誥鐘八（新收425）（楚）

王孫誥鐘八（新收425）（楚）

王孫誥鐘九（新收426）（楚）

王孫誥鐘九（新收426）（楚）

王孫誥鐘九（新收426）（楚）

王孫誥鐘十（新收427）（楚）

王孫誥鐘十（新收427）（楚）

王孫誥鐘十（新收427）（楚）

王孫誥鐘十一（新收428）（楚）

王孫誥鐘十二（新收429）（楚）

王孫誥鐘十二（新收429）（楚）

王孫誥鐘十二（新收429）（楚）

王孫誥鐘十三（新收430）（楚）

王孫誥鐘十三（新收430）（楚）

王孫誥鐘十三（新收430）（楚）

王孫誥鐘十五（新收434）（楚）

王孫誥鐘十五（新收434）（楚）

王孫誥鐘十五（新收434）（楚）

王孫誥鐘十七（新收435）（楚）

王孫誥鐘十八（新收432）（楚）

王孫誥鐘二十（新收433）（楚）

王孫誥鐘二十（新收433）（楚）

王孫誥鐘二十一（新收439）（楚）

王孫誥鐘二十一（新收439）（楚）

王孫誥鐘二十四（新收440）（楚）

王孫誥鐘二十四（新收440）（楚）

王孫誥鐘二十四（新收440）（楚）

王孫誥鐘二十五（新收441）（楚）	王孫遺者鐘（集成261）（楚）	王孫遺者鐘（集成261）（楚）	王孫遺者鐘（集成261）（楚）
蔡侯䌷歌鐘甲（集成210）（蔡）	遷𨚕鎛丁（通鑑15795）（舒）	遷𨚕鎛甲（通鑑15792）（舒）	遷𨚕鎛丙（通鑑15794）（舒）
遷𨚕鐘三（新收1253）（舒）	遷𨚕鐘六（新收56）（舒）	鄭太子之孫與兵壺蓋（新收1980）	鄭莊公之孫盧鼎（通鑑2326）
鄭太子之孫與兵壺器（新收1980）	鄭太子之孫與兵壺蓋（新收1980）	鄭太子之孫與兵壺蓋（新收1980）	嘉賓鐘（集成51）
簷叔之仲子平鐘甲（集成172）（莒）	簷叔之仲子平鐘己（集成177）（莒）	簷叔之仲子平鐘壬（集成180）（莒）	簷叔之仲子平鐘丁（集成175）（莒）
徐王子旃鐘（集成182）（徐）	余贎逐兒鐘甲（集成183）（徐）	余贎逐兒鐘丙（集成185）（徐）	聖靡公獎鼓座（集成429）
鼄公牼鐘丙（集成151）（邾）	鼄公華鐘（集成245）（邾）	鼄公牼鐘甲（集成149）（邾）	鼄公牼鐘乙（集成150）（邾）
沇兒鎛（集成203）（徐）	沇兒鎛（集成203）（徐）	配兒鉤鑃甲（集成426）（吳）	配兒鉤鑃乙（集成427）（吳）
淳于公戈（集成11124）（鑄）	淳于公戈（集成11125）（鑄）	淳于右戈（新收1069）（齊）	聖靡公獎鼓座（集成429）
趙孟庎壺（集成9679）（晉）	趙孟庎壺（集成9678）（晉）	杕氏壺（集成9715）（燕）	洹子孟姜壺（集成9729）（齊）
洹子孟姜壺（集成9730）（齊）	洹子孟姜壺（集成9729）（齊）	洹子孟姜壺（集成9729）（齊）	洹子孟姜壺（集成9729）（齊）
洹子孟姜壺（集成9729）（齊）	洹子孟姜壺（集成9730）（齊）	䣄于𠱾盞蓋（集成4636）（楚）	䣄于𠱾盞器（集成4636）（楚）

亏

徐王義楚觶（集成 6513）（徐）

鄭太子之孫與兵壺蓋（新收 1980）

敬事天王鐘乙（集成 74）（楚）

敬事天王鐘戊（集成 77）（楚）

敬事天王鐘己（集成 78）（楚）

敬事天王鐘壬（集成 81）（楚）

齊䡅氏鐘（集成 142）（齊）

秦景公石磬（通鑑 19782）（秦）

石鼓（獵碣・田車）（通鑑 19818）（秦）

石鼓（獵碣・霝雨）（通鑑 19820）（秦）

競之定簋甲（通鑑 5226）

競之定鬲甲（通鑑 2997）

競之定豆乙（通鑑 6147）

競之定豆甲（通鑑 6146）

【春秋時期】

滕之不㤓劍（集成 11608）（滕）

【春秋早期】

楚大師登鐘丁（通鑑 15508）（楚）

楚大師登鐘己（通鑑 15510）（楚）

楚大師登鐘庚（通鑑 15511）（楚）

楚大師登鐘辛（通鑑 15512）（楚）

【春秋晚期】

王子午鼎（集成 2811）

王子午鼎（集成 2811）（楚）

王子午鼎（新收 447）（楚）

王子午鼎（新收 444）（楚）

王子午鼎（新收 446）（楚）

王子午鼎（新收 445）（楚）

王子午鼎（新收 449）（楚）

王子午鼎（新收 446）（楚）

王子午鼎（新收 444）（楚）

王子午鼎（新收 447）（楚）

王子午鼎（新收 449）（楚）

王子午鼎（集成 2811）（楚）

王子午鼎（新收 445）（楚）

王子午鼎（新收 446）（楚）

王子午鼎（新收 444）（楚）

王子午鼎（新收 447）（楚）

王子孜戈（集成 11207）（吳）

王子孜戈（集成 11208）（吳）

【春秋早期】

鄀公平侯鼎（集成 2771）（鄀）

鄀公平侯鼎（集成 2772）（鄀）

【春秋晚期】

篖叔之仲子平鐘甲（集成 172）（莒）

篖叔之仲子平鐘丙（集成 174）（莒）

篖叔之仲子平鐘丁（集成 175）（莒）

篖叔之仲子平鐘戊（集成 176）（莒）

簷叔之仲子平鐘己（集成177）（莒）
簷叔之仲子平鐘庚（集成178）（莒）
簷叔之仲子平鐘辛（集成179）（莒）
簷叔之仲子平鐘壬（集成180）（莒）

簷叔之仲子平鐘壬（集成180）（莒）
簷叔之仲子平鐘丙（集成174）（莒）
拍敦（集成4644）
侯古堆鎛甲（新收276）

秦景公石磬（通鑑19778）（秦）
秦景公石磬（通鑑19780）（秦）
孝子平壺（新收1088）（莒）

【春秋晚期】
平陽高馬里戈（集成11156）（齊）
臧孫鐘庚（集成99）（吳）
臧孫鐘己（集成98）（吳）

平阿左戈（新收1496）
【春秋時期】
平陽左庫戈（集成11017）（齊）
《說文》：「[古文]，古文平如此。」

【春秋早期】
上曾太子般殷鼎（集成2750）（曾）
伯旛魚父簠（集成4525）

【春秋中期】
國差罎（集成10361）（齊）
國差罎（集成10361）（齊）
【春秋晚期】

旨賞鐘（集成19）（吳）
足利次留元子鐘（通鑑15361）（徐）
郘令尹者旨𦉪爐（集成10391）（徐）
《說文》：「[古文]，古文旨。」

【春秋晚期】
蔡侯𩰫尊（集成6010）（蔡）
蔡侯𩰫盤（集成10171）（蔡）

【春秋早期】
楚大師登鐘甲（通鑑15505）（楚）
楚大師登鐘乙（通鑑15506）（楚）
楚大師登鐘丁（通鑑15508）（楚）

楚大師登鐘己（通鑑15510）（楚）
【春秋中期】
者瀘鐘三（集成195）（吳）
【春秋晚期】

王孫誥鐘一（新收418）（楚）
王孫誥鐘二（新收419）（楚）
王孫誥鐘四（新收421）（楚）
王孫誥鐘五（新收422）（楚）

壴

王孫誥鐘六（新收423）（楚）	王孫誥鐘七（新收424）（楚）	王孫誥鐘八（新收425）（楚）	王孫誥鐘九（新收426）（楚）
王孫誥鐘十（新收427）（楚）	王孫誥鐘十一（新收428）（楚）	王孫誥鐘十二（新收429）（楚）	王孫誥鐘十四（新收431）（楚）
王孫誥鐘十六（新收436）（楚）	王孫誥鐘十九（新收437）（楚）	王孫誥鐘二十五（新收441）（楚）	王孫遺者鐘（集成261）（楚）
𪑓鎛甲（新收489）（楚）	𪑓鎛乙（新收490）（楚）	𪑓鎛丙（新收491）（楚）	𪑓鎛丁（新收492）（楚）
𪑓鎛己（新收494）（楚）	𪑓鐘甲（新收482）（楚）	𪑓鐘丁（新收483）（楚）	子璋鐘甲（集成113）（許）
子璋鐘乙（集成114）（許）	子璋鐘丙（集成115）（許）	子璋鐘丁（集成116）（許）	子璋鐘戊（集成117）（許）
子璋鐘庚（集成119）（許）	鼄公牼鐘丙（集成151）（邾）	鼄公牼鐘丁（集成152）（邾）	徐王子旃鐘（集成182）（徐）
王子嬰次鐘（集成52）（楚）	郳公孫班鎛（集成140）（郳）	沇兒鎛（集成203）（徐）	楚屈喜戈（通鑑17186）
秦景公石磬（通鑑19778）（秦）	彭公之孫無所鼎（通鑑2189）		
【春秋晚期】	齊鞷氏鐘（集成142）（齊）		
【春秋早期】	尌仲盤（集成10056）		
【春秋早期】	彭伯壺蓋（新收315）（彭）	【春秋時期】	彭子仲盆蓋（集成10340）

嘉

申公彭宇簠（集成 4610）（鄀）

申公彭宇簠（集成 4611）（鄀）

【春秋早期】

上曾太子般殷鼎（集成 2750）（曾）

𨟻魯宰兩鼎（集成 2591）（魯）

【春秋晚期】

洹子孟姜壺（集成 9729）（齊）

洹子孟姜壺（集成 9730）（齊）

石鼓（獵碣・吾水）（通鑑 19824）（秦）

⿰壴加

【春秋早期】

右走馬嘉壺（集成 9588）

【春秋晚期】

王孫遺者鐘（集成 261）（楚）

王孫誥鐘一（新收 418）（楚）

王孫誥鐘二（新收 419）（楚）

王孫誥鐘三（新收 420）（楚）

王孫誥鐘四（新收 421）（楚）

王孫誥鐘五（新收 422）（楚）

王孫誥鐘七（新收 424）（楚）

王孫誥鐘八（新收 425）（楚）

王孫誥鐘十（新收 427）（楚）

王孫誥鐘十一（新收 428）（楚）

王孫誥鐘十二（新收 429）（楚）

王孫誥鐘十四（新收 431）（楚）

王孫誥鐘十六（新收 436）（楚）

王孫誥鐘十九（新收 437）（楚）

王孫誥鐘二十二（新收 438）（楚）

王孫誥鐘二十五（新收 441）（楚）

哀成叔鼎（集成 2782）（鄭）

哀成叔鼎（集成 2782）（鄭）

王子申盞（集成 4643）（楚）

侯古堆鎛甲（新收 276）

嘉賓鐘（集成 00051）

邾公釛鐘（集成 102）（邾）

齊鞷氏鐘（集成 142）（齊）

徐王子旃鐘（集成 182）（徐）

沇兒鎛（集成 203）（徐）

⿱艹嘉

【春秋晚期】

嘉子伯昜臚簠器（集成 4605）

劼

【春秋早期】

戎生鐘丁（新收 1616）（晉）

盌

虘

【春秋早期】

楚大師登鐘丁（通鑑15508）（楚）

楚大師登鐘己（通鑑15510）（楚）

【春秋晚期】

邵黛鐘二（集成226）（晉）

邵黛鐘七（集成231）（晉）

邵黛鐘八（集成232）（晉）

邵黛鐘十一（集成235）（晉）

【春秋時期】

盌余敦（新收1627）

【春秋早期】

取膚上子商匜（集成10253）（魯）

【春秋晚期】

鬮丘虞鵑戈（集成11073）（莒）

【春秋早期】

秦公簋器（集成4315）（秦）

秦公鐘甲（集成262）（秦）

秦公鐘丙（集成264）（秦）

秦公鎛甲（集成267）（秦）

秦公鎛乙（集成268）（秦）

秦公鎛丙（集成269）（秦）

【春秋晚期】

蔡侯䜌歌鐘甲（集成210）（蔡）

蔡侯䜌歌鐘乙（集成211）（蔡）

蔡侯䜌歌鐘丁（集成218）（蔡）

蔡侯䜌鎛丙（集成221）（蔡）

蔡侯䜌鎛丁（集成222）（蔡）

吳王光鐘（集成223）（蔡）

吳王光鑑甲（集成10298）（吳）

晉公盆（集成10342）

【春秋晚期】

吳王光鐘殘片之四十（集成224.8）（吳）

吳王光鐘殘片之四十三（集成224.19-39）（吳）

【春秋早期】

大師盤（新收1464）

【春秋晚期】

攻敔王虘伐此郤劍（通鑑18066）

喬君鉦鋮（集成423）（許）

虘非矛（集成11496）

虖

【春秋早期】	虖北鼎（集成2082）	【春秋時期】	虖訇丘堂匜（集成10194）

虡

【春秋晚期】	邵黛鐘一（集成225）（晉）	邵黛鐘二（集成226）（晉）	邵黛鐘四（集成228）（晉）
邵黛鐘六（集成230）（晉）	邵黛鐘七（集成231）（晉）	邵黛鐘九（集成233）（晉）	邵黛鐘十一（集成235）（晉）
少虡劍（集成11696）（晉）	少虡劍（集成17697）（晉）	吳王光鐘殘片之五（集成224.20）（吳）	吳王光鐘殘片之二十九（集成224.22-38）（吳）
吳王光鐘殘片之三十（集成224.17）（吳）	吳王光鐘殘片三十七（集成224.4-43）（吳）	《說文》：「虡，篆文虡省。」	

虎

【春秋早期】	虎臣子組鬲（集成661）（虢）	麠山旅虎簠（集成4540）	麠山旅虎簠蓋（集成4541）
麠山旅虎簠器（集成4541）	【春秋晚期】	秦景公石磬（通鑑19778）（秦）	秦景公石磬（通鑑19780）（秦）

彪

【春秋早期】	毛叔盤（集成10145）（毛）	【春秋晚期】	無伯彪戈（集成11134）（許）

虩

【春秋早期】	秦公簋蓋（集成4315）（秦）	秦公鐘甲（集成262）（秦）	秦公鐘丙（集成264）（秦）
秦公鎛甲（集成267）（秦）	秦公鎛乙（集成268）（秦）	秦公鎛丙（集成269）（秦）	【春秋晚期】
晉公盆（集成10342）	晉公盆（集成10342）		

虢

【春秋早期】	虢季鼎（新收9）（虢）	虢季鼎（新收11）（虢）	虢季鼎（新收15）（虢）

虢

- 虢季鼎（新收12）（虢）
- 虢季鼎（新收13）（虢）
- 虢季氏子組鬲（集成662）（虢）
- 虢季氏子組鬲（通鑑2918）
- 虢季鬲（新收24）（虢）
- 虢季鬲（新收27）（虢）
- 虢季鬲（新收25）（虢）
- 國子碩父鬲（新收48）
- 虢季鬲（新收26）（虢）
- 虢季鬲（新收22）（虢）
- 虢季鬲（新收23）（虢）
- 國子碩父鬲（新收49）
- 虢宮父鬲（通鑑2937）
- 虢季簋蓋（新收16）（虢）
- 虢季簋器（新收16）（虢）
- 虢季簋蓋（新收17）（虢）
- 虢季簋蓋（新收18）（虢）
- 虢季簋器（新收18）（虢）
- 虢季簋器（新收19）（虢）
- 虢季簋器（新收20）（虢）
- 虢季盨蓋（新收33）（虢）
- 虢季盨蓋（新收31）（虢）
- 虢季盨器（新收34）（虢）
- 虢季鋪（新收36）（虢）
- 虢季鋪（新收37）（虢）
- 虢季方壺（新收38）（虢）
- 虢姜壺（通鑑12338）
- 虢季盤（新收40）（虢）
- 虢宮父盤（新收51）
- 虢季鐘丙（新收3）（虢）
- 虢季鐘戊（新收6）（虢）
- 虢季鐘庚（新收7）（虢）
- 虢季鐘辛（新收8）（虢）
- 虢碩父簠器（新收52）

【春秋早期】

- 虢太子元徒戈（集成11116）（虢）
- 虢太子元徒戈（集成11117）（虢）
- 虢宮父匜（通鑑14991）
- 虢宮父鬲（新收50）
- 蘇冶妊鼎（集成2526）（蘇）
- 蘇冶妊盤（集成10118）（蘇）
- 虢季簋蓋（新收19）（虢）
- 虢季盨器（新收32）（虢）
- 虢季盨器（新收33）（虢）

⿰虘力

【春秋晚期】

攻敔王者彶叡⿰虘力劍（通鑑 18065）

贊

【春秋早期】

王鬲（集成 611）

皿

【春秋早期】

曾太保慶盆（通鑑 6256）

【春秋前期】

郐諮尹征城（集成 425）（徐）

盂

【春秋早期】

子耳鼎（通鑑 2276）

【春秋中期】

宜桐盂（集成 10320）（徐）

魯大司徒元盂（集成 10316）（魯）

【春秋晚期】

慍兒盞器（新收 1374）

黃仲酉壺（通鑑 12328）（曾）

王子申盞（集成 4643）（楚）

聽盂（新收 1072）

齊侯盂（集成 10318）（齊）

婁君盂（集成 10319）

楚王酓審盞（新收 1809）（楚）

慍兒盞蓋（新收 1374）

【春秋時期】

齊皇壺（集成 9659）（齊）

⿰盂舌

【春秋早期】

史宋鼎（集成 2203）

⿰盂僉

【春秋早期】

郜公平侯鼎（集成 2771）（郜）

⿰盂升

【春秋晚期】

齊侯匜（集成 10283）（齊）

⿱皿亏

【春秋中期】

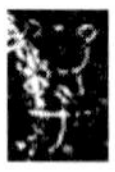

子諆盆蓋（集成 10335）（黃）

子諆盆器（集成 10335）（黃）

⿰盂公

【春秋早期】

郜公平侯鼎（集成 2771）（郜）

郜公平侯鼎（集成 2772）（郜）

盧

【春秋早期】
曾伯霥簠蓋（集成4632）（曾）
曾伯霥簠（集成4631）（曾）

【春秋時期】
宋右師延敦（新收1713）（宋）

【春秋中期】
王子嬰次爐（集成10386）（楚）

【春秋晚期】
郐令尹者旨智爐（集成10391）（徐）

【春秋早期】
鑄子叔黑臣簠器（集成4570）（鑄）
鑄子叔黑臣簠器（集成4571）（鑄）
鑄子叔黑臣簠蓋（集成4570）（鑄）
伯旅魚父簠（集成4525）
冑簠（集成4532）
曾孟嬴削簠（新收1199）（曾）
大司馬孛朮簠器（集成4505）
微乘簠（集成4486）
魯伯俞父簠（集成4566）（魯）
魯伯俞父簠（集成4566）（魯）
魯伯俞父簠（集成4566）（魯）
邾公子害簠蓋（通鑑5964）
邾公子害簠器（通鑑5964）
𩁹侯簠（集成4561）
𩁹侯簠（集成4562）
姘仲簠（集成4534）
芮太子白簠（集成4538）
走馬薛仲赤簠（集成4556）（薛）
虢碩父簠蓋（新收52）
大司馬孛朮簠蓋（集成4505）
鄀公簠蓋（集成4569）（鄀）
虢碩父簠器（新收52）
召叔山父簠（集成4602）（鄭）
陳侯簠器（集成4603）（陳）
陳侯簠蓋（集成4604）（陳）
陳侯簠器（集成4604）（陳）
陳侯簠（集成4606）（陳）
陳侯簠（集成4607）（陳）
考叔𢍅父簠蓋（集成4608）（楚）
考叔𢍅父簠蓋（集成4609）（楚）
考叔𢍅父簠器（集成4609）（楚）
叔朕簠（集成4621）（戴）
邾太宰欉子掛簠（集成4623）（邾）
曾伯霥簠蓋（集成4632）（曾）
曾伯霥簠（集成4631）（曾）

虢季簋蓋（新收35）
蔡大善夫趣簠器（新收1236）（蔡）
蔡大善夫趣簠蓋（新收1236）（蔡）
原氏仲簠（新收937）（陳）

原氏仲簠（新收935）（陳）
原氏仲簠（新收936）（陳）

【春秋中期】

陳公子仲慶簠（集成4597）（陳）

鄀伯受簠蓋（集成4599）（鄀）
鄀伯受簠器（集成4599）（鄀）
上鄀公簠蓋（新收401）（楚）
上鄀府簠蓋（集成4613）（鄀）

長子𩵦臣簠器（集成4625）（晉）
何此簠器（新收404）
何此簠（新收402）
何此簠蓋（新收403）

何此簠器（新收403）
何此簠蓋（新收404）

【春秋晚期】

申文王之孫州桒簠（通鑑5960）

佣簠（新收412）（楚）
佣簠（集成4471）（楚）
□之簠蓋（集成4472）
𦀚簠（集成4475）

曾子遐簠（集成4488）（曾）
曾子遐簠（集成4489）（曾）
曾都尹定簠（新收1214）（曾）
蔡侯龖簠（通鑑5967）（蔡）

蔡侯龖簠（集成4491）（蔡）
蔡侯龖簠蓋（集成4492）（蔡）
蔡侯龖簠器（集成4492）（蔡）
蔡侯龖簠蓋（集成4493）（蔡）

蔡侯龖簠器（集成4493）（蔡）
蔡公子義工簠（集成4500）（蔡）
王孫霝簠器（集成4501）
慶孫之子蛛簠蓋（集成4502）

鄬子孟青嬭簠器（新收522）（楚）
可簠（通鑑5959）
蔡侯龖簠蓋（集成4490）（蔡）
蔡侯龖簠器（集成4490）（蔡）

慶孫之子蛛簠器（集成4502）
鄬子棗簠（集成4545）
曾子原彝簠（集成4573）（曾）
番君召簠（集成4582）（番）

番君召簠（集成4583）（番）
番君召簠（集成4584）（番）
番君召簠蓋（集成4585）（番）
番君召簠（集成4586）（番）

⿷匚金

宋公䜌簠（集成 4589）（宋）
宋公䜌簠（集成 4590）（宋）
子季嬴青簠蓋（集成 4594）（楚）
嘉子伯昜臚簠蓋（集成 4605）

楚屈子赤目簠蓋（集成 4612）（楚）
楚屈子赤目簠器（新收 1230）（楚）
許子妝簠蓋（集成 4616）（許）
許公買簠器（集成 4617）（許）

樂子嚷豧簠（集成 4618）（宋）
郳太宰簠蓋（集成 4624）（郳）
倗簠蓋（新收 413）（楚）
倗簠器（新收 413）（楚）

飤簠蓋（新收 475）（楚）
飤簠器（新收 475）（楚）
飤簠蓋（新收 476）（楚）
飤簠器（新收 476）（楚）

飤簠蓋（新收 477）（楚）
飤簠蓋（新收 478）（楚）
飤簠器（新收 478）（楚）
發孫虜簠（新收 1773）

叔姜簠蓋（新收 1212）（楚）
黄仲酉簠（通鑑 5958）
鄬子大簠器（新收 541）（楚）
鄬子孟孎青簠器（通鑑 5947）

鄬子大簠蓋（新收 541）（楚）
𨟻衸想簠蓋（新收 534）（楚）
𨟻衸想簠器（新收 534）（楚）
許公買簠器（通鑑 5950）

【春秋時期】
申公彭宇簠（集成 4611）（都）
童麗君柏簠（通鑑 5966）

【春秋早期】
鑄叔簠蓋（集成 4560）（鑄）
鑄叔簠器（集成 4560）（鑄）
召叔山父簠（集成 4601）（鄭）

樊君鬳簠（集成 4487）（樊）
蔡侯簠甲蓋（新收 1896）（蔡）
蔡侯簠甲器（新收 1896）（蔡）

【春秋早期】
京叔姬簠（集成 4504）

⿷匚故		⿷匚益	⿷匚者	⿷匚魯		害			[illegible]	⿱宔皿	盄
【春秋早期】	商丘叔簠器（集成4559）	【春秋早期】	【春秋晚期】	【春秋早期】	魯士浮父簠（集成4519）（魯）	【春秋早期】	⿱𠂊邑山旅虎簠蓋（集成4541）	鑄公簠蓋（集成4574）（鑄）	【春秋早期】	【春秋中期】	【春秋早期】
商丘叔簠（集成4557）		郘公諴簠（集成4600）	曹公簠（集成4593）（曹）	魯士浮父簠蓋（集成4517）（魯）	魯士浮父簠（集成4520）（魯）	⿱𠂊邑山奢淲簠蓋（集成4539）	⿱𠂊邑山旅虎簠器（集成4541）	魯侯簠（新收1068）（魯）	戎生鐘戊（新收1617）（晉）	子犯鐘乙F（新收1017）（晉）	杞伯每刃盆（集成10334）（杞）
商丘叔簠（集成4558）				魯士浮父簠器（集成4517）（魯）		⿱𠂊邑山奢淲簠器（集成4539）	薛子仲安簠蓋（集成4546）（薛）		【春秋晚期】		
商丘叔簠蓋（集成4559）				魯士浮父簠（集成4518）（魯）		⿱𠂊邑山旅虎簠（集成4540）	薛子仲安簠器（集成4546）（薛）		秦景公石磬（通鑑19801）（秦）		

盌　盨

頫　䵹　𥂕

《集韻》:「盌，或作盌。」

【春秋早期】

樊君夔盆蓋（集成10329）（樊）

樊君夔盆器（集成10329）（樊）

郞子行盆蓋（集成10330）（郞）

郞子行盆器（集成10330）（郞）

郳子宿車盆（集成10337）（黃）

曾太保䍧叔亟盆（集成10336）（曾）

【春秋時期】

曾孟嬭諫盆蓋（集成10332）（曾）

曾孟嬭諫盆器（集成10332）（曾）

黃太子伯克盆（集成10338）（黃）

彭子仲盆蓋（集成10340）

【春秋早期】

爲甫人盨（集成4406）

魯司徒仲齊盨甲蓋（集成4440）（魯）

魯司徒仲齊盨甲器（集成4440）（魯）

魯司徒仲齊盨乙蓋（集成4441）（魯）

魯司徒仲齊盨乙器（集成4441）（魯）

魯伯悆盨蓋（集成4458）（魯）

魯伯悆盨器（集成4458）（魯）

虢季盨蓋（新收32）（虢）

虢季盨蓋（新收31）（虢）

虢季盨器（新收34）（虢）

鑄子叔黑臣盨（通鑑5666）

【春秋時期】

陳姬小公子盨蓋（集成4379）（陳）

【春秋早期】

虢季盨蓋（新收33）（虢）

【春秋早期】

虢季盨器（新收32）（虢）

虢季盨蓋（新收34）（虢）

虢季盨器（新收31）（虢）

【春秋早期】

㠱伯子庭父盨蓋（集成4442）（紀）

㠱伯子庭父盨器（集成4442）（紀）

㠱伯子庭父盨蓋（集成4443）

㠱伯子庭父盨器（集成4443）

㠱伯子庭父盨器（集成4444）

㠱伯子庭父盨蓋（集成4445）

㠱伯子庭父盨器（集成4445）（紀）

囚

【春秋晚期】
文母盉（新收 1624）

【春秋晚期】
楚叔之孫途盉（集成 9426）（楚）

【春秋晚期】
石鼓（獵碣・霝雨）（通鑑 19820）（秦）

【春秋中期】
盅鼎（集成 2356）（曾）

【春秋晚期】
盅子臧鼎蓋（集成 2286）

【春秋早期】
秦子簋蓋（通鑑 5166）

【春秋早期】
楚大師登鐘辛（通鑑 15512）（楚）
楚大師登鐘壬（通鑑 15513）（楚）
楚大師登鐘辛（通鑑 15512）（楚）
楚大師登鐘庚（通鑑 15511）（楚）
楚大師登鐘甲（通鑑 15505）（楚）
楚大師登鐘乙（通鑑 15506）（楚）
楚大師登鐘乙（通鑑 15506）（楚）
楚大師登鐘己（通鑑 15510）（楚）
楚大師登鐘庚（通鑑 15511）（楚）

【春秋晚期】
王子午鼎（新收 445）（楚）
王孫誥鐘十八（新收 432）（楚）
王孫誥鐘二十四（新收 440）（楚）
王子午鼎（集成 2811）（楚）
王孫遺者鐘（集成 261）（楚）
王孫誥鐘一（新收 418）（楚）
王孫誥鐘四（新收 421）（楚）
王孫誥鐘五（新收 422）（楚）
王孫誥鐘六（新收 423）（楚）
王孫誥鐘七（新收 424）（楚）
王孫誥鐘八（新收 425）（楚）
王孫誥鐘十（新收 427）（楚）
王孫誥鐘十一（新收 428）（楚）
王孫誥鐘十二（新收 429）（楚）
王孫誥鐘十三（新收 430）（楚）
王孫誥鐘十五（新收 434）（楚）
王孫誥鐘二十（新收 433）（楚）

盥

盪　𥂴　盍

⿱⿰氵关皿　⿱⿰舟关皿

王子午鼎（新收444）（楚）
王子午鼎（新收447）（楚）
王子午鼎（新收446）（楚）

【春秋早期】
楚季咩盤（集成10125）（楚）
夆叔盤（集成10163）（滕）
伯歸臺盤（通鑑14512）

塞公孫⿰丬旨父匜（集成10276）

【春秋中期】
公典盤（新收1043）

【春秋晚期】
羅兒匜（新收1266）
夆叔匜（集成10282）（滕）
齊侯匜（集成10283）（齊）
倗匜（新收464）（楚）

蔡侯𩰫盥缶器（集成9992）（蔡）
蔡侯𩰫盥缶蓋（集成9992）（蔡）
蔡侯𩰫缶（集成10004）（蔡）
倗盤（新收463）（楚）

蔡大司馬燮盤（通鑑14498）
邵子裁盤（新收1372）（羅）
楚王酓恷盤（通鑑14510）
蔡侯𩰫匜（集成10189）（蔡）

【春秋時期】
鄧伯吉射盤（集成10121）（鄧）
⿷匚巫君壺（集成9680）
鄧公匜（集成10228）（鄧）

【春秋晚期】
哀成叔豆（集成4663）（晉）

【春秋時期】
中子化盤（集成10137）（楚）

【春秋晚期】
徐王義楚盤（集成10099）（徐）
工𠭯季生匜（集成10212）

【春秋晚期】
彭公之孫無所鼎（通鑑2189）

【春秋晚期】
許公買簠器（集成4617）（許）
許公買簠蓋（通鑑5950）
許公買簠器（通鑑5950）

【春秋晚期】
句方豆（集成4662）（宋）

蓋

【春秋晚期】

晉公盆（集成 10342）

⿱鎧皿

【春秋時期】

虖匋丘堂匜（集成 10194）

⿱漮皿

【春秋晚期】

倗之⿱漮皿鼎蓋（新收 456）（楚）

倗之⿱漮皿鼎器（新收 456）（楚）

⿱⿰氵禾皿

【春秋晚期】

哀成叔鼎（集成 2782）（鄭）

盞

【春秋晚期】

仲姬彥敦蓋（新收 502）（曾）

仲姬彥敦器（新收 502）（曾）

許子敦（通鑑 6058）

⿰貝今于噭盞蓋（集成 4636）（楚）

慍兒盞蓋（新收 1374）

慍兒盞器（新收 1374）

王子申盞（集成 4643）（楚）

許公⿱宓皿戈（通鑑 17219）

許公戈（通鑑 17218）

⿱赱皿

【春秋早期】

秦公鎛乙（集成 268）（秦）

秦公鎛丙（集成 269）（秦）

秦公簋器（集成 4315）（秦）

秦公鎛甲（集成 267）（秦）

秦公鐘甲（集成 262）（秦）

秦公鐘丁（集成 265）（秦）

⿱𨥉皿

【春秋中期】

邵器蓋（通鑑 19289）

【春秋時期】

邵方豆（集成 4660）（楚）

邵方豆（集成 4661）（楚）

⿱登皿

【春秋中期】

鄧子受鼎（新收 527）（楚）

鄧子受鼎（新收 528）（楚）

盨

【春秋晚期】

公子土斧壺（集成 9709）（齊）

杏

【春秋晚期】

哀成叔鼎（集成 2782）（鄭）

䣄

【春秋晚期】

鼄公華鐘（集成 245）（邾）

邾公釛鐘（集成 102）（邾）

衈 聑

【春秋晚期】

工𠭯太子姑發聑反劍（集成 11718）（吳）

䜌

【春秋晚期】

工𠪚王姑發聑反之弟劍（新收 988）（吳）

高 𩫏

【春秋晚期】

陳樂君𢟰甗（新收 1073）（陳）

月

【春秋晚期】

蔡侯盤（新收 471）（蔡）

彤

【春秋晚期】

石鼓（獵碣・鑾車）（通鑑 19819）（秦）

青 㖕

【春秋早期】

番君伯𣪘盤（集成 10136）（番）

【春秋晚期】

鄬子孟孀青簠器（通鑑 5947）

鄬子孟青孀簠器（新收 522）（楚）

鄬子孟青孀簠蓋（新收 522）（楚）

鄬子孟孀青簠蓋（通鑑 5947）

吳王光鐘殘片之三十七（集成 224.4-43）（吳）

吳王光鐘殘片三十四（集成 224.7-40）（吳）

吳王光鐘殘片十五（集成 224.46）（吳）

吳王光鐘殘片之二十七（集成 224.15）（吳）

【春秋早期】
秦公鐘甲（集成262）（秦）
秦公鐘丙（集成264）（秦）
秦公鎛甲（集成267）（秦）
秦公鎛乙（集成268）（秦）
秦公鎛丙（集成269）（秦）
秦公簋器（集成4315）（秦）

【春秋中期】
國差罎（集成10361）（齊）

【春秋晚期】
文公之母弟鐘（新收1479）

【春秋早期】
曾伯陭鉞（新收1203）（曾）
鄭井叔𧊒父鬲（集成580）（鄭）
鄭井叔歒父鬲（集成581）（鄭）

【春秋晚期】
司馬楙鎛乙（通鑑15767）

【春秋早期】
叔家父簠（集成4615）

【春秋早期】
徐王𩛥鼎（集成2675）（徐）

【春秋早期】
秦公鐘甲（集成262）（秦）
秦公鐘丁（集成265）（秦）
秦公鎛甲（集成267）（秦）
秦公鎛乙（集成268）（秦）
秦公鎛丙（集成269）（秦）

【春秋晚期】
者尚余卑盤（集成10165）
秦景公石磬（通鑑19782）（秦）
石鼓（獵碣·遊車）（通鑑19816）（秦）
石鼓（獵碣·遊車）（通鑑19816）（秦）
石鼓（獵碣·霝雨）（通鑑19820）（秦）

【春秋早期】
曾伯從寵鼎（集成2550）（曾）
上曾太子般殷鼎（集成2750）（曾）
鄁公湯鼎（集成2714）（鄁）
曾伯霥簠蓋（集成4632）（曾）
曾伯霥簠（集成4631）（曾）
戎生鐘戊（新收1617）（晉）
楚大師登鐘辛（通鑑15512）（楚）

楚大師登鐘辛（通鑑15512）（楚）	【春秋晚期】	郘黛鐘四（集成 228）（晉）	郘黛鐘六（集成 230）（晉）
郘黛鐘六（集成 230）（晉）	郘黛鐘七（集成 231）（晉）	郘黛鐘十一（集成 235）（晉）	郘黛鐘九（集成 233）（晉）
郘黛鐘十一（集成 235）（晉）	洹子孟姜壺（集成 9730）（齊）	哀成叔鼎（集成 2782）（鄭）	吳王光鑑乙（集成 10299）（吳）
郘黛鐘十二（集成 236）（晉）	吳王光鑑甲（集成 10298）（吳）	蔡侯𬭚歌鐘甲（集成 210）（蔡）	蔡侯𬭚歌鐘乙（集成 211）（蔡）
郘黛鐘一（集成 225）（晉）	郘黛鐘二（集成 226）（晉）	石鼓（通鑑 19816）（秦）	石鼓（通鑑 19816）（秦）
石鼓（獵碣・吾水）（通鑑 19824）（秦）	石鼓（獵碣・吾水）（通鑑 19824）（秦）	石鼓（通鑑 19816）（秦）	石鼓（通鑑 19816）（秦）
石鼓（獵碣・吾水）（通鑑 19824）（秦）	石鼓（獵碣・吾水）（通鑑 19824）（秦）		
楚大師登鐘庚（通鑑15511）（楚）（春秋早期）	楚大師登鐘乙（通鑑15506）（楚）（春秋早期）	楚大師登鐘庚（通鑑15511）（楚）（春秋早期）	吳王光鐘殘片之三十二（集成 224.16）（吳）（春秋晚期）
【春秋晚期】	郘黛鐘十一（集成 235）（晉）	郘黛鐘十二（集成 236）（晉）	郘黛鐘十（集成 234）（晉）
郘黛鐘九（集成 233）（晉）	郘黛鐘一（集成 225）（晉）	郘黛鐘四（集成 228）（晉）	郘黛鐘五（集成 229）（晉）
郘黛鐘六（集成 230）（晉）	郘黛鐘七（集成 231）（晉）		
【春秋早期】	上曾太子般殷鼎（集成2750）（曾）	【春秋晚期】	仲義君鼎（集成 2279）

【春秋早期】
鄧公牧簋器（集成3590）（鄧）
鄧公牧簋（集成3591）（鄧）
魯司徒仲齊盨甲蓋（集成4440）（魯）
魯司徒仲齊盨乙蓋（集成4441）（魯）
魯司徒仲齊盨乙器（集成4441）（魯）
邾太宰欉子斟簠（集成4623）（邾）
喬夫人鼎（集成2284）
戴叔朕鼎（集成2692）（戴）
鄧公牧簋蓋（集成3590）（鄧）
蔡大善夫趣簠器（新收1236）（蔡）
冑簠（集成4532）
蔡大善夫趣簠蓋（新收1236）（蔡）

【春秋中期】
鄀伯受簠蓋（集成4599）（鄀）
鄀伯受簠蓋（集成4599）（鄀）

【春秋晚期】
慶孫之子峠簠器（集成4502）
番君召簠（集成4582）（番）
番君召簠（集成4584）（番）
番君召簠蓋（集成4585）（番）
番君召簠（集成4586）（番）
宋君夫人鼎（通鑑2343）
宋左太師睪鼎（通鑑2364）
慶孫之子峠簠蓋（集成4502）

【春秋時期】
黃太子伯克盆（集成10338）（黃）
彭子仲盆蓋（集成10340）

【春秋早期】
叔虎父簠（集成4592）（邾）

【春秋晚期】
婁君盂（集成10319）

⿰奉食

邾太宰簠蓋（集成4624）（邾）

⿱⿰夆夆食

【春秋晚期】
隱公冑敦（集成4641）（鄀）

饔

【春秋早期】
鄭饔原父鼎（集成2493）（鄭）
曾子仲宣鼎（集成2737）（曾）

【春秋時期】
曾孟嬭諫盆蓋（集成10332）（曾）
曾孟嬭諫盆器（集成10332）（曾）

飤 飲

【春秋晚期】

公子土斧壺（集成9709）（齊）

【春秋早期】

鄭戕句父鼎（集成2520）（鄭）

大司馬孛朮簠器（集成4505）

郳子行盆器（集成10330）（郳）

魯士𠩋父簠蓋（集成4517）（魯）

魯士𠩋父簠器（集成4517）（魯）

魯士𠩋父簠（集成4518）（魯）

魯士𠩋父簠（集成4519）（魯）

魯士𠩋父簠（集成4520）（魯）

伯旟魚父簠（集成4525）

邿召簠蓋（新收1042）

邿召簠器（新收1042）

陽飤生匜（集成10227）

郳子行盆蓋（集成10330）（郳）

邕子良人甗（集成945）

王孫壽甗（集成946）

【春秋中期】

鄧公乘鼎蓋（集成2573）（鄧）

鄧公乘鼎器（集成2573）（鄧）

庚兒鼎（集成2715）（徐）

庚兒鼎（集成2716）（徐）

何此簠器（新收403）

何此簠蓋（新收404）

何此簠器（新收404）

宜桐盂（集成10320）（徐）

鄧鰟鼎蓋（集成2085）

鄧鰟鼎器（集成2085）

卑梁君光鼎（集成2283）

【春秋晚期】

楚子超鼎（集成2231）（楚）

鄧子午鼎（集成2235）（鄧）

盅子臧鼎蓋（集成2286）

楚叔之孫倗鼎蓋（新收410）（楚）

楚叔之孫倗鼎器（新收410）（楚）

乙鼎（集成2607）

王子吳鼎（集成2717）（楚）

寬兒鼎（集成2722）（蘇）

蔡大師腆鼎（集成2738）（蔡）

哀成叔鼎（集成2782）（鄭）

鈘孫宋鼎（新收1626）

楚叔之孫倗鼎蓋（集成2357）（楚）

楚叔之孫倗鼎器（集成2357）（楚）

倗鼎（新收451）（楚）

倗鼎（新收454）（楚）

倗鼎（新收 450）（楚）	倗鼎（新收 455）（楚）	倗鼎（新收 452）（楚）	倗鼎蓋（新收 474）（楚）
倗鼎器（新收 474）（楚）	丁兒鼎蓋（新收 1712）（應）	夫䟬申鼎（新收 1250）（舒）	義子曰鼎（通鑑 2179）
鄬子孟升嬭鼎蓋（新收 523）（楚）	鄬子孟升嬭鼎器（新收 523）（楚）	鄬子吳鼎蓋（新收 533）（楚）	鄬子吳鼎器（新收 533）（楚）
鄬子吳鼎蓋（新收 532）（楚）	鄬子吳鼎器（新收 532）（楚）	蔡侯𩕎簠蓋（集成 4492）（蔡）	蔡侯𩕎簠器（集成 4492）（蔡）
曾侯邸鼎（通鑑 2337）	蔡侯𩕎簠蓋（集成 4490）（蔡）	蔡侯𩕎簠器（集成 4490）（蔡）	蔡侯𩕎簠（集成 4491）（蔡）
蔡侯𩕎簠蓋（集成 4493）（蔡）	蔡侯𩕎簠器（集成 4493）（蔡）	蔡公子義工簠（集成 4500）（蔡）	王孫霝簠器（集成 4501）
曾孫史夷簠（集成 4591）	子季嬴青簠蓋（集成 4594）（楚）	楚屈子赤目簠蓋（集成 4612）（楚）	楚屈子赤目簠器（新收 1230）（楚）
許公買簠器（集成 4617）（許）	樂子嚷豧簠（集成 4618）（宋）	飤簠蓋（新收 475）（楚）	飤簠器（新收 475）（楚）
飤簠蓋（新收 476）（楚）	飤簠蓋（新收 477）（楚）	飤簠蓋（新收 478）（楚）	飤簠器（新收 478）（楚）
發孫虜簠（新收 1773）	叔姜簠蓋（新收 1212）（楚）	鄬子大簠蓋（新收 541）（楚）	鄬子大簠器（新收 541）（楚）
鄬子孟孀青簠器（通鑑 5947）	許公買簠蓋（通鑑 5950）	許公買簠器（通鑑 5950）	鄬子孟青嬭簠器（新收 522）（楚）
申文王之孫州桒簠（通鑑 5960）	蔡侯𩕎簠（通鑑 5967）（蔡）	蔡侯𩕎簠（通鑑 5968）（蔡）	蔡侯𩕎殘鼎（集成 2219）（蔡）

飤

王孫誥鐘一（新收418）（楚）
王孫誥鐘二（新收419）（楚）
王孫誥鐘三（新收420）（楚）
王孫誥鐘四（新收421）（楚）

王孫誥鐘五（新收422）（楚）
王孫誥鐘六（新收423）（楚）
王孫誥鐘七（新收424）（楚）
王孫誥鐘八（新收425）（楚）

王孫誥鐘十（新收427）（楚）
王孫誥鐘十一（新收428）（楚）
王孫誥鐘十二（新收429）（楚）
王孫誥鐘十四（新收431）（楚）

王孫誥鐘十六（新收436）（楚）
王孫誥鐘十八（新收432）（楚）
王孫誥鐘二十一（新收439）（楚）
王孫誥鐘二十五（新收441）（楚）

王孫遺者鐘（集成261）（楚）
余贎逐兒鐘乙（集成184）（徐）
余贎逐兒鐘甲（集成183）（徐）
醘祓想簠蓋（新收534）（楚）

醘祓想簠器（新收534）（楚）
齊侯敦（集成4638）（齊）
齊侯敦蓋（集成4639）（齊）
齊侯敦器（集成4639）（齊）

㽙方豆（集成4662）（宋）
襄王孫盞（新收1771）
蔡侯䜌鼎蓋（集成2217）（蔡）
蔡侯䜌殘鼎（集成2218）（蔡）

蔡侯䜌殘鼎（集成2220）（蔡）

【春秋時期】

陳姬小公子盨器（集成4379）（陳）
童麗君柏簠（通鑑5966）

黃韋俞父盤（集成10146）（黃）
曾孟嬶諫盆蓋（集成10332）（曾）
曾孟嬶諫盆器（集成10332）（曾）
陳姬小公子盨蓋（集成4379）（陳）

【春秋早期】

樊君鬲簠（集成4487）（樊）
芮公鼎（集成2475）（芮）

【春秋晚期】

飤簠器（新收476）（楚）
楚子𥂕鄴敦（集成4637）（楚）

曾子□簠（集成4588）（曾）

饗　饔　饋　合　僉　今

饗　卿　鄉　　會

【春秋晚期】
鄬子壺簠（集成 4545） 

【春秋早期】
曾子𣪘鼎（集成 2757）（曾） 

【春秋早期】
曾伯陭壺蓋（集成 9712）（曾） 
曾伯陭壺器（集成 9712）（曾） 
【春秋晚期】

晉公盆（集成 10342）
復公仲壺（集成 9681） 
郘公鈺鐘（集成 102）（郘）

【春秋時期】
饔甗戈（集成 10890） 

【春秋晚期】
邵王之諻鼎（集成 2288）（楚） 

【春秋早期】
秦公鐘甲（集成 262）（秦） 
秦公鐘丙（集成 264）（秦） 
秦公鎛甲（集成 267）（秦） 

秦公鎛乙（集成 268）（秦）
秦公鎛丙（集成 269）（秦） 

【春秋早期】
僉父瓶蓋（通鑑 14036） 
僉父瓶器（通鑑 14036） 
【春秋晚期】

攻吾王光劍（新收 1478）（吳）
徐王義楚之元子柴劍（集成 11668）（徐） 

【春秋早期】
戎生鐘丙（新收 1615）（晉） 
【春秋晚期】
晉公盆（集成 10342） 

晉公盆（集成 10342）

舍 舍 舍

【春秋晚期】 配兒鉤鑃乙（集成427）（吳）

【春秋晚期】 遷邟鐘三（新收1253）（舒） 遷邟鐘六（新收56）（舒） 遷邟鎛丁（通鑑15795）（舒）

遷邟鎛甲（通鑑15792）（舒） 遷邟鎛丙（通鑑15794）（舒）

會 會

【春秋中期】 趙亥鼎（集成2588）（宋） 以鄧匜（新收405） 【春秋中後期】

東姬匜（新收398）（楚） 蔡子佗匜（集成10196）（蔡） 【春秋晚期】 工𠭯季生匜（集成10212）

【春秋晚期】 晉公盆（集成10342） 聖靡公𡚁鼓座（集成429）

《玉篇》：「㑹，古文會。」

倉 仺

【春秋中期】 者𣵽鐘一（集成193）（吳） 者𣵽鐘二（集成194）（吳） 者𣵽鐘三（集成195）（吳）

【春秋晚期】 黝鎛甲（新收489）（楚） 黝鎛乙（新收490）（楚） 黝鎛丙（新收491）（楚）

黝鎛丁（新收492）（楚） 黝鎛己（新收494）（楚） 黝鎛辛（新收496）（楚） 黝鐘甲（新收482）（楚）

黝鐘丁（新收483）（楚） 黝鐘庚（新收487）（楚） 侯古堆鎛甲（新收276）

《說文》：「仺，奇字倉。」

入

【春秋晚期】 秦景公石磬（通鑑19778）（秦） 秦景公石磬（通鑑19780）（秦） 越邾盟辭鎛乙（集成156）（越）

内

【春秋早期】

- 魯内小臣厎生鼎（集成2354）
- 芮公鼎（集成2387）（芮）
- 芮公鼎（集成2389）（芮）
- 芮太子鼎（集成2448）
- 芮太子鼎（集成2449）
- 芮子仲殿鼎（通鑑2363）
- 芮太子鬲（通鑑2991）
- 芮公鼎（集成2475）（芮）
- 芮太子白鼎（集成496）
- 芮子仲殿鼎（集成2517）
- 芮公鬲（通鑑2992）
- 芮太子白鬲（通鑑3005）
- 芮太子白鬲（通鑑3007）
- 芮公簋（集成3707）
- 芮公簋（通鑑5218）
- 芮太子白簠（集成4537）
- 芮太子白簠（集成4538）
- 子叔嬴内君盆（集成10331）
- 芮伯壺蓋（集成9585）
- 芮伯壺器（集成9585）
- 芮公壺（集成9596）
- 芮公壺（集成9597）
- 芮公壺（集成9598）
- 芮太子白壺（集成9644）
- 芮太子白壺蓋（集成9645）
- 芮太子白壺器（集成9645）
- 鄭大内史叔上匜（集成10281）（鄭）
- 芮公鐘鉤（集成32）
- 芮公鐘鉤（集成33）

缶

【春秋晚期】

- 倗缶蓋（新收480）（楚）
- 倗缶器（新收480）（楚）
- 倗缶（新收479）（楚）
- 倗尊缶器（新收415）（楚）
- 倗尊缶蓋（新收415）（楚）
- 倗尊缶器（新收414）（楚）
- 倗尊缶蓋（集成9988）（楚）
- 鄬子倗尊缶（通鑑14067）（楚）
- 鄬子倗尊缶（新收462）（楚）
- 寬兒缶乙（通鑑14092）
- 寬兒缶甲（通鑑14091）
- 孟縢姬缶器（新收417）（楚）
- 孟縢姬缶蓋（新收417）（楚）

⿷匚缶　銓　⿰金盍　銚　⿰并攴

⿷匚缶			
孟滕姬缶（集成10005）（楚）	孟滕姬缶（新收416）（楚）	鄬子倗浴缶器（新收460）（楚）	鄬子倗浴缶蓋（新收460）（楚）
鄬子倗浴缶器（新收459）（楚）	鄬子倗浴缶蓋（新收459）（楚）	蔡侯𩡰盥缶蓋（集成9992）（蔡）	蔡侯𩡰盥缶器（集成9992）（蔡）
蔡侯𩡰方缶器（集成9993）（蔡）	蔡侯𩡰方缶蓋（集成9993）（蔡）	蔡侯𩡰尊缶（集成9994）（蔡）	蔡侯𩡰缶（集成10004）（蔡）
蔡侯朱缶（集成9991）（蔡）	盥缶（通鑑14051）	⿰屮阝子⿱穴彭缶（集成9995）	
次尸祭缶（新收1249）（徐）			

銓	
【春秋早期】	梁姬罐（新收45）

⿰金盍	
【春秋中期】	欒書缶器（集成10008）（晉）

缶			
【春秋晚期】	蔡侯𩡰尊（集成6010）（蔡）		
【春秋晚期】	⿰阝罩子鼎（通鑑2382）（齊）	⿰阝罩子鼎（通鑑2382）（齊）	唐子仲瀕兒盤（新收1210）（唐）
鴅公圃劍（集成11651）（應）			

銚		
【春秋晚期】	唐子仲瀕兒瓶（新收1211）（唐）	洹子孟姜壺（集成9729）（齊）

⿰并攴		
【春秋早期】	僉父瓶器（通鑑14036）	僉父瓶蓋（通鑑14036）

【春秋早期】
孟城瓶（集成9980）

【春秋晚期】
蔡侯𬮿瓶（集成9976）（蔡）

【春秋早期】
曾伯文鐳（集成9961）（曾）
伯亞臣鐳（集成9974）（黃）

【春秋中期】
伯遊父鐳（通鑑14009）

【春秋早期】
甫伯官曾鐳（集成9971）

【春秋中期】
國差𦉢（集成10361）（齊）

【春秋晚期】
工𠭯大矢鈹（新收1625）（吳）
石鼓（獵碣・鑾車）（通鑑19819）（秦）
石鼓（獵碣・而師）（通鑑19822）（秦）

【春秋晚期】
石鼓（獵碣・遊車）（通鑑19816）（秦）
石鼓（獵碣・田車）（通鑑19818）（秦）
石鼓（獵碣・田車）（通鑑19818）（秦）
石鼓（獵碣・鑾車）（通鑑19819）（秦）

【春秋時期】
鄧伯吉射盤（集成10121）（鄧）

【春秋早期】
陳侯鼎（集成2650）（陳）
曾侯簠（集成4598）（陳）
陳侯簠蓋（集成4603）（陳）
陳侯簠器（集成4603）（陳）
陳侯簠蓋（集成4604）（陳）
陳侯簠器（集成4604）（陳）
陳侯簠（集成4606）（陳）

陳侯簋（集成 4607）（陳）
陳侯壺蓋（集成 9633）（陳）
陳侯壺器（集成 9633）（陳）
陳侯壺蓋（集成 9634）（陳）
陳侯壺器（集成 9634）（陳）
陳侯盤（集成 10157）（陳）
𡔷侯之孫敶鼎（集成 2287）（胡）
曾侯仲子遊父鼎（集成 2423）（曾）
曾侯仲子遊父鼎（集成 2424）（曾）
鄀公平侯鼎（集成 2771）（鄀）
鄀公平侯鼎（集成 2772）（鄀）
魯侯鼎（新收 1067）（魯）
蔡侯鼎（通鑑 2372）
陳侯鬲（集成 705）（陳）
[illegible]侯簋（集成 4561）
[illegible]侯簋（集成 4562）
魯侯簋（新收 1068）（魯）
己侯壺（集成 9632）（紀）
侯母壺（集成 9657）（魯）
侯母壺（集成 9657）（魯）
侯母壺（集成 9657）（魯）
侯母壺（集成 9657）（魯）
薛侯壺（新收 1131）（薛）
魯侯壺（通鑑 12323）
齊侯子行匜（集成 10233）（齊）
曾侯子鐘甲（通鑑 15142）
曾侯子鐘乙（通鑑 15143）
曾侯子鐘丙（通鑑 15144）
曾侯子鐘丁（通鑑 15145）
曾侯子鐘戊（通鑑 15146）
曾侯子鐘己（通鑑 15147）
曾侯子鐘庚（通鑑 15148）
曾侯子鐘辛（通鑑 15149）
鑄侯求鐘（集成 47）（鑄）
戎生鐘丙（新收 1615）（晉）
楚大師登鐘甲（通鑑 15505）（楚）
楚大師登鐘乙（通鑑 15506）（楚）
楚大師登鐘丁（通鑑 15508）（楚）
曾侯子鎛甲（通鑑 15762）
曾侯子鎛乙（通鑑 15763）
曾侯子鎛丙（通鑑 15764）
曾侯子鎛丁（通鑑 15765）
器渒侯戈（集成 11065）
曾侯𩦎伯戈（集成 11121）（曾）
御侯戈（集成 11202）

【春秋中期】

子犯鐘甲 C（新收 1010）（晉）
子犯鐘甲 D（新收 1011）（晉）

子犯鐘乙C（新收1022）（晉）	子犯鐘乙D（新收1023）（晉）	𩓣鎛（集成271）（齊）	𩓣鎛（集成271）（齊）
𩓣鎛（集成271）（齊）	國差𦉜（集成10361）（齊）	國差𦉜（集成10361）（齊）	**【春秋晚期】**
蔡侯𪒠鼎（集成2216）（蔡）	蔡侯𪒠鼎蓋（集成2217）（蔡）	蔡侯𪒠鼎器（集成2217）（蔡）	蔡侯𪒠殘鼎（集成2218）（蔡）
蔡侯𪒠殘鼎（集成2219）（蔡）	蔡侯𪒠殘鼎蓋（集成2221）（蔡）	蔡侯𪒠殘鼎蓋（集成2222）（蔡）	蔡侯𪒠殘鼎（集成2225）（蔡）
蔡侯𪒠簋器（集成3595）（蔡）	蔡侯𪒠簋蓋（集成3595）（蔡）	蔡侯𪒠簋蓋（集成3594）（蔡）	蔡侯𪒠簋蓋（集成3592）（蔡）
蔡侯𪒠簋蓋（集成3597）（蔡）	蔡侯𪒠簋器（集成3597）（蔡）	蔡侯𪒠簋器（集成3598）（蔡）	蔡侯𪒠簋（集成3599）（蔡）
蔡侯𪒠簠蓋（集成4490）（蔡）	蔡侯𪒠簠器（集成4490）（蔡）	蔡侯𪒠簠（集成4491）（蔡）	蔡侯𪒠簠蓋（集成4492）（蔡）
蔡侯𪒠簠器（集成4492）（蔡）	蔡侯𪒠簠器（集成4493）（蔡）	蔡侯簠甲蓋（新收1896）（蔡）	蔡侯簠甲器（新收1896）（蔡）
蔡侯簠乙（新收1897）（蔡）	蔡侯𪒠簠（通鑑5968）（蔡）	滕侯吳敦（集成4635）（滕）	蔡侯𪒠尊（集成6010）（蔡）
蔡侯𪒠尊（集成5939）（蔡）	蔡侯𪒠缶（集成10004）（蔡）	蔡侯𪒠瓶（集成9976）（蔡）	蔡侯𪒠匜（集成10189）（蔡）
蔡侯𪒠用戈（集成11142）（蔡）	蔡侯申戈（通鑑17296）	蔡侯朱缶（集成9991）（蔡）	蔡侯𪒠盥缶（集成9992）（蔡）
蔡侯𪒠盥缶器（集成9992）（蔡）	蔡侯𪒠方缶蓋（集成9993）（蔡）	蔡侯𪒠方缶器（集成9993）（蔡）	蔡侯𪒠尊缶（集成9994）（蔡）

蔡侯盤（新收471）（蔡）

蔡侯𤕌盤（集成10072）（蔡）

蔡侯匜（新收472）（蔡）

蔡侯𤕌方鑑（集成10290）（蔡）

蔡侯𤕌歌鐘甲（集成210）（蔡）

蔡侯𤕌行鐘乙（集成213）（蔡）

蔡侯𤕌鎛丁（集成222）（蔡）

蔡侯𤕌行戈（集成11140）（蔡）

王孫誥鐘一（新收418）（楚）

王孫誥鐘三（新收420）（楚）

王孫誥鐘四（新收421）（楚）

王孫誥鐘五（新收422）（楚）

王孫誥鐘八（新收425）（楚）

王孫誥鐘十（新收427）（楚）

王孫誥鐘十二（新收429）（楚）

王孫誥鐘十四（新收431）（楚）

王孫誥鐘十六（新收436）（楚）

王孫誥鐘十九（新收437）（楚）

王孫誥鐘二十二（新收438）（楚）

王孫誥鐘二十五（新收441）（楚）

滕侯吳戈（集成11018）（滕）

滕侯耆戈（集成11077）（滕）

滕侯耆戈（集成11078）（滕）

滕侯吳戈（集成11079）（滕）

滕侯吳戈（集成11123）（滕）

侯散戈（新收1168）

曾侯邚鼎（通鑑2337）

丁兒鼎蓋（新收1712）（應）

𨟻侯少子簋（集成4152）（莒）

曾侯邚簠（通鑑5949）

齊侯敦（集成4645）（齊）

齊侯盂（集成10318）（齊）

齊侯敦（集成4638）（齊）

齊侯敦蓋（集成4639）（齊）

齊侯敦器（集成4639）（齊）

齊侯盤（集成10159）（齊）

洹子孟姜壺（集成9729）（齊）

洹子孟姜壺（集成9730）（齊）

洹子孟姜壺（集成9729）（齊）

洹子孟姜壺（集成9730）（齊）

洹子孟姜壺（集成9729）（齊）

洹子孟姜壺（集成9730）（齊）

洹子孟姜壺（集成9730）（齊）

蔡侯□叔劍（集成11601）

【春秋時期】

薛侯匜（集成10263）（薛）

齊侯盤（集成10123）（齊）

《說文》：「𥎦，古文矦。」

【春秋晚期】

工吳王叡䣄工吳劍（通鑑 18067）

【春秋早期】

秦公簋器（集成 4315）（秦）

高子戈（集成 10961）（齊）

鄧公孫無嬰鼎（新收 1231）（鄧）

【春秋中期】

陳大喪史仲高鐘（集成 353）

陳大喪史仲高鐘（集成 355）

【春秋晚期】

平陽高馬里戈（集成 11156）（齊）

秦景公石磬（通鑑 19778）（秦）

秦景公石磬（通鑑 19779）（秦）

【春秋時期】

高密戈（集成 10972）（齊）

高平戈（集成 11020）

高密戈（集成 11023）（齊）

【春秋晚期】

亳庭戈（集成 11085）

【春秋晚或戰國早期】

中央勇矛（集成 11566）

【春秋早期】

祖伯墉盤（集成 10130）

【春秋中期】

國差罎（集成 10361）（齊）

【春秋早期】

京叔姬簋（集成 4504）

京戈（集成 10808）

【春秋晚期】

晉公盆（集成 10342）

【春秋早期】

郜造譴鼎（集成 2422）（郜）

自鼎（集成 2430）

芮太子鼎（集成 2448）

芮太子鼎（集成 2449）

芮公鼎（集成 2475）（芮）

曾者子𩰫鼎（集成 2563）（曾）

曾仲子敔鼎（集成 2564）（曾）

黃季鼎（集成2565）（黃）
郜伯祀鼎（集成2602）（郜）
戒偖生鼎（集成2632）
戒偖生鼎（集成2633）

魯仲齊鼎（集成2639）（魯）
杞伯每刃鼎（集成2642）（杞）
叔單鼎（集成2657）（黃）
鄁公湯鼎（集成2714）（鄁）

上曾太子般殷鼎（集成2750）（曾）
曾子斿鼎（集成2757）（曾）
郜公平侯鼎（集成2771）（郜）
郜公平侯鼎（集成2772）（郜）

虢季鼎（新收9）（虢）
虢季鼎（新收10）（虢）
虢季鼎（新收11）（虢）
虢季鼎（新收14）（虢）

虢季鼎（新收15）（虢）
鄁甘𦎫鼎（新收1091）
寶登鼎（通鑑2277）
蔡侯鼎（通鑑2372）

虎臣子組鬲（集成661）（虢）
虢季氏子組鬲（集成662）（虢）
齊趫父鬲（集成685）（齊）
齊趫父鬲（集成686）（齊）

衵仲無龍鬲（集成713）
衵仲無龍鬲（集成714）
虢季鬲（新收23）（虢）
虢季鬲（新收29）（虢）

虢季鬲（新收22）（虢）
虢季鬲（新收26）（虢）
虢季鬲（新收25）（虢）
虢季鬲（新收27）（虢）

虢季鬲（新收24）（虢）
國子碩父鬲（新收48）
國子碩父鬲（新收49）
繁伯武君鬲（新收1319）

芮太子鬲（通鑑2991）
芮公鬲（通鑑2992）
芮太子白鬲（通鑑3005）
芮太子白鬲（通鑑3007）

杞伯每刃簋（集成3901）（杞）
杞伯每刃簋（集成3899.1）（杞）
杞伯每刃簋蓋（集成3898）（杞）
杞伯每刃簋器（集成3898）（杞）

杞伯每刃簋（集成3897）（杞）
杞伯每刃簋蓋（集成3900）（杞）
杞伯每刃簋蓋（集成3899.2）（杞）
魯伯大父簋（集成3989）（魯）

蘇公子癸父甲簋（集成4014）（蘇）	蘇公子癸父甲簋（集成4015）（蘇）	鄁公伯韭簋（集成4016）（鄁）	鄁公伯韭簋蓋（集成4017）（鄁）
鄁公伯韭簋器（集成4017）（鄁）	卓林父簋蓋（集成4018）（衛）	邿譴簋甲蓋（集成4040）（邿）	邿譴簋甲器（集成4040）（邿）
旹仲之孫簋（集成4120）	鑄叔皮父簋（集成4127）（鑄）	上鄀公敄人簋蓋（集成4183）（鄀）	上鄀公敄人簋蓋（集成4183）（鄀）
秦子簋蓋（通鑑5166）	邿譴簋乙（通鑑5277）	魯司徒仲齊盨甲蓋（集成4440）（魯）	魯司徒仲齊盨乙蓋（集成4441）（魯）
魯司徒仲齊盨乙器（集成4441）（魯）	魯伯悆盨器（集成4458）（魯）	魯伯悆盨蓋（集成4458）（魯）	冑簠（集成4532）
薛子仲安簠蓋（集成4546）（薛）	薛子仲安簠器（集成4546）（薛）	薛子仲安簠（集成4547）（薛）	走馬薛仲赤簠（集成4556）（薛）
寠侯簠（集成4561）	寠侯簠（集成4562）	召叔山父簠（集成4601）（鄭）	召叔山父簠（集成4602）（鄭）
曾伯霥簠蓋（集成4632）（曾）	曾伯霥簠（集成4631）（曾）	曾伯霥簠蓋（集成4632）（曾）	曾伯霥簠（集成4631）（曾）
虢碩父簠蓋（新收52）	虢碩父簠器（新收52）	虢季鋪（新收36）（虢）	虢季鋪（新收37）（虢）
郳子宿車盆（集成10337）（黃）	芮太子白壺（集成9644）	芮太子白壺蓋（集成9645）	杞伯每刃壺（集成9687）（杞）
杞伯每刃壺（集成9688）（杞）	蔡公子壺（集成9701）	曾伯陭壺蓋（集成9712）（曾）	曾伯陭壺器（集成9712）（曾）
甫田鐳（集成9972）	甫伯官曾鐳（集成9971）	魯司徒仲齊盤（集成10116）（魯）	楚季苟盤（集成10125）（楚）

䄉伯墉盤（集成 10130）

緐君單盤（集成 10132）（黃）

番君伯歠盤（集成 10136）（番）

番䄉伯者君盤（集成 10140）（番）

曾子伯𡧊盤（集成 10156）（曾）

陽飤生匜（集成 10227）

䄉仲無龍匜（集成 10249）

樊君夔匜蓋（集成 10256）（樊）

齊侯子行匜（集成 10233）（齊）

樊君夔匜器（集成 10256）（樊）

番䄉伯者君匜（集成 10268）（番）

番䄉伯者君匜（集成 10269）（番）

魯司徒仲齊匜（集成 10275）（魯）

䄉仲匜（通鑑 14973）

鑄侯求鐘（集成 47）（鑄）

鼄大宰㒼子叡鐘（集成 86）（邾）

虢季鐘乙（新收 2）（虢）

虢季鐘戊（新收 6）（虢）

【春秋中期】

子犯鐘甲 G（新收 1014）（晉）

子犯鐘乙 G（新收 1018）（晉）

𪒠鎛（集成 271）（齊）

𪒠鎛（集成 271）（齊）

【春秋前期】

郐諮尹征城（集成 425）（徐）

【春秋晚期】

王子午鼎（集成 2811）（楚）

王子午鼎（新收 446）（楚）

王孫遺者鐘（集成 261）（楚）

王子午鼎（新收 444）（楚）

番君召簠（集成 4583）（番）

番君召簠（集成 4584）（番）

番君召簠蓋（集成 4585）（番）

番君召簠（集成 4586）（番）

徐王義楚觶（集成 6513）（徐）

鄭太子之孫與兵壺蓋（新收 1980）

競孫不欲壺（通鑑 12344）（楚）

蔡侯𪓐盤（集成 10171）（蔡）

吳王光鑑甲（集成 10298）（吳）

吳王光鑑乙（集成 10299）（吳）

齊𩓱氏鐘（集成 142）（齊）

遷邟鐘三（新收 1253）（舒）

遷邟鐘六（新收 56）（舒）

郘黛鐘二（集成 226）（晉）

郘黛鐘四（集成 228）（晉）

郘黛鐘七（集成 231）（晉）

郘黛鐘八（集成 232）（晉）

郘黛鐘九（集成 233）（晉）

𩫖

畗 [illegible] [illegible]

邵黛鐘十一（集成 235）（晉）	邵黛鐘十三（集成 237）（晉）	鼄公華鐘（集成 245）（邾）	鄬侯少子簋（集成 4152）（莒）
遷祁鎛甲（通鑑 15792）（舒）	遷祁鎛丙（通鑑 15794）（舒）	遷祁鎛丁（通鑑 15795）（舒）	喬君鉦鋮（集成 423）（許）
其次句鑃（集成 421）（越）	其次句鑃（集成 422）（越）	番君召簠（集成 4582）（番）	尊父鼎（通鑑 2296）
【春秋後期】	齊縈姬盤（集成 10147）（齊）	【春秋時期】	𢍰片昶𧰼鼎（集成 2570）
曹伯狄簋殘蓋（集成 4019）	鄧伯吉射盤（集成 10121）（鄧）	𣏌右盤（集成 10150）	番仲𠬪匜（集成 10258）（番）
大孟姜匜（集成 10274）	鼄叔之伯鐘（集成 87）（邾）		
【春秋早期】	楚嬴盤（集成 10148）（楚）	楚嬴匜（集成 10273）（楚）	
【春秋早期】	番昶伯盤（集成 10094）	【春秋時期】	𢍰片昶𧰼鼎（集成 2571）
【春秋早期】	芮太子白壺器（集成 9645）		
【春秋早期】	淳于戈（新收 1110）（齊）	淳于公戈（新收 1109）	鄫甘𩫖鼎（新收 1091）
【春秋晚期】	淳于公戈（集成 11125）（鑄）	淳于右戈（新收 1069）（齊）	淳于公戈（集成 11124）（鑄）
齊侯敦（集成 4638）（齊）	齊侯敦蓋（集成 4639）（齊）	齊侯敦器（集成 4639）（齊）	歸父敦（集成 4640）（齊）

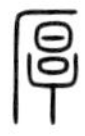

齊侯敦（集成4645）（齊）

【春秋時期】

盆余敦（新收1627）

【春秋晚期】

拍敦（集成4644）

【春秋晚期】

晉姜鼎（集成2826）（晉）

【春秋早期】

魯伯厚父盤（集成10086）（魯）

魯伯厚父盤（通鑑14505）

【春秋中期】

魯大司徒厚氏元簠（集成4689）（魯）

魯大司徒厚氏元簠蓋（集成4690）（魯）

魯大司徒厚氏元簠器（集成4690）（魯）

魯大司徒厚氏元簠蓋（集成4691）（魯）

魯大司徒厚氏元簠器（集成4691）（魯）

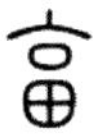

【春秋晚期】

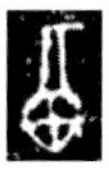

叔牀父簠蓋（集成4544）

永祿鈹（通鑑18058）

【春秋早期】

邕子良人甗（集成945）

鼄仲之子伯剌戈（集成11400）

【春秋中期】

季子康鎛丁（通鑑15788）

【春秋晚期】

翏金戈（集成11262）

翏金戈（集成11262）

【春秋中期】

𬶍鎛（集成271）（齊）

【春秋早期】

郲來隹鬲（集成670）（郲）

【春秋中期】

子犯鐘甲A（新收1008）（晉）

子犯鐘乙A（新收1020）（晉）

【春秋晚期】

洹子孟姜壺（集成9729）（齊）

洹子孟姜壺（集成9730）（齊）

石鼓（通鑑 19816）（秦）
石鼓（通鑑 19816）（秦）
石鼓（通鑑 19816）（秦）
石鼓（獵碣・而師）（通鑑 19822）（秦）

石鼓（獵碣・而師）（通鑑 19822）（秦）
石鼓（獵碣・而師）（通鑑 19822）（秦）
石鼓（獵碣・而師）（通鑑 19822）（秦）

【春秋早期】
黃子盤（集成 10122）（黃）
黃子匜（集成 10254）（黃）

【春秋早期】
秦公簋蓋（集成 4315）（秦）
【春秋晚期】
秦景公石磬（通鑑 19782）（秦）

【春秋早期】
秦子簋蓋（通鑑 5166）

【春秋時期】
夒戈（集成 10821）

【春秋早期】
樊君夒匜蓋（集成 10256）（樊）

【春秋晚期】
秦公鎛（集成 270）（秦）
晉姜鼎（集成 2826）（晉）

【春秋早期】
蔡公子壺（集成 9701）

【春秋晚期】
余贎逐兒鐘乙（集成 184）（徐）

【春秋時期】
黃韋俞父盤（集成 10146）（黃）

【春秋早期】
弟大叔殘器（新收 997）
【春秋中期】
⿰素命鎛（集成 271）（齊）

【春秋晚期】	𩂫子鼎（通鑑 2382）（齊）	 文公之母弟鐘（新收 1479）	 文公之母弟鐘（新收 1479）
 工盧王姑發𦣻反之弟劍（新收 988）（吳）			
【春秋早期】	 夆叔盤（集成 10163）（滕）	【春秋晚期】	 夆叔匜（集成 10282）（滕）
【春秋早期】	 微乘簠（集成 4486）	【春秋晚期】	 洹子孟姜壺（集成 9730）（齊）
 洹子孟姜壺（集成 9729）（齊）	 庚壺（集成 9733）（齊）	【春秋時期】	 匽公匜（集成 10229）（燕）
【春秋中期】	 鄧公乘鼎器（集成 2573）（鄧）	 鄧公乘鼎蓋（集成 2573）（鄧）	《說文》：「[古文字形]，古文乘。从几。」